MORDSHÄPPCHEN

Carsten Sebastian Henn (*1973) ist nicht nur einer der einflussreichsten Weinjournalisten Deutschlands, sondern schreibt mit den Julius-Eichendorff-Romanen auch die erfolgreichste Weinkrimiserie im deutschsprachigen Raum. Seine Liebe zum Wein begann früh: Als Schüler nahm der gebürtige Kölner im Chemie-Unterricht die alkoholische Gärung durch und kam bei einem Klassenausflug an die Ahr auf den Geschmack. Als er achtzehn wurde, fuhr er mit seinem alten VW Käfer in alle deutschen Weinbaugebiete, betrank sich besinnungslos an Federweißem und schlief unter freiem Himmel in den Weinbergen. Später studierte er Weinbau in Australien und erwarb einen uralten Riesling-Weinberg an der Mosel. Sein eigener Wein stammt aus St. Aldegund an der Terrassenmosel und heißt wegen seiner verwegenen Steilstlage »Piratenstück«. www.carstensebastianhenn.de

CARSTEN SEBASTIAN HENN

MORDSHÄPPCHEN

KULINARISCHE
KURZKRIMIS

emons:

Bibliografische Information der Deutschen Nationalbibliothek
Die Deutsche Nationalbibliothek verzeichnet diese Publikation
in der Deutschen Nationalbibliografie; detaillierte bibliografische
Daten sind im Internet über http://dnb.d-nb.de abrufbar.

© Emons Verlag GmbH
Alle Rechte vorbehalten
Umschlagmotiv: shutterstock.com/AlenKadr
Umschlaggestaltung: Nina Schäfer
Gestaltung Innenteil: Nina Schäfer; DÜDE Satz und Grafik, Odenthal
Druck und Bindung: CPI – Clausen & Bosse, Leck
Printed in Germany 2021
ISBN 978-3-7408-1321-5
Kulinarische Kurzkrimis

Unser Newsletter informiert Sie
regelmäßig über Neues von emons:
Kostenlos bestellen unter
www.emons-verlag.de

»Sakradi, de Wocha geht scho guad o!«
Mathias Kneißl (1875–1902), bayerischer Räuber und Mörder,
als er vom Gefängnisdirektor erfährt, dass sein Gnadengesuch
vom Prinzregenten abgelehnt wurde und er hingerichtet wird

INHALT

§1
MIT SCHUSS
ODER:
HOCHPROZENTIGE MORDE

§2
MÖRDERISCH LECKER
ODER:
HERZHAFTE GRÄUELTATEN

§3
SÜSSER TOD
ODER:
HOCHKALORISCHES FINALE

§ 1

MIT SCHUSS

ODER:

HOCHPROZENTIGE MORDE

DIE GLORREICHEN

Ich bin eigentlich ein friedfertiger Bursche. Nee, wirklich. Tu keiner Fliege was zuleide. Könnt ihr mir glauben. Ich weiß, ich seh was brutal aus, aber da kann ja keiner was für, wie er aussieht. Das kommt ja alles von den Genen. Es sei denn, man heißt Cher und gilt als Prestige-Objekt der Schönheitschirurgie. Dann sind Gene nur gut gemeinte Vorschläge der Natur.

Ich hab mein ganzes Leben nix Schlimmes gemacht. Also nix richtig Schlimmes. Aber das hat jetzt ein Ende.

Heut bringe ich den Jürgi um.

Die blöde Sau.

Was der Jürgi für einer ist? Ein Ehebrecher. Wie er aussieht? Wie hundertzwanzig Kilo Mett mit Schnäuzer.

Aber nicht mehr lange. Heute ist Vatertag, heute passiert's. Diesmal gibt's keine Kutschfahrt mit Fässchen. Wir wandern. Und zwar richtig. Eifelsteig. Da heißt es: Bierplauzen hochschleppen und Schweißmauken anstrengen. Vielleicht bringt das den Jürgi ja schon um.

Ansonsten helf ich nach.

Die Strecke ist siebzehn Komma fünf Kilometer lang, und man braucht so um die sechs Stunden. Die Zeit für den Mord inbegriffen.

Die Jungs treffen nach und nach ein, alle mit Vereins-T-Shirt. Wir sind der Kegelclub »Die glorreichen Sieben«. Wegen dem Western mit Hotte Buchholz. Und dem Kerl mit der Glatze. Genau, Charles Bronson. Seit Winfried vom Gartenstuhl gefallen ist, sind wir allerdings nur noch sechs. Aber so einen schönen Namen, den ändert man ja nicht.

Die Laune ist gut. Noch. Erst mal heißt es einkremen mit Sonnenmilch und Insektenschutz. Meine Berte hat mir Stufe 50 eingepackt. Für Kleinkinder. Zeig ich den anderen natürlich nicht. Der Jürgi soll nix mehr zu lachen haben, bevor er ins Gras beißt.

Dann geht es los. Wir machen schwer Tempo. Jeder will zeigen, was seine Waden noch hergeben. Jürgi gibt tüchtig Gas. Hoffentlich fällt ihn ein Bär an. Dem würd ich als Dankeschön eine Imkerei schenken. Dann hätt ich kein Problem mehr, dank 'nem Problembär. Manchmal bin ich echt ein Dichter. Erste Pinkelpause. Wolles Blase drückt mal wieder. Wolles Blase drückt immer. Sie muss das Fassungsvermögen einer Walnuss haben. Ich schmeiß eine Runde Obstler. Auch François, unser französischer Kegelbruder, nimmt einen. Ich glaub ja, der kommt gar nicht aus Frankreich, sondern aus Westfalen, weil der ist so penibel. Aber von mir aus soll er aus Frankreich kommen.

Nachdem er den Obstler geext hat, schwärmt François von der frischen Luft und steckt sich eine Fluppe an. Dann fängt er genüsslich an zu husten. Der François raucht auf Lunge, seit er zwölf ist. François ist einen Meter vierundneunzig. Wenn Rauchen wirklich das Wachstum behindert, könnte er heute ohne Fluppen wohl im zweiten Stock »Hallo« sagen – ohne die Treppe zu benutzen. Seine Haut hat die Farbe von Sichtbeton. Nur eine Frage der Zeit, bis er aus Versehen mal mit einem Graffiti besprüht wird.

Er nimmt noch einen Obstler. Ich hab ihn in pur und mit Kakao. Denen hau ich die Birne zu, bevor wir im Kloster Steinfeld sind. Dass sich ja hinterher keiner dran erinnert, was mit Jürgi passiert ist. Die Strecke geht entlang der Olef, dann hoch zum Nachtberg mit seinen vierhundertdreiundsiebzig Metern – und da heißt es: Gute Nacht, Jürgi. Mit den anderen wandere ich weiter, ein Stück am Selbach entlang, zum Kloster. Und da werd ich dann beichten. Ist das auch direkt abgehakt.

Warum ich den Jürgi um die Ecke bringen will? Weil er mit meiner Perle, der Berte, was hatte. Vor einem Vierteljahr. Er meint, ich hätte nix gemerkt, weil ich an dem Abend mit dem Tambourcorps Eintracht Blaugold unterwegs war. Aber ich

hatte meine Flöte vergessen. Konnte sozusagen keinen »Tüt«
machen. Zu Hause hab ich dann gehört, wie meine Berte ihm
die Flötentöne beibrachte. Ich mach jetzt mal keine Witze über
»Blasinstrumente«. Aber da hat es bei mir kräftig »Tüt« gemacht. Ich wollte ihn direkt zerhacken, aber dann hab ich mich
zusammengerissen. Und den Plan ausgearbeitet. Will ja wegen
dem Saukopf nicht in den Knast. Aber heute ist Zahltag. Und
ich nehm Zinsen.

Ich hab auch Tee dabei. Eine Thermoskanne. Und die ist
präpariert. Mit Rattengift, tödlich, hat mein Sohn für mich extra
im Internet bestellt. Die Dosis reicht für dreihundert Ratten.
Oder einen Jürgi.

Alle löten sich zu. Nur ich trink aus 'ner Buddel mit ohne.
Also nur Kakao. Gut, ein kleiner Schluck Rum ist drin. Aber
ich brauch das auch für den Kreislauf. Hat der Arzt gesagt.
Okay, das ist mein Schwager. Aber der ist ein guter Arzt.
Schreibt immer krank.

»Irgendwer Tee?«

Nur Jürgi mag Tee. Aber nur Früchtetee. Wegen seinen
empfindlichen Magenschleimhäuten.

»Ist das Schwarzer?«, fragt er.

»Nee, Früchte.«

Er kommt. Ich füll ihm den Alubecher.

Plötzlich ist Wolle zurück. Von der Pinkelpause. Walnuss
leer. Dann muss er immer ganz schnell nachschütten.

»Boah, hab ich einen Brand.«

Wo kam denn Wolles Hand jetzt so schnell her?

»Gib mal den Tee. Ist eh gesünder als der Obstler.«

Und schwupps, Becher leer.

»Der ist aber bitter. Haste zu lang ziehen lassen.« Ein Rülp-
ser, der aus einem wohl zu Recht vergessenen Abschnitt von
Wolles Magen zu stammen scheint, wird in die Welt entlassen.

»Ich muss mal austreten. Geht ruhig schon weiter.«

»Wir machen uns hier keinen Stress«, sagt Jürgi. »Der ist
schlecht fürs Herz.«

»Mir ist nicht so gut. Ich komm dann nach. Euch Schlafmützen hol ich selbst auf allen vieren ein.« Wolle lacht. Aber sein Gesicht ist schon grün.

Wir sehen ihn nicht wieder.

Ist wahrscheinlich besser so. Der Wolle hat doch sehr unter seiner Blase gelitten. Jetzt muss er sich da keinen Kopf mehr drum machen. Ich glaub, er hätte das so gewollt. Ist doch kein schlechter Tod. Kabelbrand im Herzschrittmacher ist schlimmer.

Na ja, ich hab ja nicht nur Gift dabei. Nee, nee, ich bin vorbereitet. Ein guter Handwerker rechnet immer mit dem Schlimmsten. Oder führt es selbst herbei. Der Jürgi wird sterben. Und dann sind wir nur noch »Die glorreichen Vier«. Dauern die Kegelabende auch nicht mehr so lang. Ich zahl eh immer drauf. Jetzt fällt es mir wieder ein, war gar nicht der Bronson. Der McQueen ist es aber auch nicht. Ich komm schon noch drauf.

Wir sind am Aussichtspunkt.

Jürgi setzt sich neben mich. Und legt seinen feisten Arm um mich, widerlich. Es ist, als würde mir jemand eine fette Nacktschnecke ins Genick drücken. Jürgi ist dicker als das Michelin-Männchen nach dem Mittagessen. Im XXL-Restaurant. Ich weiß gar nicht, warum meine Berte den rangelassen hat. Das muss ja gewesen sein, wie wenn man mit einem Gummibärchen Sex hat. Inklusive der Geräusche, wenn man einen Luftballon reibt.

Die Berte und ich, wir haben ja schon lange nicht mehr. Ich glaub, als Deutschland das letzte Mal Fußball-Weltmeister wurde, da waren wir beide so in Stimmung, dass wir uns vier Minuten Liebesglück gegönnt haben. Ja, der Mario Götze und ich. Haben an dem Tag beide spitzenmäßig einen reingemacht. War schön, wirklich. Nur die ganze Küsserei vorher hätt ich mir gern gespart.

»Ach, Hotte. Schön ist das hier. Der weite Blick. Und wir beide haben mal Zeit, was zu plaudern. Wie lang kennen wir uns jetzt schon? Fünfzig, sechzig Jahre?«

»Mhm.« Egal, wie viele es sind. Es kommt keins mehr dazu. Der soll bloß aufhören mit seinen Vertraulichkeiten. Ich bring ihn lieber schnell um. Dafür suche ich jetzt überrascht meine Jackentaschen ab. »Du, Jürgi, ich glaub, ich hab eben meine Geldbörse verloren. Hilfst du mir suchen?«

»Klar. Wie sieht die denn aus?«

»Schwarzes Leder.«

»Schwarzes Leder. Ungewöhnlich. Muss ein Sondermodell sein.« Er lacht blöd. »Keine Angst, die finden wir.«

Ist natürlich Blödsinn auf dunkelbraunem Waldboden. Gleich sind wir weit genug von den anderen weg. Dann jage ich ihm eine Kugel in den Kopf. Einmal durch. Von Ohr zu Ohr. Muss nur gucken, dass ich mich dabei nicht mit Blut bekleckere. Das geht ja so schlecht raus. Und mein Pullunder kommt immer in den Schonwaschgang. Eine Waffe mit Schalldämpfer. Hat mir mein Sohn übers Internet besorgt. Die macht beim Schießen nur »Pffft«. Klingt wohl wie beim Deospray. Nur dass dieses Deo nie versagt.

Die anderen können uns nicht mehr sehen. Ich hab denen den Obstlerkakao dagelassen. Bei dem Zeug merkt man gar nicht, was man sich reinpfeift.

Ich schleich mich von hinten an Jürgi ran. Der stellt sein Hörgerät immer auf leise. Um Batterien zu sparen. Deswegen kriegt er das nicht mit. In dem Fall ist Geiz wirklich geil für mich. Dann lege ich an, ziele auf den Hinterkopf.

Pffft.

Und Herbert ist tot. Ich hab ihm durchs Nasenloch geschossen.

Aber Jürgi steht immer noch vor mir und sucht meine Börse.

Den Herbert nennen wir alle nur Bratpfanne. Er meint, weil er so große Füße hätte. Das stimmt aber nicht. Der heißt Bratpfanne, weil er so viel Grips wie eine hat. Aber große Füße hat er natürlich auch. Wie Sechs-Pfund-Brote. Leider. Mit denen stolpert er gerne. Wenn Obstlerkakao in seinen Adern fließt, noch öfter.

Pfft.

Jürgi hat nichts gemerkt.

Aber François. Der rennt direkt zum Herbert. Denkt wohl, er sei gefallen. François beugt sich runter.

»Was hast du denn da in der Hand? Lass mal sehen ...«

Pffft.

Durchs Herz. Vorne rein, hinten raus.

Zack, liegt der auch auf dem Boden.

Jetzt sind wir also »Die glorreichen Drei«. Reicht zum Skatspielen.

Mensch, wie hieß denn der mit der Glatze noch? Der Savalas hat da doch gar nicht mitgespielt, oder?

»Du, ich find dein Portemonnaie nicht ... Was ist denn mit Bratpfanne und François?«

»Besoffen.«

»Dein Obstlerkakao ist aber auch teuflisch. Sollen wir sie hier schlafen lassen?«

»Soll ja nicht regnen, ist wohl am besten. Die liegen ja schön weich auf Moos.«

»Wenn die mit 'nem dicken Brummschädel aufwachen, fühlen die sich später wie erschossen.« Er lacht wieder. Noch.

Ich muss mich erst mal erholen und wandere ein Stück. Wenn man gerne wandert, ist der Weg schön. So abwechslungsreich. Wald-, Panorama-, Tal- und Höhenwege. Der Ort Olef hat zwar einen beknackten Namen, so als hätten sie Olaf mit Schnupfen ausgesprochen oder als würden hier nur Dänen leben, aber der historische Kern bringt Jürgi zum Fachsimpeln. Er schießt auch ein paar Fotos. Aufgrund von Vandalismus fehlt die Beschilderung. Der Eifelsteig ist hier nur durch die Markierungszeichen zu erkennen. Die Jugend von heute, die hat auch kein bisschen Anstand mehr.

Erst als wir an Erdhügeln und Erdgruben vorbeikommen, die vom Bergbau übrig sind, hab ich wieder genug Kraft gesammelt, um Jürgi umzubringen. Da merkt man, dass ich kein Profi bin. Ich hol mein Schweizer Offiziersmesser aus dem

Rucksack. So ein original rotes mit Kreuz drauf. Mit vierzehn Sachen dran. Auch Dosenöffner, Pinzette, Zahnstocher, Schrauben- und Korkenzieher. Mit dem würde ich Jürgi ja am liebsten den Skalp abschneiden. Aber es muss wie ein Unfall aussehen. Wobei ich nicht weiß, wie ich der Polizei die anderen Unfälle erklären soll. Das sind ja doch ganz schön viele. Sieht nicht mehr so irre nach Unfall aus. Mit einem »Herr Wachtmeister, heute ist einfach nicht mein Tag« wird es da wohl nicht getan sein. Werd ich halt alles dem toten Jürgi in die Schuhe schieben. Er muss jetzt nur unglücklich in die große Klinge fallen. Mit dem Herzen. Vielleicht beim Apfelschneiden. In Wahrheit muss ich ihm das Ding natürlich in die Brust stoßen. Womöglich mehrfach. Mag ich ja nicht so. Kann kein Blut sehen. Aber es muss wohl. Die Pistole hab ich eben nämlich bei Herbert liegen lassen, damit's aussieht, als hätte er abgedrückt.

Plötzlich nestelt einer an meinem Rucksack rum. Beate. Unser bester Kegler. Beate heißt wirklich Beate. Ein Missverständnis bei seiner Geburt. Die Hebamme sah schlecht und meldete, dass ein Mädchen geboren sei. Sie schlug Beate direkt in ein Handtuch, und der Priester war praktischerweise auch schon anwesend und sprach gleich den Segen für Beate. Beim Standesamt konnten sie wenigstens noch einen ordentlichen Namen angeben: Franz-Josef. So nennt er sich auch auf der Arbeit bei den Stadtwerken, aber seine Freunde dürfen ihn Beate nennen. So wie er vor Gott heißt.

»Was machst du denn da?«, frage ich ihn.

Irgendwas scheppert.

»Sekunde«, sagt Beate. »Das ist ja so heiß heute.«

»Klar ist es heiß, was machst du denn da?«

»Was trinken.«

»In der roten Kanne ist aber nur Kakao ohne Obstler.«

»Alles klar.«

Ich überlege, wo ich das mit dem Schweizer Offiziersmesser am besten mache. Aber ich muss sowieso warten, bis Beate wieder vorgeht. Der ist so ein Vorgeher. Will auch immer als Erster kegeln. Was vorlegen.

»Öchö«, hör ich ihn sagen. »Röchö.«

»Sag mal, was hast denn du getrunken?«

»Den Kakao, aber vorher hab ich noch in die Stulle gebissen, die ich mir aus deinem Rucksack stibitzt hab.«

Die Stulle, ach so, da waren Rasierklingen drin. Ganz kleine, hab ich mit einer Metallsäge klein gemacht. Die hat mein Sohn für mich extra im Internet bestellt.

Beates Gesicht ist bereits dunkeltürkis. Kann auch Altrosa sein. Mit einem Stich Eitergelb um die Augen.

»Tschüss, Beate. Ich konnt dich gut leiden.«

»Was?« Da plumpst er auf den Boden wie ein reifer Apfel.

Die glorreichen Zwei. Und Jürgi wird auch gleich dran glauben müssen.

Dann gibt es nur noch den glorreichen Hotte.

Jedes Mal das Gleiche. Ich hasse solche Situationen. Das wird mich mal wieder den Schlaf kosten. Ich komme einfach nicht auf den Namen von diesem Schauspieler. Dabei seh ich ihn genau vor mir. Der mit der Glatze halt.

Jürgi hat überhaupt nicht mitbekommen, was mit Beate passiert ist. Er hat die ganze Zeit nur vor sich hin gestarrt. Jetzt legt er mir wieder seinen dicken Arm um die Schulter.

»Hotte, ich muss was loswerden. Sag jetzt nix, das muss raus. Ist wie ein Geschwür in der Seele. Ich will dir das schon lange sagen. Vor einem Vierteljahr, da bin ich abends bei euch – also bei Berte und dir – vorbeigekommen, um einen Kuchen fürs Pfarrfest vorbeizubringen. Meine Frau hatte mich geschickt. Deine Berte war an dem Abend komisch, weißt du, so richtig komisch. Also nicht komisch wie ein Clown, eher seltsam, verstehst du? Die hatte den Film mit der Romy Schneider gesehen, ›Sissi‹, den dritten Teil, und hat geheult. Sie hatte wohl auch was getrunken und hat mir auch eingeschenkt, immer wieder, dabei wollte ich gar nicht, und dann wurde sie so … kuschelig. Weißte? Ich wollte gleich wieder weg. Und dann packt die mich plötzlich.« Jürgi kommen die Tränen. »Hotte, ich will echt nicht sagen, wo mich deine Berte angefasst hat. Und eh ich mich versah … Also, Hotte, schön war das nicht. Ich hab das auch gar nicht gewollt. Ich hab auch die ganze Zeit dabei gelitten und gebetet. Aber da ist man als Mann ja wehrlos. Mach mit mir, was du willst, Hotte. Ich hab es verdient. Wir sind doch Freunde, und so was macht man nicht mit einem Freund.«

»Nee«, sag ich. »Wirklich nicht. Aber mit dessen Frau anscheinend. Wie wär das denn, wenn ich mit deiner Ilse?«

»Das willste nicht wirklich, Hotte! Glaub es mir. Ich nehm vorher immer Schmerztabletten. Vierhunderter Ibuprofen. Drei Stück.«

Jürgi bleibt stehen. Ich krampfe meine Hand um das Schweizer Offiziersmesser. Ich bin so irre wütend, dass ich den Dosenöffner aufklappe. Schön stumpf. Der wird Jürgi richtig wehtun. Nix merkt der von meiner Absicht, der redet immer noch weiter.

»Und Hotte, wo wir so offen reden. Die anderen ausm Verein. Wolle, Herbert, François und sogar Beate, die haben alle, na ja, also, es war nicht immer ›Sissi‹, nee, nee, wohl auch mal ›Der Frosch mit der Maske‹, da hatte sie wohl Angst bekommen und wurde dann auch … so kuschelig. Ganz zu schweigen von ›Zur Sache, Schätzchen‹ mit der Uschi Glas.«

»Nee«, sage ich. »Das ist jetzt nicht wahr.«

»Doch, Hotte. Ist es. Das werden dir die Jungs bestätigen.«

Nee, das werden sie nicht. Es sei denn, Zombies dürfen auch den Eifelsteig wandern.

»Sind wir noch Freunde, Hotte?«

Ich drehe mich um. Da ist keiner mehr. Ich habe meine ganzen Kumpels umgebracht. Und womit? Mit Recht. Sie haben es verdient, aber schade ist es trotzdem. Jürgi ist mein letzter Freund.

»Jürgi«, sage ich deshalb. »Du bist sogar mein allerbester Freund.«

Wir umarmen uns. Männer machen so was zwar nicht, aber uns ist einfach danach. Ich habe an diesem Tag einen guten Freund wiedergefunden. Als Strafe für das Stelldichein mit Berte wird er bis an sein Lebensende die Runden in der »Jägerstube« übernehmen müssen. Eigentlich ein gutes Geschäft.

Am Kloster Steinfeld wartet meine Berte auf uns. Sie hat sich bereit erklärt, uns was zum Grillen herzufahren.

»Und? Hat alles geklappt?«, frag ich sie.

»Da drüben steht die Kühltasche. Ich bleib aber nicht zum Grillen. Heute läuft ›Die Mädels vom Immenhof‹ im ZDF. Und der Mann von der Uschi wollte noch was vorbeibringen, das ich morgen für ihn auf dem Trödelmarkt an der Kirche verkaufen soll.«

»Berte?«

»Ja, Hotte?«

»Aber erst trinkst du eine Tasse Tee mit uns.«

Ich schütte ihren Becher bis oben hin voll.

»Wo sind eigentlich die anderen?«, fragt sie.

»Mach dir keine Sorgen«, antworte ich. »Die wirst du gleich zu sehen bekommen.«

Sie trinkt das Zeug in einem Zug. So ist sie meine Berte. Oder besser: So war sie.

Yul Brynner! Natürlich. Yul Brynner. Jetzt werd ich ruhig schlafen können.

WEINTIPP

Wenn Sie sich wie ein Teil der »Glorreichen« fühlen wollen, sollten Sie zu Schnaps-Kakao greifen. Raten kann ich Ihnen das aber nicht. Ich finde, für Wanderungen ist ein anderes alkoholisches Getränk ideal: ein schön gekühlter, frischer und trockener Weißwein, der nicht zu viel Alkohol aufweist. Luftlinie die nächstgelegene Quelle für solch einen Tropfen ist das Ahrtal, genauer der Ort Altenahr. Dort sitzt mit dem Weingut Sermann auch der Weißwein-Spezialist des kleinen Anbaugebiets, das vor allem für seine Rotweine von Spät- und Frühburgunder bekannt ist. Ein Wanderwein sollte preislich im Rahmen liegen und richtig Spaß machen, um die Lebensgeister wieder in Schwung zu bringen. So einer ist der Altenahrer Riesling »von den Terrassen«, ein trockener Tropfen mit knackigen Apfel- und reifen Pfirsicharomen. Danach geht man garantiert noch ein paar Kilometer extra. Oder legt sich mit der Flasche ins Gras. Das Risiko sollten Sie aber eingehen.

ISERLOHNER PRAGMATISMUS

Ich sag mal so: Wir wollten einen Junggesellinnenabschied, aber stilvoll. Also nicht mit dem Bauchladen auf dem alten Rathausplatz Kondome, Gleitcreme und Dildos verkaufen. Sondern schön essen gehen, natürlich auch schön Prosecco trinken, halt Mädels unter sich. Die Orga hatte ich, da die Braut, also Bettina, ja meine Schwester ist. Bettina ist echt der absolute Oberhammer. Wobei, »Bettina« stimmt ja gar nicht mehr, sie lässt sich ja seit einiger Zeit Bibi nennen. Sie sieht aber auch nicht mehr aus wie eine Bettina, hat sich völlig runderneuern lassen: neue Spoiler, Hochglanzpolitur, tiefergelegt, wenn Sie wissen, was ich meine. Also Lid- und Bauchdeckenstraffung, Lippen- und Nasenkorrektur, auch eine Intimkorrektur (ich hab da lieber nicht weiter nachgefragt) und vor allem die Brüste, gleich dreimal. Was da entstanden ist, muss man schon als Kunst bezeichnen, die Natur bekommt so was auf jeden Fall nicht hin. Schwerkraft ist für diese Dinger kein Thema. Und da Männer optische Wesen sind, ist es auch kein Wunder, dass quasi ganz Iserlohn hinter ihr her war. Auch Dirki, der Bräutigam, ehemals mein Dirki, der dann eben das neuere Top-Modell aus demselben Haus gewählt hat. Bevor Sie fragen, ich bin da längst drüber weg. Mein Slogan war immer schon: Nur das Beste für mein Schwesterherz!

Deshalb auch Gut Lenninghausen in Drüpplingsen. Das liegt so idyllisch über dem Ruhrtal. Und es gab noch einen anderen Grund: Wir konnten die Männer in der Brennerei auf dem Anwesen parken. Das war meine Idee, ich bin immer für pragmatische Lösungen. Die Kerle sollten Dirkis Abschied vom Junggesellenleben mit einer Schnapsprobe feiern, während wir Mädels im Gewölbekeller nebenan sitzen und bis spät in die Nacht gesittet trinken würden. Oder auch ein bisschen ungesittet.

Das war zumindest der Plan.

Das Ergebnis kennen Sie ja.

Aber Sie haben ja gesagt, ich soll alles noch mal erzählen, also mach ich das. Ist ja wichtig, dass Sie von der Staatsanwaltschaft keine falschen Schlüsse ziehen.

An dem Tag haben wir Bettina natürlich zuerst bei sich abgeholt, ganz stilvoll in der Stretchlimo mit Chauffeur im dunklen Anzug. Dann in den Beautysalon und so richtig aufstylen – nicht dass Sie denken, Bettina würde immer aussehen wie eine russische Luxusnutte! Das war das Melania-Trump-Special! War im Angebot. Da bin ich ganz pragmatisch.

Dann haben wir rund ums Gut Lenninghausen noch ein Fotoshooting mit uns allen gemacht. Ich hatte Accessoires besorgt, also bunte Perücken, lustige Brillen, Schminke, falsche Wimpern. Das hat uns allen viel Spaß gemacht. Bevor Sie fragen, weil Sie bei Bettina so extrem viel Promille im Blut gefunden haben: Da haben wir schon angefangen, ein bisschen was zu trinken. Also eigentlich schon in der Limo. Ganz eigentlich bei Bettina in der Wohnung, als wir sie überrascht haben. Man muss ja erst mal anstoßen und vorglühen!

Wo war ich? Ach ja, Fotoshooting rund ums Gut Lenninghausen. Da waren auch ein paar gewagte Aufnahmen dabei, das haben Sie ja vielleicht schon gesehen.

Danach ging es für uns Mädels in den Gewölbekeller vom Restaurant, den hatten wir an dem Abend ganz für uns. Mit »wir Mädels« meine ich die Bettina, also die Bibi, die Annika, also die Anni, die Dini, die heißt eigentlich Daniela, dann die Tanja, die Andrea, die Vanessa, die Henny, die Anke und die Elsbeth, also die Oma von Bettina und mir. Die hört und sieht zwar kaum noch was, aber ist immer gern unter Menschen. Da sie auch nix isst, hat das nicht extra gekostet.

Von dem Fotoshooting hatten wir alle total Hunger. Das Menü hatte ich vorher mit dem Koch abgesprochen: ganz traditionell sauerländisch, also Potthucke, Himmel und Erde, Bockwurst, Pumpernickel, so ein Best-of-Heimat. Auch um eine ordentliche Grundlage für den Alkohol zu schaffen. Da bin ich ganz pragmatisch.

Der Abend lief auf jeden Fall superduper. Ich hatte noch einen Film auf einer Leinwand gezeigt, den ich über Bettina und Dirki gemacht hab, also Kindheitsvideos zusammengeschnitten, Interviews mit dem Freundeskreis und den Eltern, total funny. An Musik liefen an dem Abend nur Bettinas Lieblingsbands, also dieser ganze Rap- und Hip-Hop-Kram. Und dann, nach dem Dessert, da war es so halb elf, kam dann der Höhepunkt: der Stripper!

Und ja, den hatte ich auch ausgesucht. Natürlich! Da müssen Sie gar nicht so gucken, ich hab die ja nicht vorher bei mir Probe tanzen lassen. Ich bin da nur nach den Fotos gegangen. Da gab es Kurt Klöte, Lasse Latte und natürlich Rudy Rohr. Auch einige amerikanische Stripper waren im Angebot wie Dickie Big Balls und Woody McStiff. Warum mir gerade Captain Long John and his Ding-Dongs am besten gefallen hat, kann ich Ihnen gar nicht mehr sagen, wahrscheinlich weil er als Pirat auftritt. Einen Feuerwehrmann, der mit seinem – zwinker-zwinker – Schlauch spielt, fand ich zu öde. Feuerwehrmänner sieht man in Iserlohn ja manchmal, aber Piraten? Nie! Also außer damals im Stadtrat.

Auf jeden Fall erklingt plötzlich Piratenmusik, und er kommt rein in kompletter Jack-Sparrow-Montur. Bettina musste sich auf einen Stuhl setzen, und dann flog bei dem Piraten ein Fetzen nach dem anderen, die waren alle mit Klettverschlüssen festgemacht. Voll pragmatisch, fand ich gut. Vor dem Gesicht hatte er aber die ganze Zeit so einen Schleier mit Segelschiff drauf. Allerdings hab ich bei ihm, da muss ich ganz ehrlich sein, eigentlich kaum ins Gesicht geguckt. Aber was will frau auch machen? Diese Muskeln überall! Und das ganze Geschlackere untenrum. Von links nach rechts, sogar in Kreisen! Er rieb sich auch an Bettina und wurde erregt, also zum Teil. Wie nennt man das? Mittelerregt? Mediumhart? Halbsteif? Ja, ich komm zum Punkt, ist ja gut. Bettina hat super mitgemacht, ihm die Brust eingeölt und so.

Dann zog er theatralisch die Maske ab.

Und es war, Sie wissen das jetzt natürlich schon, Christoph Wüschel. Bettinas Ex. Der immer noch total in Bettina verschossen ist und ihr ständig WhatsApps schickt. Der Mann, auf den Dirki so gar nicht kann.

Die Mädels kannten ihn natürlich auch alle und kreischten auf – also alle bis auf Elsbeth, die hat von dem Ganzen kaum was mitbekommen und die ganze Zeit nur glücklich vor sich hin gelächelt und an ihrem Bierchen gesüppelt. Alle anderen schossen Fotos mit ihren Handys oder filmten die ganze Chose. Und Bettina, zu diesem Zeitpunkt schon lattenstramm, also wortwörtlich ... 'tschuldigung, dass ich lachen muss! Hier ist natürlich gar nichts zum Lachen ... So ... bin wieder ernst!

Wenn jetzt einige behaupten, ich hätte vorher gewusst, dass der Stripper Bettinas Ex ist, sag ich: Moment mal! Wie hätte ich bitte wissen können, dass hinter Captain Long John der Christoph steckt? Ein Pfarrerssohn aus Griesenbrauck? Da wasche ich meine Hände in Unschuld, aber porentief!

Jetzt kommen Sie mir bloß nicht mit dem Video, das Dirki in dem Moment sofort auf sein Handy bekommen hat. Ich kann nur sagen: Da ist eine an meinem iPhone gewesen und hat das gemacht. Das Ding lass ich ja immer irgendwo rumliegen, und alle wissen, dass mein Geburtsdatum das Kennwort ist.

Aber wer immer das gemacht hat, böse war es ganz sicher nicht gemeint. Sondern nur lustig, so neckisch lustig halt.

Dirki bekam auf jeden Fall diesen Videoclip geschickt, auf dem der Christoph der Bettina gerade seinen Long John und seine Ding-Dongs präsentiert und sie ihm an den Po packt.

Als Dirki das gesehen hat, war er schon nicht mehr ganz nüchtern.

Normalerweise verkostet man bei einer Probe in der Brennerei nur fünf Schnäpse oder Liköre. Aber Norbert, also der andere Trauzeuge, hat dafür gesorgt, dass die Jungs die ganz große Hafenrundfahrt bekommen haben, also alles, was das Haus zu bieten hat. Zwetschge, Himbeere, Mirabelle, Williams, Obstler, Wacholder, Doppelwacholder, Korn, Doppelkorn, Schlehenlikör, Kümmellikör, Weihnachtslikör, Gin-Bim und Eierlikör. Und bei dem Eierlikör, das hat der Norbert mir nachher erzählt, da war das Gegröle dann so richtig losgegangen. »Mehr davon! Männer brauchen Eiweiß!« und »Ist gut für meine Eier!« oder »Wer am meisten davon säuft, hat die dicksten Eier!«. Sie können sich das ja sicher gut vorstellen. Die bekamen sich gar nicht mehr ein und pfiffen sich das Zeug rein wie nix Gutes. Und das hat zwanzig Umdrehungen! Merkt man nicht, ist aber so. Dazu gab es noch eine kleine Zaubershow – als hätten die nicht so schon lauter Sternchen gesehen! Als Dirki den Videoclip gesehen hat, hielten sich die Jungs auf jeden Fall nur noch mit Mühe in der Senkrechten.

Als Erstes hat Dirki sein Handy volle Möhre an die Wand geschmissen. Und als Zweites ist er zu uns in den Gewölbekeller rübergerannt, wobei »gerannt« … Also sagen wir mal: schnell getorkelt. Die Bettina hat davon natürlich gar nichts mitbekommen, die hatte gerade einen Piratenpopo mit Totenkopf-Tattoo vor dem Gesicht. Also auf einer Backe war das Totenkopf-Tattoo, auf der anderen ein Pfeil, über dem geschrieben stand: »Captain Long John befiehlt: Hier knutschen!« Und da die Bettina für jeden Spaß zu haben ist, hat sie das dann auch gemacht. Die hat ihn richtig abgeschlabbert, unter lautem Gejohle von uns natürlich.

Da war es dann auch vorbei mit halbsteif, das kann ich Ihnen aber sagen.

Auftritt Dirki.

Ich frag mich bis heute, woher er das Messer hatte. Muss er sich von einem der anderen Tische gegriffen haben. War so ein kleines, gar nicht besonders spitz. Um damit irgendwo reinzustechen, muss man schon ziemlich viel Kraft aufwenden, um … also … Eigentlich Respekt, dass er das geschafft hat!

Dirki also mit Messerchen stürmt auf Bettina und Captain Long John los. Oder besser: Er fällt auf sie los. Der Captain bringt sich im letzten Moment in Sicherheit, Bettina nicht. Weil: sitzt ja auf dem Stuhl, gefesselt mit Seidentüchern. So schwarzen, die aussehen wie kleine Piratenflaggen. Total süß irgendwie. Egal, Dirki also mit ausgestrecktem Arm und Messer in Bewegung, total unaufhaltsam, und zack, steckt das Messer tief in Bettinas Busen. Also dem linken. Dem, wo das Herz ist. Gibt es bei Busen eigentlich einen Singular? Buser? Buso? Also die linke Titte, sagen wir es, wie es ist!

Bettina verlor sofort das Bewusstsein, vermutlich wegen des Schocks.

Dirki, der sich gerade wieder vom Boden aufgerappelt hatte, sieht das, schreit auf, will zu Bettina, rutscht auf dem Blut und so aus, fällt und schlägt dabei mit dem Hinterkopf auf eine Tischkante. Das ist so richtig doof für ihn gelaufen.

Aus der Bettina ploppt das Messer raus, und es fängt an, aus der Wunde zu spritzen. Zuerst rot, aber dann viel mehr so beige. Das ist ja eigentlich gar keine richtige Farbe, aber das war so beige halt. Wir dachten, die Bettina hat es erwischt, aber denkste! Das Silikonimplantat hat sie gerettet. Mit echten Möpsen wär sie erledigt gewesen, garantiert.

Ich bin natürlich direkt zu Bettina und hab versucht, die Blutung, also die Spritzung, zu stoppen und sie wach zu bekommen, währenddessen haben die anderen sie losgemacht und den Notarzt gerufen. Erst durch einige wirklich feste Schläge hab ich sie wieder unter die Lebenden prügeln können. Schön war das nicht, aber musste ja sein. Ich bin da ganz pragmatisch.

Und was sieht Bettina als Erstes, nachdem sie die Augen wieder aufhat? Ihren Dirki auf dem Boden liegen, bewusstlos, Blut um seinen Kopf. Ich möchte an der Stelle noch mal erwähnen, dass auch die Bettina schon richtig knülle war. Wir hatten ja nicht nur Prosecco getrunken, sondern auch den Eierlikör, müssen Sie wissen. Und da kann man sich so richtig festtrinken! Das ist ein teuflisches Zeug, wirklich.

Bettina sieht also Dirki, bekommt einen Kreischanfall, zittert am ganzen Leib, greift sich das Messer vom Boden und geht auf Captain Long John los. Wenn Sie jetzt fragen, warum da keiner dazwischengegangen ist: Das ging alles so schnell! Auch der splitterfasernackte Captain Long John – das heißt, den Piratenhut, den hatte er immer noch auf –, also der wusste nicht, was passiert, als die Bettina schreiend auf ihn zukam, ihn umrannte, sich auf ihn setzte und ihm das Messer in die Brust rammte.

Und der hatte natürlich keine Silikonmöpse.

Die Bettina hat dann auch nicht nur einmal zugestochen, die macht ja keine halben Sachen. Die hat den so richtiggehend perforiert. Wie im Wahn. Dafür war das Messer natürlich gar nicht gemacht, und irgendwann, so nach dem zwanzigsten, dreißigsten Mal, ist es abgebrochen. Sonst würde die Bettina wahrscheinlich heute noch zustechen … 'tschuldigung, dass ich schon wieder lache, aber ist doch wahr.

Jetzt kommt Dirki wieder zu Bewusstsein, sieht Bettina auf dem nackten Captain sitzen, voller Blut, und fällt wieder in Ohnmacht. Dabei hat er sich wieder gestoßen, diesmal zwar mit dem Hinterkopf nur auf den Steinfußboden, aber da war wohl so eine fiese spitze Kante an der Fußleiste, auf jeden Fall fing das Bluten wieder an. Das war eine Riesensauerei, kann ich Ihnen sagen! Die Rechnung für die Endreinigung war richtig happig.

Dirki kam dann ja erst im Notarztwagen wieder zu sich. Da war der Tod vom Captain schon festgestellt worden. Haben Sie die Spitze von dem Messerchen eigentlich mittlerweile wieder aus ihm rausbekommen, oder war die zu tief …? Ist jetzt ja auch egal. Tot ist tot, und Schnaps ist Schnaps. Die Sanitäter haben Dirki dann wohl erklärt, dass die Bettina in Gewahrsam genommen worden ist, aber er hat das wegen seiner Kopfverletzungen nicht richtig verstanden. Das ist auch bis heute so geblieben. Er lächelt immer glücklich, schafft es aber nicht mehr, seine Schuhe zuzubinden.

Das war es natürlich mit der Hochzeit.

Also mit der von Dirki und Bettina. Ich heirate nächste Woche den Norbert. Ich sehe in Ihren Augen, dass Sie das dumme Gerede über ihn gehört haben. Aber es ist eine dreiste Lüge, was die anderen Jungs da erzählen, dass Norbert dem Dirki immer nachgeschüttet hätte, obwohl der gar nicht wollte. Der Dirki ist schließlich erwachsen, da kann man seinen Rausch niemand anderem als sich selbst zuschreiben. Also ehrlich! Und der Norbert hat ihm auch nicht das kleine Messer in die Hand gedrückt. Dass es gar nicht zum Besteck vom Restaurant passt, sondern zu dem in seiner Wohnung, ist ein blöder Zufall. Das sagt sein Anwalt auch. Das Messer ist von Ikea, das hat jeder Zweite in der Schublade.

Meinen Junggesellinnenabschied feier ich auf jeden Fall schön im Gut Lenninghausen.

Trotz allem hab ich gute Erinnerungen daran. Vor allem an den Eierlikör.

Ich bin da ganz pragmatisch.

♟ EIERLIKÖRTIPP

Es ist kaum zu glauben, aber Eierlikör ist wieder in. Als ich jung war, stand er für mich auf einer Stufe mit Klosterfrau Melissengeist als Omma-Glück – tatsächlich sind achtzig Prozent der Käufer Frauen. Mittlerweile gibt es etliche Hipster-Varianten für entsprechendes Kleingeld, aber zu dieser Geschichte passt natürlich nur der Iserlohner Eierlikör der Brennerei Bimberg, der zwanzig Umdrehungen bietet – und den es im Hochsommer nicht gibt.

So deutsch Eierlikör auch klingen mag, seine Wurzeln hat er tatsächlich in Brasilien, bei den Ureinwohnern des Amazonas. Im 17. Jahrhundert entdeckten europäische Kolonialisten dort ein Getränk namens Abacate aus Avocados. Zusammen mit Rohrzucker und Rum wurde daraus »Advocaat«. Es war wohl Eugen Verpoorten, der das Getränk in Antwerpen nachstellen wollte und keine Avocados zur Hand hatte, dafür aber Eier. Der Eierlikör war geboren.

DIE BALLADE VON HANS UND ROS

Auf dem Kreuzfahrtschiff, da geht's hoch her
Doch einem fällt das Leben schwer
Hans aus der Schweiz denkt grad an Mord
Seine Frau, die Ros, muss über Bord
Zu Haus in Zürich verkauft er Dosen
Die Ros mag lieber ihre Rosen
Und trinkt seit jeher sprudelnden Wein
Drum schenkt er ihr nun tüchtig ein
Ein teurer Cava soll es sein!
Das Schiff fährt prächtig, die Segel voll
Hans und die Ros im Gleichklang: Toll!

Spät am Abend, das Deck ist nass
Und Hans, der rollt schon wie ein Fass
Flanieren will die Liebste nun
Hans will das gerne mit ihr tun
Das Schiff, es schwankt nun doch schon sehr
Viel Seegang, es geht recht hoch her

Auf dem Lido gibt's 'ne Probe
Auf dem Lounge-Deck Wein-Gelobe
An der Bar raucht man Zigarren
Im Fitnessraum turnt man am Barren
Na gut, ein Barren ist es nicht
Doch Laufband reimt sich fürchterlich-t

Die Küste, sie zieht sanft vorbei
Tarragona einwandfrei
Die Ros blickt froh über die Reling
Der Hans fühlt sich als Bismarckhering
Übel ist ihm, kalkweiß die Haut

Er hat schon sehr schwer abgebaut
Bordarzt Christian, denkt er eben
Rettet ihm nachher das Leben
Die Ros derweil die Aussicht preist
Hans wünscht, sie wär schon »abgereist«
Doch Ros, die hat längst mitbekommen
Warum Hans sie hat mitgenommen

»Du«, sagt die Ros, »schubst du mich nun?
Sag, muss ich das gar selber tun?
Betrunken bin ich doch nun fein
Von Cava, Merlot, all dem Wein
Doch schlecht ist nun dir
Denn in dein Bier
Schüttete ich Gift, und nicht zu knapp
Die schöne Welle macht gleich Schwapp
Rufen kannst du jetzt nicht mehr
Die Zunge ist dir viel zu schwer
Grüß mir die Fische, grüß das Meer
Mein Leben ist nun nicht mehr schwer
Deine Geliebte folgt im Hafen
Von Barcelona, wenn alle schlafen
Sie mag doch Fisch so gern verspeisen
Dank Gift wird sie danach entgleisen
Eine schön're Leich gab es noch nie
Doch tot ist tot, und hie ist hie!«

Und was ist die Moral von der Geschicht?
Wenn's Wein gibt, trink das Bier bloß nicht!

WEINTIPP

Dieses kleine Krimigedicht ist auf einer Weinkreuzfahrt entstanden, die ich mit der »Sea Cloud II« machen durfte, als »Autor an Bord«. Tarragona wird genannt, wo wir auch ein Weingut besuchten, aber wenn ich mich heute an die Reise erinnere, dann kommt mir Cava in den Sinn, den wir an Deck genossen haben wie auch viele andere Passagiere. Der Champagner Spaniens ist – in seiner klassischen Form – ganz anders als der berühmte französische Bruder. Das liegt an den Rebsorten Xarello, Macabeo und Parellada. Großartig ist zum Beispiel der »Clos Nostre Senyor Gran Reserva Premium Brut Nature« von Mestres, dem ersten Haus, das jemals den Namen »Cava« verwendete. Hier werden die Schaumweine extrem lang gelagert und nicht – wie zumeist in der Champagne – während der Reifung auf der Hefe mit Kronkorken verschlossen, sondern mit Korken. Das führt zu einer ganz feinen Oxidation und vielen Nuss- und Röstnoten, aber auch einem Hauch Marzipan – natürlich alles in knochentrocken. Ein hochindividueller Schäumer!

BIS(S) IM AHRTAL

Der Mond strahlte am Himmel über Heppingen wie ein frisch poliertes Fünf-Mark-Stück. Diese Münze war zwar seit vielen Jahren nicht mehr im Umlauf, aber Gernot dachte stets im großen zeitlichen Rahmen. So schöne Nächte wie diese, mit einem lauen Windchen und einer wie entfesselt aufknospenden Natur, waren selten. Egal, wie viele Jahrhunderte man schon lebte. Das Schicksal meinte es heute gut mit ihm. Denn auch das Ambiente war beim Essen von großer Wichtigkeit. Und er würde gleich hier essen, in dem Gebüsch hinter sich, das weit von der Straßenlaterne entfernt war. Wenig Licht fiel darauf, niemand würde erkennen können, wenn er herzhaft zubiss. Selbstverständlich nur mit einem Zahn. So machten es alle seit dem großen Missverständnis im Jahr 1897, als der irische Theatermann, dieser Bram Stoker, einen Roman über den rumänischen Fürsten Vlad III. Drăculea veröffentlichte. Seitdem dachte jeder bei zwei Einstichen am Hals gleich an Vampire. Weswegen alle nur noch einseitig bissen. Nur keine Aufmerksamkeit erregen. Glücklicherweise vergaß Stoker, das Serum zu erwähnen. Das Prozedere glich dem der Stechmücken. Diese spritzten in die Saugstelle Proteine ein, um das Gerinnen des Blutes zu verhindern. Das taten Vampire auch, doch in ihrem Speichel befand sich zudem ein leichtes Narkotikum, welches das Opfer seine kurze Zeit als Nahrungsspender auf der Stelle vergessen ließ.

Die Natur war bewundernswert erfinderisch.

Gernot hatte seit einer Woche gefastet, um sich heute die Blutbahnen richtig vollschlagen zu können. Der Durst brodelte in ihm, und er merkte, wie sich Wahnsinn in sein Verlangen mischte. Doch der heutige Genuss würde das Warten wert sein. Der Höhepunkt seines Lebens als Gourmet-Vampir. Niemand wusste besser als er, wo schmackhaftes Blut zu bekommen war.

Zum Beispiel diese kleine Māori-Tanzschule an Neuseelands Südostküste, wo der salzige Geschmack dem Blut einen besonderen Kick gab. Oder diese eine, ganz besonders entlegene Ranch in Argentiniens Hochland, wo die Männer sich nur von gegrilltem Fleisch ernährten, wodurch ihr Blut eine glutige Würzigkeit besaß. Gernot berichtete regelmäßig in seinem Internetblog über die Funde. Natürlich passwortgeschützt. Doch über sein heutiges Festmahl würde er nichts schreiben. Es sollte sein Geheimnis bleiben. Schließlich war es ihm auch als solches anvertraut worden.

Trat da schon jemand aus dem Restaurant »Zur alten Eiche«? Ja ... aber nur zum Telefonieren. Und zum Rauchen! Raucher würde er heute nur zur Not aussaugen. Das ganze Nikotin war schlecht für seinen Blutkreislauf. Es gab allerdings Vampire, die schreckten nicht davor zurück. VIP-Sauger zum Beispiel. Die bissen nur Berühmtheiten. Und wer Altkanzler Helmut Schmidt in seiner Sammlung hatte haben wollen, der musste eben ein gerüttelt Maß an Teer in Kauf nehmen.

Der Mensch beendete sein Gespräch und ging zurück ins hell erleuchtete Sternerestaurant des berühmten Julius Eichendorff. Ein Mann mit exquisitem Geschmack, dem Gernot vermutlich auf ewig dankbar sein musste.

Und ewig konnte man in diesem Fall wörtlich nehmen.

Gernot trat näher an den Glaskasten mit der aktuellen Menükarte. Ein marmoriertes Blatt kündete vom heutigen Event. »Frühburgunder-Abend« stand dort. Einmal im Monat veranstaltete Eichendorff einen solchen. Es gab nichts anderes Alkoholisches als diese Rebenspezialität des kleinen Ahrtals, alle Gerichte waren so konzipiert, dass sie perfekt dazu passten.

Und nichts vermählte sich dermaßen gut mit Menschenblut wie Frühburgunder.

Es war, als würden einem Teufelchen auf die Zunge pieseln.

So hatte sein Onkel Friedensreich es beschrieben. Ein Nennonkel, der Gernot in seinen ersten Jahren als Vampir ab und an zur Seite gestanden hatte. Friedensreich hatte im Ahrtal gelebt. Bis er vor Kurzem gestorben war. Es musste fürchterlich gewesen sein. Geschwollene Zunge, blutunterlaufene Augen, Pusteln auf der eisigen Haut. Mit seinen letzten Worten hatte er einen Brief an Gernot diktiert und ihm von diesem Restaurant erzählt. Auf diese Weise hatte er Frieden schließen wollen, denn sie waren zerstritten gewesen. Gernot war mit Friedensreichs Gefährtin durchgebrannt, jugendlicher Hitzkopf, der er vor einigen Jahrhunderten noch war. Danach hatten sie nie mehr miteinander gesprochen, obwohl Gernot es mehr als einmal versucht hatte.

Frühburgunder-Blut, hatte Friedensreich geschrieben, sei der Beweis, dass Gott den Vampiren ihre Schuld vergebe. Doch nur im Ahrtal sei es so köstlich, wegen des Devonschiefers, auf dem die Trauben hier reiften.

Heute Abend würde Gernot das Elixier endlich kosten!

Seine Arterien und Venen waren mittlerweile so vertrocknet, dass er sie bei jeder Bewegung knistern hören konnte. Seine letzten verbliebenen Blutstropfen kratzten durch die Bahnen.

Die große, gusseiserne Tür des Restaurants öffnete sich wieder. Abermals trat ein einzelner Mensch heraus, männlich, knöpfte den Mantel zu – und zündete sich keine Zigarette an.

Abendessen war fertig.

Gernot wurde eins mit den Schatten, mit dem Flüstern des nächtlichen Windes, mit dem Geruch feuchter Blätter. Er erschien mehr hinter dem gesättigten Menschen, als dass er dorthin ging. Ein letztes Mal blickte er sich um. Niemand zu sehen, alle Gardinen zugezogen. Ein kurzer Schubs und sein Opfer fiele ins Gebüsch, rasch würde sich sein Zahn in die Halsschlagader senken, pumpend würde das warme Blut in seinen Schlund schießen. Gernot konnte nicht anders, er musste hier und sofort, mitten auf dem Gehweg, einen kleinen Bissen nehmen. Einen Snack. Geschwind senkte er den Kopf zum Hals des Menschen.

Und hielt inne.

Von der Haut des Mannes ging eisige Kühle aus. Jetzt erst

fiel ihm der edle Zwirn auf, in den er gewandet war. So etwas gab es nur in Mailand.

Im Mailand des späten 19. Jahrhunderts.

Und mit einem Mal erkannte er auch den Haarschnitt. Seit achtundsiebzig Jahren der gleiche.

»Holger?«

Der Mann drehte sich um. Es war tatsächlich Holger. Eigentlich hieß er Wilhelm, wie der deutsche Kaiser zu seiner Geburt. Aber er gab sich alle paar Jahrzehnte einen neuen modischen Namen.

»Gernot! Was für eine Freude, dich zu sehen. Du wolltest mich doch nicht etwa beißen?«

»Nein.«

»Nein? Sah aber so aus.«

»Dann sah es falsch aus. Was machst du hier?«

»Na, wahrscheinlich dasselbe wie du! Zuerst hab ich drinnen ein Rinderhüftsteak gegessen, schön blutig. Und jetzt gibt es hier den Nachtisch. So 'n fettes Ehepaar aus Ennepetal saß einen Tisch neben mir, die haben eben schon das Dessert bekommen. Ich nehm das Weibchen, steh halt auf süßes Blut, in Ordnung?«

Gernot spürte die Wut in sich brodeln wie einen zu stark geschüttelten Champagner. »Woher weißt du von diesem Restaurant?« *Das ist mein verdammtes Geheimnis*, wollte er hinzusetzen. Aber was für ein Geheimnis war das, von dem andere wussten? Ein beschissenes.

»Von wem ich das weiß?«, fragte Holger zurück. »Na, von Gabi. Der aus dem Osten. Die du nach der Wende gebissen hast, als Begrüßungsgeschenk. Die Gabi mein ich. Deine Gabi!«

Seine Gabi. Der einzige Vampir, dem er vom Ahrtaler Frühburgunder-Blut berichtet hatte. Sie hatte ihm Verschwiegenheit geschworen. Hoch und heilig. Gernots Wut vermischte sich mit seinem mittlerweile unfassbaren Hunger, der ihm fast die Sicht vernebelte, und er biss Holger in die Kehle. Das gehörte sich natürlich nicht. Untereinander beißen war verpönt. Außerdem schmeckte es auch nicht wirklich lecker. Das Blut war einfach zu kalt und irgendwie … tot. Gernot spuckte alles wieder aus und warf den nun vollends toten Holger ins Gebüsch. Diese blöde Gabi! Die Liebe seines Lebens – hatte er damals gedacht. Doch sie war ein flatterhaftes Wesen, kam und ging, wie es ihr gefiel. Aber Gernot konnte nicht von ihr lassen, war ihr ausgeliefert. Sie spürte, wenn er eine neue kulinarische Entdeckung gemacht hatte, und kitzelte diese aus ihm heraus. Gabi wusste genau, wie.

Das Ehepaar aus Ennepetal ließ sich Zeit. Gernot entschied, einen Blick durchs Fenster zu wagen. Die zwei sahen wirklich schmackhaft aus, und ihre Augen waren schon glasig vom Frühburgunder. Ein Festmahl. Vielleicht wäre danach sogar noch ein Nachschlag drin. Er ließ seinen Blick schweifen.

Und das wenige, kühle Blut, das in seinem Körper floss, begann zu kochen.

Der ganze Raum war voll.

Voll mit Vampiren.

Mindestens an vier Tischen. Gernot kannte sie alle. Sämtlich Freunde von Gabi. Wie vielen Vampiren hatte es dieses schwatzhafte Weib erzählt? Vampirinnen war doch nicht zu trauen! Und selbst nach über achthundert Jahren fiel er immer noch auf sie rein. Das Untotsein brachte irgendwie das Schlechte in Frauen hervor.

Die Vampire in der »Alten Eiche« würden ihm alles kaputtmachen, würden alles aussaugen, bevor er auch nur einen Tropfen abbekam.

Und regelmäßig zur »Alten Eiche« zurückkehren.

Er musste sie loswerden. Sofort.

Gut, man tötete eigentlich keine anderen Vampire. Aber jetzt hatte er eh schon Holger ins endgültige Jenseits befördert, da kam es auf ein paar zusätzliche Morde auch nicht mehr an. Außerdem verwandelten sich tote Vampire zu Staub, da blieb nichts zurück. Keiner würde ihm etwas beweisen können.

Doch Gernot hatte keine Lust, sie alle auszusaugen. Also

zwang er einen Passanten, den seine Frau gerade mit dem Hund zum Gassigehen rausgeschickt hatte, ihm in der nahe gelegenen Kirche Weihwasser in eine Thermosflasche abzufüllen, und riss ein paar spitze Pfähle aus einem alten Jägerzaun.

Gut. Konnte losgehen.

Nach und nach kamen die Vampire heraus, wollten sich vor dem Restaurant auf die Lauer legen, bevor die menschlichen Gäste es verließen.

Das Morden war nicht schön. Wirklich nicht. Kein Spaß. Dieses ganze Herzendurchbohren und Mit-Weihwasser-Besprenkeln. Eklig war das. Und ganz schlecht für den Appetit. Mit einigen Vampiren sprach er vorher noch ein paar Sätze. Sie alle bestätigten Holgers Geschichte. Gabi hatte ihnen begeistert vom Frühburgunder-Blut berichtet.

Man sah nicht jeden Tag alte Freunde zu Staub zerfallen. Wobei »zerfallen« das falsche Wort war. Zuerst schien sich das Innere nach außen zu stülpen, dann sank alles in sich zusammen und sah aus wie eine verunglückte Portion überbackene Cannelloni, bevor es zischend und brodelnd zu Staub wurde.

Es schlug Gernot gehörig auf den Magen, aber Durst hatte er trotzdem noch.

Wahnsinnigen Durst.

Das Ehepaar aus Ennepetal saß immer noch drinnen. Der Chefkoch machte gerade seine Runde und stand schon eine ganze Weile an ihrem Tisch. Sie unterhielten sich blendend. Wenn die beiden nicht bald rauskämen, käme Gernot rein. Er hielt es einfach nicht mehr aus. Gab es vielleicht in irgendeiner Ecke des Raumes jemanden, der gerade aufbrach? Es musste doch einen Gast geben, der nach Hause wollte. Schließlich war es schon nach zwölf! Gernot beugte sich weiter vor, sodass er den ganzen Raum in Augenschein nehmen konnte. Dort stand tatsächlich eine Frau auf! Er konnte sie nur von hinten sehen, eine attraktive Blondine, kurzer Rock, hochhackige Schuhe. Sie drehte sich um.

Gabi!

Dieses verdammte Miststück.

Gernot hob die Thermosflasche prüfend hoch. Noch genug Weihwasser drin. Er würde ihr zuerst die Beine wegätzen, damit sie nicht fliehen konnte, dann die Arme, einen nach dem anderen, einfach aus Spaß an der Freude. Und dann … mal sehen. Man musste Freiräume für spontane Eingebungen lassen. Das Ehepaar aus Ennepetal kam vor ihr heraus. Gernot ließ sie zurück nach Ennepetal fahren. Er wollte Gabi um nichts in der Welt verpassen. Wenn er sie nicht tötete, wäre alles umsonst gewesen.

Sein totes Herz schlug ihm hart in der Brust, als ihr goldenes Haar aus der sich öffnenden Eingangstür hervorlugte. Wie liebte er dessen Duft nach Vergissmeinnicht, wie wundervoll war es, in der Nacht daneben zu erwachen …

Doch jetzt hasste er nichts so sehr wie diesen Geruch. Er widerte ihn an. Genau wie die Frau, die ihn jeden Tag auflegte.

Gernot machte keine Anstalten, sich zu verstecken. Er stand mitten auf dem Weg, der von der Hauptstraße zur »Alten Eiche« führte.

Sie erkannte ihn sofort. Und lächelte. »Wusste ich doch, dass ich dich hier finden würde. Ich hab dich so vermisst. Das ist jetzt auch schon wieder drei Wochen her, oder? Dass wir uns … gesehen haben.« Sie zwinkerte ihm zu. »Hast mich auch vermisst, was? Tierisch, oder?« Sie trat näher, ihre ausladenden Hüften schwenkend. »Du bist keinen Tag gealtert.« Ein schon historischer Vampirwitz, doch Gabi brachte ihn betörend keck. Das Mondlicht verlieh ihren Haaren einen magischen Glanz, und Gernot stieg der Duft von Vergissmeinnicht in die Nase. »Soll ich dich heute wieder zum Heulen bringen, als wärst du mein kleiner Werwolf?«

»Nein«, sagte Gernot. »Heute sollst du nur eins für mich tun.«

»Was denn, mein Wilder?«

»Sterben.«

Er warf sie in den Busch, der bereits von der Asche etlicher

Vampire gedüngt worden war. Gabi erkannte den Geruch. Jeder Vampir erkannte den Geruch.

»Was ist hier …?«

Gernot ließ einen Tropfen Weihwasser auf ihr Schienbein fallen. Er fraß sich zischend hindurch.

»Kein Wort mehr«, befahl Gernot. »Du hast allen vom Frühburgunder-Blut erzählt, dabei habe ich dir von diesem Geheimnis im Vertrauen berichtet. Aber du konntest deinen schönen Mund ja nicht halten, und deshalb wirst du nun sterben. Aber erst, nachdem du mir berichtet hast, wer noch alles davon weiß.« Er hob die Thermoskanne über ihren Kopf. »Oder soll ich dich vorher noch ein wenig begießen?«

»Warte!« Gabi hob die Arme schützend empor. »Sie haben mich gezwungen! Ich wollte nichts sagen, ums Verrecken nicht. Aber sie haben gespürt, dass da was war, weil ich so glänzende Augen nach unserem letzten Treffen hatte. Sie haben die Vorfreude gesehen und wollten die Wahrheit aus mir rausprügeln – aber ich habe standgehalten und nichts verraten! Da haben sie mich gefesselt und hungern lassen, haben vor meinen Augen Blut gesaugt und mich schließlich zur Ader gelassen, bis ich keine Kraft mehr hatte. Erst da habe ich geredet, das musst du mir glauben! Ich liebe dich doch! Nur dank dir bin ich doch zum Vampir geworden!«

Und Gabi war gerne Vampir, das wusste Gernot. Sie liebte es, Blut zu saugen. Er betrachtete sie schweigend. Sie hatte wirklich wundervolle mahagonifarbene Augen, die im Mondlicht glänzten wie ein perfekt polierter Sarg.

»Bitte glaub mir, Gernot! Denkst du, ich hätte es weitererzählt, obwohl ich wusste, wie wichtig dir das Frühburgunder-Blut ist? Für was hältst du mich denn?«

Hatte er vorschnell geurteilt? Aufgrund des Hungers ganz vergessen, was er an Gabi hatte?

»Ich liebe dich, du dummer Junge«, hauchte sie. Mit diesem unnachahmlichen Augenaufschlag, der eleganter war als der Flügelschlag eines Nachtfalters.

»Hilfst du mir hoch?«, bat sie.

Gernot reichte ihr die Hand.

»Und jetzt trinken wir endlich Frühburgunder-Blut.« Sie strahlte. »Oh, wie ich mich darauf gefreut habe, das kann ich dir gar nicht sagen. Ich habe in den letzten Tagen viel anderes Wein-Blut ausprobiert, ich war in Württemberg wegen Trollinger und an der Mosel für Riesling, bin sogar nach Frankreich, um Bordeaux auszuprobieren. Und ich hab mich umgehört, worauf die anderen schwören. Das Burgund ist ganz vorne, und die Rebsorte da, der Spätburgunder, ist ja mit dem Frühburgunder verwandt. Holger meinte, wenn einer Coq au Vin gegessen und dazu ordentlich Gevrey-Chambertin getrunken hat, das sei unglaublich. Hab ich dann auch probiert. Und was soll ich sagen? Groß! Wirklich! Danach fühlst du dich, als hättest du Wimbledon gewonnen.«

Sie kicherte, Gernot griff sich einen der Zaunpfähle und bohrte ihn ihr durchs Herz. Zur Sicherheit schüttete er noch das ganze restliche Weihwasser über sie.

Liebe hin, Liebe her. Sie redete zu viel. Ganz einfach. Gabi würde niemals ihre Klappe halten. Das wäre gegen ihre Natur. Da konnte sie gar nichts für. Er nahm ihr das nicht übel, aber sterben musste sie trotzdem.

Drinnen wurden bereits die Tische neu eingedeckt, den letzten Gast geleitete der Chefkoch höchstpersönlich zur Tür. Diesen Menschen würde er bis zum letzten Tropfen aussaugen, egal, ob es auffiel oder nicht. Er hatte jetzt so lange gewartet, ihm war alles egal. Seit seinem ersten Tag als Vampir, bei dem er bis zum letzten Moment gewartet hatte, bis er sich endlich traute, einen Menschen zu beißen, hatte er nicht mehr dermaßen nach Blut gelechzt. Wahrscheinlich würde ihm jetzt sogar das Blut eines alten Dackels köstlich erscheinen – wie überwältigend musste da erst Frühburgunder-Blut sein?

Der letzte Gast der »Alten Eiche« torkelte, ja er schien wie von selbst den Weg zum Gebüsch zu finden, an dessen Wurzeln sich nun ein kniehohes Häuflein Asche befand. Er mochte um die fünfzig sein und war mit dem Bauchvolumen eines strammmen Walrosses ausgestattet. Gernot musste ihm nur noch einen kleinen Stups geben, da lag er schon.

Prima, am liebsten aß Gernot eh im Liegen. Wie ein Römer. Spontan beschloss er, beide Zähne zu nehmen. Denn aus seiner Zeit als Mensch erinnerte er sich daran, dass man Champagner stets in großen Schlucken trank.

Butterweich senkten sich seine scharfen Reißzähne in das Fleisch, der Mann stöhnte nur kurz auf, bevor das Narkotikum zu wirken begann. Oh Gott, war das wundervoll. Warm und seidig strömte das Blut über seinen Gaumen, mit köstlichen Aromen von Erdbeere, Sauerkirsche und Vanille durchsetzt, dazu kam die kristalline Klarheit des Schiefers, alles verbunden mit dem Eisen des Blutes. Niemals, weder als Mensch noch als Vampir, hatte Gernot etwas so Köstliches genossen.

Doch mit einem Mal konnte er seine Zunge nicht mehr spüren, sie war taub, wurde immer dicker, klebte schließlich am Gaumen, seine Augen tränten, er konnte die Äderchen darin platzen hören, und seine ganze Haut kribbelte, als vergrüben sich Tausende Feuerameisen darin. Sein Körper bestand nur noch aus Schmerz, und er spürte, wie die Hitze in ihm aufstieg, die ihn verbrennen, ihn zu Asche werden lassen würde.

Onkel Friedensreich, du alter Drecksack. Hast mir also doch nicht vergeben! Sondern mich umgebracht, so wie du selbst gestorben bist. Frühburgunder-Blut war für Vampire offenbar so etwas wie Nüsse für Nussallergiker.

Aber geschmeckt hatte es trotzdem …

Würde überall auf der Welt Frühburgunder angebaut, dachte Gernot mit den letzten Zuckungen seines sich verflüssigenden Hirns, gäbe es innerhalb kürzester Zeit keine Vampire mehr.

Wie gut, dass das Ahrtal nur so klein war.

Und sie ihren Wein hier fast komplett allein tranken.

Da in der Geschichte ein »Frühburgunder-Abend« in der »Alten Eiche« stattfindet, passt natürlich nichts besser als diese lokale Spezialität des Ahrtals zur Geschichte. Es gibt einige Betriebe, die hervorragende Weine aus dieser Rebsorte keltern, das Weingut Kreuzberg ist zu nennen, das Weingut Meyer-Näkel, auch der Deutzerhof, aber mein allerliebster stammt seit Jahren von Alexander Stodden, dem Winzer des Recher Weinguts Jean Stodden. Sein Spitzen-Frühburgunder stammt vom Recher Herrenberg, dem Haus-Weinberg der Familie.

Die Lage verdankt ihren Namen den Herren von Saffenburg, zu deren Besitz auch der Weinbauort Rech gehörte. Der Weinberg liegt unterhalb der Felspartie des Schwedenkopfes und weist Grauwacke- und Schieferverwitterungsböden auf sowie eine Neigung von teilweise schwindelerregenden sechzig Prozent. Viele Frühburgunder sind zu breit und üppig, ja fast marmeladig, ihnen mangelt es an Frische und Aufspiel. Ganz anders der von Alexander Stodden, ein Wein von wahrer Größe. Wenn man wissen will, zu welcher Komplexität Frühburgunder im Ahrtal fähig ist, muss man diesen Wein einmal probiert haben. Julius Eichendorff und sein Sommelier François wissen das natürlich und werden den Wein definitiv am »Frühburgunder-Abend« kredenzt haben.

BIER HER

Wo steckte denn jetzt bloß die letzte Dynamitstange? Verdammt noch eins. Wahrscheinlich hatte er die schon bei den Großen Hufeisennasen deponiert. Oder doch zu Hause gelassen? Egal, es würde auch so reichen. Hundertsiebenundzwanzig Sprengladungen waren mit Sicherheit genug, um eine Staatssekretärin zu erwischen. Rein statistisch gesehen war sie bereits tot.

Günther Dröske stand frierend unter einer Fichte und blickte sich um. Fuhr ihre Limousine etwa gerade vor? Er stellte sich auf die Zehenspitzen, um über die Köpfe der anderen Wartenden im Mayener Grubenfeld sehen zu können. Der Chauffeur stieg aus, ging um den Wagen herum und öffnete die hintere Seitentür. Ein Bein in anthrazitfarbenem Hosenanzug erschien. Es gehörte der Feindin! Dr. Gisela Müller-Gluck, Parlamentarische Staatssekretärin beim Bundesminister für Umwelt, Naturschutz und Reaktorsicherheit. Jetzt tauchte auch ihr Kopf auf, die dunklen Haare wie immer streng zurückgebunden. Sie lächelte routiniert, die Presse schoss Fotos.

Und Günther Dröske dachte nur: Bumm!

Dann trat Andreas Kiefer vom NABU zu ihr und begrüßte sie per Handschlag. Er leitete das Büro dieses Naturschutzgroßprojekts, das vom Bundesumweltministerium unterstützt wurde. Daher auch der heutige Besuch der Feindin anlässlich des Internationalen Jahres der Fledermaus.

Günther hatte mehr als einmal auf ihn eingeredet, doch Kiefer wollte einfach nicht begreifen. Wie auch? Er war kein Bier-, sondern Fruchtsafttrinker. So ein Gesunder! Er besaß deshalb auch keine Bierwampe, wie jeder ordentliche Mann sie sein Eigen nennen sollte. Was wusste so einer von echtem Bierdurst? Und seit Günther Dröskes Vorräte zu Ende gegangen waren, wusste keiner besser als er, wie man ein Bier vermissen konnte.

Er hatte Marken aus aller Welt als Ersatz ausprobiert, aber keines war dem Mayener Höhlenbier auch nur ansatzweise nahegekommen. Wie also sollte er sein Rentnerleben ohne es weiterführen? Wenn die Staatssekretärin aus dem Weg wäre, würden die Zuschüsse wegfallen und hier könnte wieder eine Brauerei einziehen. Ganz Mayen würde aufatmen. Ach was, die ganze Eifel!

Günther schnupperte die kühle, aus der Höhle dringende Luft und meinte auch jetzt noch, den köstlichen Duft des Mayener Bieres riechen zu können, obwohl es schon so viele Jahre her war, dass die Fässer in den Höhlen herangereift waren, die nun von diesen Viechern, diesen Blutsaugern, diesen Fledermäusen okkupiert wurden. Ihm war mittlerweile zwar klar, dass nur drei südamerikanische Fledermausarten vampirisch veranlagt waren. Sie ritzten mit den Zähnen Wunden und leckten dann Blut, bevorzugt das der weidenden Rinder in Argentinien. Aber mit der ganzen Klimaerwärmung wusste man ja nie, wann die mal einen Ausflug nach Europa angehen würden.

Günther hatte sich heute Morgen mit anderem Bier Mut angetrunken. Pils aus Norddeutschland. Es war einfach nicht dasselbe. Aber leicht angetrunken war er trotzdem. Na gut, sehr angetrunken.

Die Menge setzte sich in Bewegung Richtung Höhleneingang – und damit zur ersten Sprengladung. Kiefer und Müller-Gluck voraus. Dröske hatte die letzten sieben Monate nichts anderes gemacht, als Sprengladungen in der Höhle anzubringen. Als Rentner hatte man ja Zeit, und seine Lisbeth wollte ihn sowieso nicht zu Hause haben. Die machte drei Kreuze, dass er endlich ein Hobby gefunden hatte, das ihm Freude bereitete.

Aber bald wäre er wieder zu Hause. Denn sein Hobby endete heute. Mit einem Knalleffekt.

Wo hatte er denn jetzt bloß die Fernbedienung gelassen? Er tastete seine Jacke ab. Nichts. In seiner Umhängetasche? Auch nicht. Verflixt noch eins. Ah, da! Ganz nach unten gerutscht.

Typisch. Aber nun lag sie in seiner Hand. Jetzt musste er nur noch schnell …

Verdammt!

Zu spät. Die Gruppe schob sich in den Eingangsbereich. Hier fanden sich die Massenquartiere der Zwergfledermäuse. Günther hatte sich beim NABU als ehrenamtlicher Helfer zur Zählung der Viecher gemeldet. Seitdem hatte sich niemand mehr über sein Erscheinen in der Höhle gewundert, ganz im Gegenteil, gelobt hatten sie ihn, weil er so oft da war. Und er hatte die vielen kleinen Gesichter tatsächlich gezählt – und nebenbei die vielen kleinen Sprengladungen angebracht. Obwohl ihn dabei immer wieder eine große Fledermaus geärgert hatte, mit einer Blesse auf der Stirn. Keine Ahnung, was das für eine war, eine nervige auf jeden Fall. Es gab ja unzählige Arten hier. Die Hälfte aller in Rheinland-Pfalz im Winter gezählten Fledermäuse fand sich in Mayen und Mendig. Es war das wichtigste Überwinterungsquartier in Deutschland und hatte auch europäische Bedeutung, als Zwischenstopp bei Wanderungen. Quasi als Raststätte, wie auf der Autobahn.

Andreas Kiefer geleitete Dr. Gisela Müller-Gluck nun ins Zentrum der vordersten Höhle, wo symbolisch ein rotes Band zwischen zwei Pfählen gespannt war. Schließlich fand heute die offizielle Eröffnung des NABU-Projektes statt. Günther blickte auf den Boden, denn dort hatte er seine Markierungen angebracht. Aber nicht auffällig in Form von aufgemalten Kreuzen, nein, sondern mit Haufen von Fledermauskötteln. Die Viecher schieden die Reste der von ihnen verdauten Insekten wieder aus, zum Beispiel Chitinpanzer von Käfern, Flügel oder Brustpanzer. Die Höhle war voll damit. Ein Superdünger. Fledermauskot macht Tomaten rot! Hier lag ein Vermögen an Guano.

Und die Staatssekretärin stand mit ihren teuren Schuhen voll drin. Und jetzt auch an der genau richtigen Stelle.

Günther schaute an die Decke und drückte den größten Knopf der Fernsteuerung. Die Explosion war nicht zu hören, denn er hatte nur winzige Ladungen an den Sollbruchstellen verankert. Es sollte alles ganz natürlich wirken. Nur ein leises Knacken und Knirschen erklang, dann fiel die Basaltsäule wie das Fallbeil einer Guillotine hinab.

Und traf … Franz.

Günthers besten Kumpel. Mit dem er unzählige Abende in der Kneipe verbracht hatte. Und der sich auch als Ehrenamtler gemeldet hatte. Was sich nun als folgenschwerer Fehler herausstellte. Franz hatte die Staatssekretärin genau im falschen Moment in die Mitte geschoben und ihr die Schere zum Durchschneiden des Bandes in die Hand gedrückt. Andererseits war es vielleicht ganz gut so. Franz wollte immer einen ausgegeben bekommen. Das ging ins Geld. Vor allem, wenn bald wieder das Höhlenbier floss.

Chaos brach aus. Die Menschenmasse stob auseinander wie kopflose Hühner, es wurde geschrien, geheult, einige sahen ängstlich empor, andere duckten sich vorsorglich.

Günther schaffte es trotzdem, Dr. Gisela Müller-Gluck im Blick zu behalten. Sie rannte tiefer in den Berg hinein, wo das Große Mausohr an Decken und Wänden hing und einige Bartfledermäuse Spalten bevorzugten oder sich sogar im losen Gestein oder in Geröllhalden vergruben. Günther kannte den Feind, so gehörte sich das schließlich.

Sie lief genau in die richtige Richtung. Günther zündete die Sprengladungen 7, 23 und 101. Damit erschlug er Uwe, den Wirt seiner Stammkneipe, Rainer Stösser, den Bürgermeister, sowie Flatter, das Maskottchen der Höhle. Wer in dem riesigen Fledermauskostüm steckte, konnte Günther nicht sagen. Aber tot war er auf jeden Fall. Mist, verdammter! Wie konnte alles nur so schrecklich schiefgehen? Er hatte doch genau ausgemessen, wo die Basaltsäulen landen würden.

Er blickte empor. Hing da ein Mann an der Decke? Oder war es das Mistvieh mit der Blesse? Oder etwa das Bier in seinen Blutbahnen? Günther war sich nicht sicher. Gab es überhaupt so große Fledermäuse? Er hatte sich beim Anbringen der Sprengladungen manchmal sehr beobachtet gefühlt – kein Wunder bei rund hunderttausend überwinternden Fledermäusen …

Wo steckte jetzt die elende Frau Doktor?

Günther musste noch tiefer in das Höhlensystem, ehe er sie wieder sah. Kiefer versuchte gerade, den hochrangigen Gast zu beruhigen.

»Das ist ein schreckliches Unglück, aber leider nicht ungewöhnlich. Einzelne Stollen sind schon bei einem Erdbeben zu Beginn der neunziger Jahre zusammengefallen. Im Dezember 2002 hat sich ein Vorfall im Mauerstollen ereignet, der ohne unser Eingreifen den Tod für Tausende von Fledermäusen bedeutet hätte! Der Eingang ist bei Abbauarbeiten zugeschüttet worden, die Winterschläfer waren eingeschlossen. Erst Ende Januar 2003 ist dank unserer Bemühungen der Bagger angerückt, um den Zugang wieder freizulegen. Wir müssen diese Höhlen endlich sichern!«

Dr. Gisela Müller-Gluck war so bleich wie frischer Ziegenkäse aus der Gillenfelder Käserei. »Ich will hier raus!« Sie blickte Kiefer mit roten Augen an. »Sofort.«

Günther konnte sein Glück nicht fassen. Die beiden standen genau unter einer Ladung! Er wollte sie gerade zünden, als eine Fledermaus auf ihn herabschoss. Es war das Mistvieh mit der Blesse, das ihn schon bei den Vorbereitungen immer wieder gepiesackt hatte. Günther drückte, aber leider den Bruchteil einer Sekunde zu spät.

Die Basaltsäule verfehlte Kiefer knapp.

Ebenso Frau Dr. Gisela Müller-Gluck.

Dafür traf sie Günther selbst. Seinen linken Fuß. Es tat höllisch weh. Aber es war immerhin nicht sein Lieblingsfuß. Und auch mit einem Bein ließ sich Bier trinken.

Günther beschloss, kurzen Prozess zu machen und alle Sprengladungen hintereinander zu zünden. Irgendeine würde schon treffen. Er humpelte an den einzigen sicheren Platz nahe der zentralen Säule. Wo hatte er nur den Zettel mit der

Reihenfolge? Immer verlor er etwas, es war zum Haareraufen. Dann musste es eben ohne gehen. Und dann drückte er und drückte und drückte. Und die Fledermaus mit der Blesse kam wieder und wieder und wieder. Günther wehrte sie jedes Mal ab.

Zum Schluss waren sämtliche lockeren Basaltsäulen herabgefallen.

Und niemand war getroffen worden.

Nun gut, Günthers rechtes Ohr hatte es erwischt. Aber da hörte er sowieso seit einem Jahrzehnt nicht mehr so gut. Das andere funktionierte aber noch. Und mit dem vernahm er nun die atemlose Dr. Gisela Müller-Gluck.

»Herr Kiefer, Sie haben völlig recht. Wir müssen die Mittel bereitstellen, um dieses Höhlensystem zu untersuchen und zu sichern. Verlassen Sie sich da ganz auf mich. In Zukunft werden die Fledermäuse eine ordentliche Heimstatt haben.«

Günther konnte nicht fassen, was er da hörte. Er musste endlich Schluss mit diesem Spuk machen: Wenn er richtig gezählt hatte, war noch eine Dynamitladung vorhanden. Die größte und stärkste. Aber keine Ahnung, wo genau die befestigt war. Vermutlich am Eingang. Sie würde die ganze Mischpoke verschütten. Fledermäuse wie Menschen. Das waren ziemlich viele Opfer für ein schönes Bier, aber manchmal musste man eben Prioritäten setzen.

Günther rannte zum Ausgang der Höhle. Wo kam der dunkel gekleidete Mann mit der weißen Haarsträhne so plötzlich her? Und warum schubste er ihn hinaus? Doch er hatte keine Zeit und Lust, darüber nachzudenken. Er lief zu seinem Wagen und warf sich auf den Fahrersitz, um vor eventuellen Splittern geschützt zu sein. Ein letztes Mal drückte Günther auf den Knopf. Genau in diesem Augenblick, in der Millisekunde, als er den Daumen herunterdrückte, sah er, wo sich die letzte fehlende Sprengladung befand.

Sie war unter den Beifahrersitz gerutscht.

Einige Fledermäuse zuckten zusammen, als draußen die Explosion das Umland erschütterte. Doch dann schlummerten sie einfach weiter.

Was Günther Dröske nicht ahnte: Er hatte mit seinen Sprengungen alle instabilen Basaltsäulen der Höhle beseitigt. Eine wundervolle Arbeit.

BIERTIPP

Einst nutzten achtundzwanzig Brauereien aus Mendig die vulkanischen Basaltgewölbe als Kühl- und Lagerhallen. Heute gibt es nur noch ein betriebsfähiges Kühllager – und es befindet sich dreißig Meter unter der Vulkan Brauerei, zu der auch ein Brauhaus mit Biergarten gehört. Alle Biere werden zu neunzig Prozent mit Zutaten aus der Eifel hergestellt und unfiltriert abgefüllt. Der Felsenkeller wird allerdings nicht für die Lagerung normaler Biere genutzt, sondern nur für besonders edles. So ein Bier ist das »Bourbon Barrel Doppelbock«, also ein Bier, das in ehemaligen Bourbon-Fässern reift. Es handelt sich dabei um ein mit neun Komma fünf Umdrehungen äußerst kräftiges Bier, das nach Vanille, Kokosnuss, Karamell, aber auch Malz schmeckt. Und natürlich kann es seine Lagerung in ehemaligen Whiskey-Fässern nicht verhehlen. Wenn man nur genug davon trinkt, fühlt man sich irgendwann wie eine Fledermaus. Garantiert!

EIN ROSÉ IST EIN ROSÉ IST EIN ROSÉ

Nero Neubau (*13. Februar 1951 als Günther Michael Zimmermann auf Juist, Niedersachsen) ist ein deutscher Künstler (Malerei, Bildhauerei, Grafik und Aktionskunst) und Kunstprofessor. Neubau entwickelte sich von den 1980er Jahren an zu einem der bekanntesten deutschen Künstler der Gegenwart. Seine Malerei ist dem postmodernen Realismus zuzuordnen und zitiert Ausdrucksweisen der Pop Art, ohne dass er dieser Stilrichtung zuzurechnen ist. Seine Haltung zur Malerei enthält stark ironische Elemente. (WIKIPEDIA)

Ich habe von New York, Rio, Tokio geträumt – aber es ist Juist geworden. »Zurück zu den Wurzeln«, hat Nero gesagt. Und: »Heim ins Reich!« Öffentlich. Und sich im Shitstorm gesuhlt. Als der losbrach, hat er laut gelacht.

Gott, hat der ein Lachen. Tief, grollend, wie ein ins Meer bröckelnder Eisberg. Frauen läuft es prickelnd vom Nacken bis zwischen die Schenkel. Mir auch. Also bin ich mit nach Juist. Hätte ich als seine persönliche Assistentin, ergo Mädchen für alles, sowieso gemusst. Aber wegen Neros Lachen wollte ich es auch. Nero ist ein Zwei-Meter-Mann mit polierter Glatze und von brutaler Teenager-Akne zerfurchten Wangen. Es sieht aus, als wäre ein Specht erbarmungslos über ihn hergefallen. Er trägt immer eine verspiegelte Pilotenbrille und raucht Zigarrenstumpen. Nero liebt die Klischees über bildende Künstler. Noch mehr, ihnen zu entsprechen. Er ist ein arroganter Arsch, ein Kotzbrocken, ein Raufbold, aber er vögelt, als gäbe es kein Morgen. Ich habe Vincent für ihn verlassen, seinen Meisterschüler, der daraufhin Nero verlassen hat. Keine meiner cleversten Entscheidungen. Genies sind aus der Entfernung extrem unterhaltsam, aber aus der Nähe extrem anstrengend. Auch Vincents Entscheidung ist unklug gewesen, er hätte seinen Stolz runterschlucken müssen. Nachdem er von Nero weg war, hat ihn die borniert Kunstszene mit dem Arsch nicht mehr angeguckt. Und die Galerie, die auch Neros Galerie ist, hat ihn fallen lassen.

Aber das ist sein Problem, ich hab mein eigenes: Juist. Genauer: die Bill am Westende der Insel, ein riesiges Sandriff. »Bill« bedeutet »Arschbacke«, wegen der Form. Ich befinde mich also ganz offiziell am Arsch der Welt. Eben waren wir mitten drauf auf der Bill, es war Ebbe und das Ding eine einzige Wüste aus Sand. Keine Robben zu sehen und nur wenige Möwen. Das war das Problem.

»Es sind zu wenige Möwen!«, hat Nero geschrien. »Der Himmel muss voll mit den Drecksviechern sein! Weiß vor Möwen muss der sein und gelb gesprenkelt von Schnäbeln. Und es muss Geschrei sein am Himmel, aus Tausenden Schnäbeln.«

Nero war wieder biblisch geworden.

Er stampfte in die Leere und rief die ganze Zeit nach Möwen.

»Möwen! Ich brauche Möwen! Wo seid ihr Scheiß-Möwen?«

Er war im Kreis gelaufen wie ein eingesperrter Panther. »Scheiß-Natur!«, hat er gerufen. »Du sollst Kunst sein, du Dreckstück! Schau mich nicht so behämmert an!«

Damit meinte er nicht mich, damit meinte er die Natur, die alte Bitch.

»Wir gehen woandershin. In die Zivilisation. Wo es Fressen gibt für die verfressene Brut. Los, zur ›Domäne‹.«

Und so kam ich hierhin und zur Ostfriesenmischung. Nero trinkt Rosé. Ich weiß, in Interviews erzählt er immer, er würde nur Wodka mit Bisongras saufen, aber er trinkt ausschließlich Rosé. Egal welchen, ob trocken oder pappsüß, Hauptsache, er ist rosé. Er sagt, die Farbe mache ihn geil, sie erinnere ihn an Vulven. Bei manchen lachs- oder himbeerfarbenen Rosés würde ich mir echt Sorgen um die Besitzerin der entsprechenden Vulva machen.

Außer uns tummeln sich noch ein paar versprengte Touris hier, vor und nach der Wanderung. Und Möwen.

»Der Stuten mit Rosinen ist legendär. Mit Leberwurst. Musst

du essen!«, ruft Nero von seiner Staffelei aus, die er entfernt auf der Düne aufgestellt hat.

»Ich mag kein süßes Brot und erst recht keine fiese Leberwurst.«

»Iss es. Los! Tu, was ich dir sage. Ich weiß, was gut für dich ist.«

Deshalb sitz ich hier jetzt mit Tee und Stulle und schau Nero zu.

»Der Mensch! Die Möwe! Zwischen ihnen: das Futter!«, schreit Nero. »Das Futter ist der versinnbildlichte Konsum. Damit das Geld. Es trennt Mensch und Tier. Kein Tier kennt Geld.« Er weist in den Himmel. »Da die Gier der Möwe. Haben! Haben! Haben!«

Ich sitze nicht direkt am Gebäude der »Domäne«, sondern so weit wie möglich abseits, aber die Leute gucken schon. Oder spazieren jetzt zufällig in unsere Richtung. Mir egal. Gibt sicher ein paar Instagram-Posts. Kann nie schaden. Gott sei Dank ist Nebensaison und kaum was los. Mein Arbeitgeber kann sich austoben.

Früher hat Nero mit Filz und Fett gearbeitet wie Beuys, er hat seine Bilder auf den Kopf gehängt wie Baselitz, hat unscharf gemalt wie Richter und leuchtend opak wie Rauch. Doch den weltweiten Durchbruch hat er erst mit seiner neuesten Phase geschafft, bei der er auf Holz malt und das Material mit Spachtel, Schraubenzieher und Säge malträtiert und so die Grenze zwischen Malerei und Skulptur aufhebt. Er erkämpft und erschwitzt sich jedes Bild. Das liebe ich so an ihm, diese ungebremste Kraft, die beim Malen aus ihm raustritt wie glühende Lava aus einem explodierenden Vulkan.

Aber gerade ödet mich der Vulkan an. Nein, er kotzt mich an.

»So hab ich mir das Leben mit dir nicht vorgestellt«, ruf ich ihm zu. »Als ich dich getroffen hab, in der Galerie, da gab's Champagner und Kaviar. Und jetzt? Beuteltee, Rosinenstuten und Hausmacher-Leberwurst.«

»Und Luft! Hier gibt es Luft! Hier kann man atmen. Der Mensch, das ist Atem. Wir sind nur durch Atem.«

Ach, Scheiße. Ich wusste es. »Hast du wieder gekokst?«

»Ich habe eingeatmet!«

So nennt er es immer.

»Aber ich muss noch tiefer einatmen für dieses Werk. Die Weiße in mir muss zur Weiße darin werden.« Er wirft eine Prise Koks aufs Bild, ein bisschen haftet auf der nassen Farbe, den Rest zieht er ein. Das macht er bei all seinen Werken. »Eine Prise Wahnsinn« nennt er es.

Nero schließt die Augen, dann beginnt er sich selbst über die Brust und den Bauch zu streicheln. So pornös. Er öffnet Knopf um Knopf von seinem Hemd, bis die kalkweiße Brust ungeschützt der Nordseesonne ausgesetzt ist. »Ich werde weiß!«

Nero wird immer wieder mit exzessivem Drogenmissbrauch in Verbindung gebracht, hat das aber offiziell immer abgestritten – weil er schon mal deswegen verknackt worden ist. Aber er zieht sich Koks in die Nase, wo er geht und steht. Es ist ihm auch völlig egal, ob einer das sieht.

Mit dem Koks im Organismus malt und hackt und spachtelt er weiter. Ich beginne aus lauter Langeweile, vor mich hin zu trällern. Nebenbei sing ich noch in einer Band, wir machen so ein Mischding aus Doom-Metal und Surf-Punk.

Plötzlich zittert Nero am ganzen Körper, streckt die Arme empor und stöhnt, als ginge ihm einer ab.

Oh, fuck. Er hat eine Idee. Es kotzt mich mittlerweile so an, wenn er eine Idee hat.

»Die Möwen!« Er setzt die Rosé-Pulle an und nimmt einen tiefen Schluck.

»Ja?«

»Sie sollen scheißen auf das Bild! Die Viecher sind nicht nur ›Haben. Haben. Haben‹, sondern auch ›Scheißen. Scheißen. Scheißen‹. Konsum ist im Endeffekt scheißen. Ausscheiden. Mach, dass sie auf mein Holz kacken!«

Mir kommt vor Lachen fast die Ostfriesenmischung hoch.

»Wie soll ich das denn bitte anstellen? Indem ich ihnen im Flug den Bauch massiere, oder was?«

»Du hast es doch gerade hinbekommen! Du hast gekreischt!«

»Ich hab gesungen, du Arschloch! Ich bin Sängerin. Vergessen?«

»Nenn es, wie du willst, es bringt die Möwen zum Kacken. Stell dich zu mir und schrei von hier!«

Ja, ich weiß, was Sie denken: Lass den Spinner doch stehen und verpiss dich einfach. Aber er bezahlt mich gut, sehr gut sogar, und irgendwann werd ich ein Buch über ihn schreiben und stinkend reich werden. Also stell ich mich neben ihn und seine Staffelei und singe. Es wird nichts bringen, aber egal. Er bekommt seinen Willen, und danach setz ich mich wieder zum Rosinenstuten.

Doch die blöden Vögel fangen tatsächlich an zu kacken. Null Musikgeschmack!

Ich greif mir Neros Jeansjacke und zieh sie mir über den Kopf. Wenn er Möwenkacke haben will, gut und schön, aber ich will sie ganz sicher nicht.

»Die Möwen!«, sagt er.

»Ja.«

»Sie sind nackt!«

»Ja.«

»Du musst auch nackt sein! Zieh dich aus!«

»Was?«

»Sofort! Sie koten gerade so schön.«

»Da sind überall Leute.«

»Was glotzt ihr so?«, schreit er hinter sich, ohne auch nur irgendjemanden eines Blickes zu würdigen. »Seid ihr dumm, oder was? Verpisst euch, sonst tret ich euch in eure fetten Ärsche, ihr Schweine!«

Er packt mich an den Schultern. Es tut voll weh.

»Malen ist Eskalation! Eskalier endlich, Püppchen! Oder was bist du? Eine Vorgarten-Else aus Lüdenscheid?«

Ich hasse es, wenn er das sagt, aber damit kriegt er mich immer. Also zieh ich meine Schuhe aus, meine Socken, meine Jeans und meine Bluse.

»Alles ausziehen! Oder tragen die Möwen beschissene Unterwäsche? Nein, die sind frei!« Dann ist plötzlich eine andere Stimme zu hören. »Schwache Nummer, Nero. Bist du echt hierhingekommen, nur um Sarahs Hupen zu sehen? Das hätteste auch in Charlottenburg haben können.«

»Wer hat das gesagt?« Nero fährt panisch herum und schaut in Richtung der »Domäne«. Dort beobachten zwar einige Gäste, was wir machen, sogar Handys sind gezückt und filmen, aber die Worte kommen nicht von da.

Ein Mann nähert sich. Ich erkenne ihn an seinem federnden Gang. Es ist Vincent. Ich hatte ihn bei einer Finissage letzte Woche in der Galerie getroffen und ihm von dem Ausflug mit Nero nach Juist erzählt. Er hat sich verändert seit früher. Ich meine nicht Frisur oder Klamotten, er ist immer noch der schlaksige Kunststudent mit den Secondhand-Sachen. Aber sein Blick, der ist fokussierter. Früher Weidetier, heute Raubkatze, so in der Art. Gefällt mir echt gut.

»Aahhh, der verlorene Sohn!«, brüllt Nero und geht auf ihn zu, die Arme weit ausgebreitet. »Wie geil ist das denn, dass du hier bist.«

»Hey, Alter!«

Nero nimmt Vincents Gesicht und küsst ihn auf die Lippen. Ich kann sehen, dass er total glücklich ist, ihn wieder bei sich zu haben. Wie jeder Künstler will auch Nero verstanden werden. Und geschätzt von jemandem, der ihn echt begreift. Vincent war das immer für ihn. Würde Nero nie zugeben. Aber ist so.

»Komm, guck dir mein Bild an«, sagt Nero und geht, den Arm um Vincents Schulter legend, zur Staffelei.

Vincent guckt nicht lange drauf.

»Is scheiße.«

Mir stockt der Atem. Ich denk: Jetzt schlägt Nero ihm die

Fresse ein. Hätte er sicher bei jedem anderen auch getan. Sogar bei mir. Aber Vincent und Nero, das ist halt was Besonderes.

»Ja, ist scheiße, oder?«

»Total.«

»Ja, verdammt, richtig scheiße.«

»Da ist nichts von dir drin. Nichts von deiner Energie. Die muss da rein.«

»Ich spür die nicht, ich performe hier nur, aber da ist nichts Echtes. Und die Möwen kacken immer an die falschen Stellen.«

»Hör doch auf mit den Möwen!«, sagt Vincent und wird richtig laut. »Ist das Bild von dir oder von den Möwen? Du musst dich in dein Bild geben. Vergiss die Möwen. Die Leute geben keinen Haufen Geld für ein Bild mit Möwenscheiße aus. Die wollen dich. Mehr Nero, weniger Möwen!«

Vincent peitscht ihn richtig hoch. Es ist, als würde man sehen, wie ein Jockey seinem Pferd die Sporen gibt.

Vincent drückt ihm eine kleine Plastiktüte in die Hand. »Hier, nimm den Stoff, der bringt mehr. Hör auf mit deinem Luschenpuder. Damit kann Sarah sich schminken, aber für mehr taugt das Zeug nicht.«

Nero guckt mich an. »Bring mir mehr Rosé!« Er lacht glücklich. »Ein Rosé ist ein Rosé ist ein Rosé!«

Als ich zurückkomme, zieht er eine riesige Line. Es scheint nicht die erste zu sein, die Vincent auf seinem kleinen Taschenspiegel ausgebreitet hat. Nero greift sich eine Flasche Rosé von mir und dreht den Verschluss auf. »Jetzt kommt's, das spür ich! Das Bild wichse ich mit meiner Kreativität so voll, dass dir beim Betrachten einer abgeht.« Und er legt echt los wie ein Irrer.

»Möwen sind Raubtiere«, sagt Vincent.

»Ja!«, grölt Nero.

»Wenn du die malst, musst du auch zum Raubtier werden!«

Jetzt formt Nero als Antwort nicht mal mehr ein Wort, sondern stöhnt, als wollte er das Blut des Stammes aus der Nachbarhöhle trinken.

»Du musst dich wahrhaft in dein Bild hineingeben«, sagt Vincent ganz ruhig.

»Ja!«

»Du, nur du musst darin sein!« Vincent drückt Nero einen Schraubenzieher in die Hand.

»Ja!« Jetzt brüllt er fast. »Jaaaaaaaaa!«

»Blut, das wollen Möwen sehen. Je mehr Blut, desto besser. Innen sind sie rot, nicht weiß.«

Nero stößt sich als Antwort die Spitze des Schraubenziehers in den Unterarm und streicht das Blut auf das Bild.

Ich fang an zu singen, aber nicht, damit die Möwen irgendwas fallen lassen, sondern damit die Gäste der Domäne wieder aufs Klo gehen. Das hier sollen sie nicht sehen. Aber einigen ist der Harndrang weniger wichtig als das Schauspiel. Sie zücken ihre Handys, um es zu filmen, irgendwer ruft sicher auch schon die Bullen. Aber auf Juist ticken die Uhren langsamer, und es dauert sicher, bis der Dorfsheriff angeritten kommt.

Nero steigert sich jetzt total in die Raserei, seine Augen zucken irre vom Koks und dem Rosé. Das ist eine echt miese Mischung, das kann ich euch sagen. Nero schlitzt und kratzt sich mit Schraubenzieher und Spachtel, jetzt nimmt er die Säge und … Scheiße!

Er zieht sie sich quer über den Bauch.

Von weiter weg muss es aussehen, als versuche Vincent ihn dran zu hindern, aber in Wirklichkeit stützt er ihn und feuert ihn an.

»Ist das schon alles? Hast du nicht mehr drauf? Nicht mehr zu geben? Bring endlich deinen Kopf hinein!«, sagt Vincent. »Dein Hirn!«

Nero ist so zugedröhnt, dass er mit dem Spachtel versucht, sein Hirn herauszubekommen, sich dabei aber nur die Stirn quer aufschlitzt.

»Und dein Herz, das ist das Wichtigste. Dein Herz muss für ein Werk bluten, oder?«

»Ohhhh ja! Herzblut! Ohne Herzblut ist alles nichts!«

»Dein Herz muss da rein. Volle Kanne mit dem Schraubenzieher tief ins Herz und tief ins Holz.«

Nero zögert, ein letzter Moment des Zweifels, ein letztes Flackern der Realität in seinen Augen. Doch dann wischen Koks und Rosé alles weg.

»Lass es dein größtes Werk werden!«, flüstert Vincent. Nero holt mit dem Schraubenzieher aus und stößt ihn sich tief in die Brust.

Er schafft es tatsächlich, noch etwas des Blutes aus seinem Inneren auf das Holz zu schmieren.

Dann sackt er zusammen.

Die Menschen von der »Domäne« rennen zu uns. Als sie ankommen, atmet Nero schon nicht mehr.

Vincent und ich heulen und greinen und brüllen Nero an, er soll aufwachen.

Sie glauben uns die Verzweiflung.

Ja, Scheiße, ich glaub sie mir in dem Moment selbst.

Mord?

Ich würde es Kunst nennen.

Und meiner Ansicht nach hat Nero das Bild mir gewidmet und geschenkt.

Vincent wird das bestätigen.

Und ich werde Vincent alles bestätigen.

Judas Neubau (*17. August 1976 als Vincent Gleuel in Lemgo, Nordrhein-Westfalen) ist ein deutscher Künstler (Malerei, Bildhauerei, Grafik und Aktionskunst). Judas Neubau wurde nach dem Selbstmord seines Mentors Nero Neubau schlagartig berühmt. Er schrieb einen internationalen Bestseller über sein Leben mit Nero Neubau, der ihn zeitlebens als seinen wahren Erben ansah. Nach einem schweren Zerwürfnis kam es zur Versöhnung auf der Nordseeinsel Juist, wo Nero Neubau sich im Rahmen einer Performance das Leben nahm. Ob absichtlich oder versehentlich, konnte nie geklärt werden. In Nero Neubaus Blut fanden sich bei der Obduktion große Mengen von Alkohol und Kokain.

Aufgrund von Nero Neubaus Tod nahm Judas Neubau seinen Künstlernamen an und führt das Werk seines Mentors seitdem fort. Judas Neubaus Malerei ist dem postmodern-strukturellen Holismus zuzuordnen und zitiert Ausdrucksweisen von Dada, Siu Mai und Pandan, ohne dass er diesen Stilrichtungen zuzurechnen ist. Seine Haltung zur Malerei enthält stark zynische Elemente. So hat er seinen Zyklus »Trink, trink, Meisterlein, trink« mit Rosé-Wein gemalt, den Nero Neubau so liebte.

Judas Neubaus Lebensgefährtin Sarah Lartpur wurde wegen unterlassener Hilfeleistung angeklagt, da sie bei Nero Neubaus Performance nicht einschritt. Das Gericht sprach sie jedoch frei, da sie Grund dazu hatte, anzunehmen, dass die sich von Nero Neubau beigebrachten Verletzungen und Verstümmelungen Teil eines künstlerischen Aktes waren.

Dass bei der Performance entstandene Bild »Möwe am Arsch der Insel« von Nero Neubau (den Titel wählte Judas Neubau) wurde von Sarah Lartpur für zweihundert Millionen US-Dollar an das Guggenheim-Museum Abu Dhabi verkauft und ist damit nach Leonardo da Vincis »Salvator Mundi« aktuell das teuerste Gemälde der Welt. (WIKIPEDIA)

Ein Rosé ist eben kein Rosé. Es ist eine ganze Welt an Weinen. Die in der Weinwelt berühmtesten Rosés stammen aus Tavel in Südfrankreich, der einzigen Region an der Côtes du Rhône, in der ausschließlich Rebsorten für Roséwein angebaut werden. Sehr populär ist auch der Rosé des einstigen Hollywood-Traumpaars Angelina Jolie und Brad Pitt, der auf den Namen »Miraval« hört und tatsächlich sehr gelungen ist – weil dahinter die Winzerfamilie Perrin steht.

Mein Lieblings-Rosé ist allerdings ein anderer, und es gibt ihn leider nur in sehr kleinen Mengen und zu sehr hohem Preis. Der zwiebelfarbene »Rosado Gran Reserva« stammt von der legendären Rioja-Bodega López de Heredia – Viña Tondonia in Haro (Viña Tondonia ist der Name des berühmtesten Weinbergs der Bodega, am rechten Ufer des Ebro gelegen). Erzeugt wird er aus roten Rebsorten (Garnacha und Tempranillo) sowie einem kleinen Anteil einer weißen (Viura), die zusammen vergoren werden. Danach reift der Wein lange in uralten Barriques aus amerikanischer Eiche und wird erst nach zehn Jahren auf den Markt gebracht. Der Langstreckenläufer duftet nach Orangenschalen, gerösteten Nüssen, Himbeeren, auch Kirschen und ganz viel getrockneten Gewürzen. Nero Neubau hätte ihn geliebt, und vielleicht hätte ihn der Genuss dieses außergewöhnlichen Weins auch davon abgehalten, sich dermaßen in sein letztes Werk zu stürzen. Wenn ich den Wein trinke, vergesse ich auf jeden Fall immer für einen wunderbaren kleinen Moment die ganze Welt um mich herum.

ROT DIE REBEN, BLAU DIE PARTEI

20. Juli 1969, Grand Hotel Bellevue, in der Nähe von Bonn.

»Nein, zu meinem größten Bedauern ist leider nichts frei«, sage ich mit all der Höflichkeit, die ich mir in den Jahrzehnten als Concierge dieses Hotels angeeignet habe.

»Aber es stehen doch nur wenige Autos auf dem Parkplatz. Und weit und breit ist niemand zu sehen!«

»Es tut mir wirklich leid. Ein andermal würden wir Sie sehr gerne bei uns begrüßen. Ich darf Ihnen dazu auch einen Rabatt einräumen sowie einen Champagner zur Begrüßung für Sie und Ihre werte Frau.«

»Wir wollen ein Zimmer! Jetzt! Ich bin Fabrikdirektor und wünsche, sofort Ihren Vorgesetzten zu sprechen!«

Ich verscheuche sie wie Krähen, die sich auf einem umgepflügten Feld niederlassen wollen. Ich gestehe, es fällt mir nicht leicht, vor allem da nur noch wenige Gäste kommen, die man abweisen kann. Früher war das Abweisen ein süßer Schmerz, die Enttäuschung in den Augen der Abgewiesenen der Beweis für die herausragende Arbeit. Aber heute? Ich hätte meinen Lohn dafür bezahlt, das Hotel nur noch ein einziges Mal ausgebucht zu erleben. Noch einmal die alte Pracht, das Gefühl, ein wichtiges Rad in einem beeindruckenden Uhrwerk zu sein.

Normalerweise rolle ich deshalb für jeden, der an meine Rezeption tritt, den roten Teppich aus und charmiere, als stünde ein Nachfahr Kaiser Wilhelms vor mir.

Aber nicht heute.

Heute ist alles anders.

Denn außer Gerhard in der Küche habe ich dem gesamten Personal freigeben müssen. Das haben sich unsere speziellen Gäste so gewünscht. Sie wollen unter sich bleiben, in unserem Roten Salon. Nur im Westflügel sind noch andere Gäste untergebracht, doch auch die wollen unter sich bleiben. Das passt also wunderbar.

Die große Standuhr in der Lobby schlägt zehn Uhr. Es ist Zeit, alle Türen abzuschließen. In all den Jahren war unser Hotel immer geöffnet. Bis heute. Aber wie gesagt, es ist kein Tag wie jeder andere. Wirklich nicht. Zumindest ist es ein wenig letzter Glanz, ein letztes Aufflackern unseres Hauses. Nur dass nie jemand davon erfahren wird. Es ist eine Schande.

In der Küche steht Gerhard und kocht. Er sieht aus, als würde er unter Tage Steinkohle abbauen, schwitzend im weißen Unterhemd. Gerhard ist erst seit zwei Monaten bei uns und hatte darauf gehofft, Französisch kochen zu dürfen, mit edlen Viktualien wie Hummer, Foie gras und Froschschenkeln, für die Stars aus dem Kintopp. Als ich hereinkomme, schaut er mich an, seine buschigen Augenbrauen, die aussehen wie dicke Raupen, weit hochgezogen. »Soll ich nicht doch ein Chateaubriand zubereiten?«

»Nein, es muss sein«, sage ich. »Sie wollen es so.«

»Aber –«

»Kein Aber. Der Gast ist König. Und bei diesem besonderen Gast stimmt es fast wörtlich.«

Sie haben italienisches Essen bestellt, das Gerhard noch nie gekocht hat. Es war schwer genug, ein Kochbuch mit einem Originalrezept zu finden, und es musste unbedingt original sein; die Herren haben darauf bestanden. Im Grunde handelt es sich um gehacktes Fleisch mit Tomaten, lange eingekocht, dazu Nudeln und Käse darüber. Wir haben extra einen alten Gouda in den Niederlanden kaufen lassen.

Ich lasse Gerhard allein und prüfe, ob im Roten Salon alles in bester Ordnung ist. Die Herren wollten kein Personal dort, sondern unter sich sein. Nur ich darf zu ihnen kommen. Als ich eintrete, würdigen sie mich keines Blickes. Ich habe die meisten der zwölf Männer noch nie gesehen, denn Politik interessiert mich nicht. Oder genauer: nur die unseres Hotels. Doch den Mann an der Spitze kennt jeder. Er reicht mir die Hand.

»Willy Brandt«, sagt er überflüssigerweise. »Ich freue mich, Ihre Bekanntschaft zu machen.«

»Die Freude ist ganz meinerseits«, antworte ich und ziehe den Stuhl am Ende der Tafel für ihn vor.

Gustav Heinemann, der erste SPD-Präsident unseres Landes, fehlt. Helmut Schmidt und Herbert Wehner ebenso. Dies ist Brandts innerster Zirkel.

»Sie haben heute den nächsten Bundeskanzler unserer Republik vor sich«, sagt der Mann neben ihm. Es ist Günter Richter, der den Abend ausrichtet. Auch ein hohes Tier der SPD, aber ich weiß nicht, aus welchem Gehege. Richter ist aufgeschwemmt, Augen, Nase und Mund scheinen in seinem Gesicht zu treiben wie Boote.

Dass Kiesinger die Zukunft von Brandt anders sieht, erwähne ich nicht, sondern helfe Richter in den Stuhl. Wie von ihm gewünscht, sind Kerzen aufgebaut, statt weißer Tischdecken gibt es weinrote, die Fenster sind verhangen.

Als alle sitzen, schenke ich den Château Pétrus ein, welchen ich zuvor dekantiert habe. Mit zitternden Händen, wie ich zugeben muss.

Richter steht auf und schlägt mit der Gabel so fest gegen sein Weinglas, dass ich Angst habe, es würde zerspringen.

»Genossen! Ein Jahrhundertereignis, ein Jahrhundertwein, eine Jahrhundertpartei – das ist unser Motto für den heutigen Abend.«

Es wird nur den Pétrus geben, Richter wollte einen farblich passenden Wein zur Partei.

»Den Wein habe ich eigenhändig ausgewählt«, sagt Richter mit bedeutungsschwerem Tonfall. »Vor allem für dich, lieber Willy, denn du musst dich daran gewöhnen, dass es für dich bald nur noch das Beste vom Besten gibt, wenn du die Schwarzen aus dem Bundeskanzleramt gejagt hast.«

Die Truppe johlt. »Willy! Willy! Willy!«

Dieser erhebt sich nun. »Wir wollen mehr Demokratie wagen. Wir wollen eine Gesellschaft, die mehr Freiheit bietet und mehr Mitverantwortung fordert. Und wir wollen mehr Wein wagen!«

Die Truppe lacht. Nur ein Mann nicht. Er scheint nachzudenken, aber ich weiß nicht, was in seinem Kopf vor sich geht.

Oh, dieses selbstverliebte Lächeln, dieses widerliche Gockeln! Ich kann es nicht mehr ertragen. Der feine Herr Herbert Ernst Karl Frahm. Nix Willy, nix Brandt, unehelich geboren, so isses. Und dann diese kindischen politischen Ansichten! Eine Entspannungspolitik mit den Staaten des Warschauer Paktes! Er will tatsächlich mit dem Feind ins Bett steigen. Wahrscheinlich kniet dieser Hanswurst irgendwann sogar vor einem Kriegsdenkmal. Wenn es einem zuzutrauen ist, dann dem da! Oder er trifft sich mit dem Stoph aus der Däderä. Ja, lächel du nur, das wird dir bald vergehen. Bald hört das mit deiner Lächelei ganz auf.

»Im Glas haben wir einen 1961er«, sagt Richter. »Das Jahr, in dem die schändliche Mauer in Berlin errichtet wurde. Im Bordelais erfroren die Blüten auf den Weinstöcken – ein rares Unglück. Rund die Hälfte der Ernte war von vornherein verloren. Doch es folgte ein herrlich heißer Sommer, und die Blüten, die nicht erfroren waren, entwickelten sich zu Trauben, die schnell reiften, mit einer erstaunlichen Fruchtigkeit. Bei der Weinlese herrschte mildes, klares Wetter, und man merkte schließlich, dass man es mit einem echten Jahrhundertwein zu tun hatte. Seine Quantität war zwar gering, aber seine Qualität einzigartig. Lasst uns das eine Lehre sein, dass man sich nicht entmutigen lassen darf und sich immer alles zum Guten wenden kann. Zum Wohl, Genossen!«

Sie trinken wieder. Richter nickt mir zu, die traditionelle italienische Speise darf serviert werden.

In der Küche hat Gerhard die Nudeln schon in die Teller gegeben. Sie wirken blass, anämisch, wie Würmer, die nie das Sonnenlicht erblickt haben. »Die Dinger müssen richtig weich sein«, erklärt er mir. »Müssen quasi auf der Gabel auseinanderfallen. So habe ich sie am Gardasee gegessen.«

»Lass uns servieren, solange sie noch … lauwarm sind. Die Herren müssen doch rechtzeitig fertig sein, bevor die Übertragung in die heiße Phase kommt.«

»Die vom Mond?«, fragt Gerhard grinsend.

»Genau die. So, jetzt die Soße drauf. Und den Käse.«

»Ich leg jedem eine Scheibe Gouda drauf, so macht man das auch in Italien.«

»Du musst es wissen.«

»Ist die traditionellste Art.«

»Und was ist in der Sauciere?«

»Apfelmus.«

»Warum um alles in der Welt Apfelmus?«

»Alles schmeckt besser mit Apfelmus!«

»Das ist aber nicht Italienisch.«

»Wenn die Italiener das mal ausprobieren würden, wäre es Italienisch.«

Es ist ihm sehr ernst, er drückt mir die Sauciere mit festem Druck in die Hand. Gerhard musste kulinarisch schon genug leiden, es ist an der Zeit nachzugeben. »Wir sagen einfach, die Äpfel seien aus Italien.«

»Sahen für mich auch sehr italienisch aus. Sag ihnen, die Kombination sei eine italienische Spezialität. Große Dichter und Denker würden es genauso essen. Ich habe es gelernt, als ich für Signor Haefs kochte, sag ihnen das.«

Ich klopfe ihm auf den Rücken, packe den Servierwagen voll und schiebe ihn quietschend in den Roten Salon. Normalerweise ist das nicht meine Aufgabe, aber heute ist auch dies anders. Als ich eintrete, hält Willy Brandt gerade sein Glas in der Hand und schnuppert an seinem Rotwein.

Nicht nur schnuppern, Willy, trinken! Willy! Willy! Willy! Du bist doch ein Jahrhundertmensch, oder? Da musst du diesen Jahrhundertwein doch trinken. Schau, ich trinke ihn auch, in großen Schlucken. Gut, bei dir ist jetzt Gift im Glas, aber geschmacklich macht das gar nicht viel aus. Ah, endlich trinkst du, gut so, lass es dir schmecken! Es wird das Letzte sein, was du … Warum spuckst du den Wein denn jetzt in den leeren Wasserkübel aus?

»Mundet Ihnen der Wein nicht, Herr Brandt?«, frage ich ihn.

»Doch, doch, sehr, vielen Dank. Aber ich will noch nicht so viel trinken, sonst schlafe ich gleich, wenn es losgeht.«

Richter zeigt auf den Servierwagen. »Apfelmus?«

»Italienisches«, sage ich. »Composta di mele.«

»Mhm«, grummelt Richter, nicht vollends überzeugt. »Na, immerhin ist der Käse richtig, eine schöne dicke Scheibe.«

»Wir müssen mehr Rotwein wagen!«, sagt Brandt mit rollendem »r«. »Wir müssen mehr Apfelmus wagen!«

Alle lachen, Richter am lautesten. »Willy, du bist der Größte!«

Brandt steht auf und singt. »Brüder, zur Sonne, zur Freiheit!« Alle stimmen ein. »Brüder zum Lichte empor! / Hell aus dem dunklen Vergangnen / leuchtet die Zukunft hervor. / Hell aus dem dunklen Vergangnen / leuchtet die Zukunft hervor.«

Ich halte mich im Schatten an der Tür, neben den Schüsseln mit zusätzlichen Nudeln, Hackfleischtunke und Apfelmus. Die Herren trinken und singen noch etwas, dann fängt die heiße Phase der Übertragung an. Dr. Günter Siefarth, der auch schon einmal in unserem Hotel genächtigt hat, sendet aus dem eigens gebauten »Apollo-Studio« in Köln für die ARD. Die Sondersendung des ZDF wird von Heinrich Schiemann moderiert. Ich habe den Herren von der SPD gesagt, das Bild der ARD wäre wesentlich besser. Ein wenig Lokalpatriotismus muss erlaubt sein. Der Abend wird lang – und das Apfelmus immer weniger. Irgendwann essen sie es pur, ohne Nudeln und Soße. Auch der Jahrhundertwein aus Frankreich, von dem Richter gleich vierundzwanzig Flaschen bestellt hat – für jeden zwei –, neigt sich seinem Ende entgegen. Mehrere Genossen drohen von ihren Stühlen zu fallen, einige lallen, andere schlafen. Brandt dagegen sitzt noch wie eine Eins. Er zeigt auf das schwarzweiße Fernsehbild. »Ich glaube nicht, dass diejenigen recht haben, die meinen, Politik bestehe darin, zwischen Schwarz und Weiß zu wählen. Man muss sich auch häufig zwischen den verschiedenen Schattierungen des Graus hindurchfinden.« Er schlägt sich lachend auf die Knie.

Aus dem Fernseher kommt: »Houston, Tranquility Base here. The Eagle has landed!«

Brandt hebt sein Rotweinglas an die Lippen. »Lasst uns trinken, Genossen! Auf diesen historischen Moment. Hebt eure Gläser!«

Jetzt! Trinkt! Er! Endlich ist es so weit! Oh, er will, dass ich mit ihm anstoße. Kein Problem, ich kann noch trinken; ich trinke heute die ganze Nacht schon und höre jetzt nicht auf. Gleich trinke ich und feiere. Besonders wenn der Notarzt umsonst kommt. Bin auch gar nicht betrunken. Vielleicht ein bisschen. Oder auch viel. Ist auch egal. Ich hab's mir verdient. Wo ist mein Glas? Immer stellt sich das woandershin. Nehm ich eben das, ist ja überall der gleiche Wein drin. Hau weg das Jahrhundertzeug von den Franzmännern!

Brandt gibt mir ein Zeichen, dass ich mit ihnen anstoßen soll. Ausnahmsweise nehme ich an. Alle heben ihre Gläser und trinken – nur Brandt nicht. Er lächelt. Doch es ist nicht das ebenso kluge wie wohlwollende Lächeln, das man von ihm kennt, es hat eine düstere Färbung.

Um drei Uhr sechsundfünfzig in der Früh sagt Neil Armstrong: »That's one small step for man, one giant leap for mankind!« Es ist ebenfalls drei Uhr sechsundfünfzig in der Früh, als Richter mit einem schweren Plumps von seinem Stuhl rutscht, die Haut aschfahl, der Mund offen, die Augen auch. Und ich denke: Ein kleiner Fall für einen Menschen, aber ein großer Fall für die SPD.

Und schäme mich im selben Moment für diese süffisanten Worte.

Schnell stürze ich zu ihm und fühle seinen Puls, doch es gibt keinen mehr. Erschüttert blicke ich zu Brandt und schüttele den Kopf.

»Ich werde den Notarzt rufen.«

Brandt nickt nur. »Herzinfarkt, nehme ich an. Wegen der Aufregung. Das sollte der Notarzt feststellen. Was sonst sollte es in diesem Hotel mit fabelhaftem Ruf auch sein, nicht wahr?«

Ich schaue zu Richters Platz. Er hat nicht aus seinem Glas getrunken, sondern aus der Glaskaraffe, die Brandt als Spucknapf benutzt hatte. Brandt musste sie in Richters Richtung geschoben haben, während der immer betrunkener geworden war.

Brandt lächelt. »Die Zukunft wird nicht gemeistert von denen, die am Vergangenen kleben.« Und dann so leise, dass es die Genossen nicht hören können, die sowieso kaum mitbekommen haben, dass sie nur noch zu elft sind: »Wer anderen eine Grube gräbt …«

Gerhard hilft mir, den Leichnam aus dem Roten Salon in den Flur zu schaffen, wo wir eine Tischdecke über ihn breiten.

Ich schaue auf meine Armbanduhr; die Gäste im Westflügel haben für jetzt ihr Essen bestellt. Gerhard hat schon alles vorbereitet. Sauerbraten mit Rotkohl, Klößen – und Apfelmus. Ich fahre alles hinüber und achte darauf, dass mir niemand folgt. Im Westflügel befindet sich unser großer Festsaal, doch aktuell stehen keine Stühle darin.

Sondern eine Mondlandschaft.

Mitsamt einer Landefähre.

Armstrong und Aldrin sind froh, dass sie endlich ihre dicken Anzüge ausziehen können. Sie haben extrem darin geschwitzt. Die CIA hat uns fürstlich dafür bezahlt, dass alles bei uns gedreht werden konnte. In den USA wäre die Chose sicher aufgefallen, nicht aber am Rand Kölns. Außerdem hatten wir den richtigen Regisseur.

Rainer Werner Fassbinder stürzt sich geradezu auf den Sauerbraten. »Schlafen kann ich, wenn ich tot bin«, sagt er und fängt an zu essen, während Armstrong und Aldrin sich noch abtrocknen. »Mein größter Film, und es wird nie jemand wissen!«

Mein Blick muss skeptisch sein, denn gutheißen kann ich dieses Theater nicht. Zwischen zwei Happen sagt Fassbinder entschuldigend: »Ich werfe keine Bomben, ich mache Filme.«

Ich nicke und lege ihm Fleisch nach. Immerhin wurde hier niemand vergiftet, nur die Welt von einem amerikanischen Präsidenten belogen. Ich habe das Gefühl, es wird nicht das letzte Mal gewesen sein.

WEINTIPP

Die Genossen in dieser Geschichte trinken zur grottigen Interpretation der italienischen Küche einen Château Pétrus – und damit einen der berühmtesten und teuersten Tropfen der Welt. Das Weingut liegt im französischen Weinbaugebiet Pomerol der Region Bordeaux. Natürlich können Sie es den Genossen gleichtun und werden mit einem in den meisten Jahrgängen wirklich atemberaubenden Wein belohnt (der mit Reife oft köstlich nach Trüffeln duftet), aber es geht auch günstiger. Ein Château Pétrus besteht zum großen Teil, manchmal sogar vollständig, aus Merlot. In manchen Jahren kommt ein wenig Cabernet Franc dazu.

Als Mitglieder einer Partei, die später die sogenannte Toskana-Fraktion hervorbrachte, hätten sie aber auch sicher nichts gegen einen großen toskanischen Merlot einzuwenden. Allerdings sind Weine wie Masseto und Messorio mittlerweile auch nahezu unerschwinglich. Mit knapp unter hundert Euro erhält man jedoch den Galatrona, einen famosen Bio-Merlot, dessen Rebstöcke aus Bordeaux stammen und der nach Sandelholz, Veilchen, getrockneten Rosenblättern und Waldbeeren und Pflaumen duftet und schmeckt.

Und wenn es doch Bordeaux sein soll, bekommen Sie zum Beispiel mit dem Château Tour du Moulin einen tollen Wein, der größtenteils aus Merlot gewonnen wird, für wirklich kleines Geld. Mit ihm kann man sogar auf die nächste Mondlandung anstoßen!

GUTE VORSÄTZE ZUM NEUEN JAHR

Das neue Jahr ist nun gekommen
Der Blick an Neujahr noch verschwommen
Denn Bier, Wein und diverse Brände
Reichen sich im Blut die Hände

Drei gute Vorsätz soll'n es sein
Der erste lautet: Trink mehr Wein!
Den hat er auch gleich umgesetzt
Weil Warten ja die Pflicht verletzt

Den Rest vom roten Pfälzer Wein
Schenkt er sich rasch ins Bierglas ein
Und Gin dazu, ein Weihnachtsgeschenk
Vom Brenner, den er hat erhängt

Der zweite Vorsatz heißt: Mehr Sport!
Denn Sport bedeutet auch: Mehr Mord!
Beim Joggen sucht er sich die Opfer
Erschlägt sie rasch mit 'nem Fleischklopfer

Das stählt ihm die Muskulatur
Vom Oberarm, und die Figur
Sieht kraftvoll, sehr athletisch aus
Und Blutflecken geh'n wieder raus

Einen letzten Vorsatz gibt es noch
Er kam direkt vom Chef, dem Koch
Die Leichen müssen frischer werden
Sonst schmecken sie zu sehr nach Pferden

Dann wird es sicher rasch gelingen
Den Michelin-Stern zu erringen
Mit zartem Fleisch aus eigener Jagd
Nach dessen Herkunft niemand fragt

Das neue Jahr, es wird sehr fein
Das Steak wird herrlich saftig sein
Ein Mörder konsequent besoffen
Das lässt auf sehr viel Wildbret hoffen

WEINTIPP

Der Winterwein schlechthin ist der Glühwein – und der ist leider meist miserabel. Zum einen wird oftmals elend schlechter Grundwein genommen, zum anderen wird der Glühwein auf Weihnachtsmärkten zu lange und zu heiß erwärmt.

Daheim gefühlvoll erwärmter Winzerglühwein ist definitiv besser. Er darf nur aus Trauben von eigenen Rebflächen des Winzers gewonnen werden, darf nicht mit Wasser oder Säften gestreckt werden, und zur Süßung dürfen nur natürliche Zuckerstoffe Verwendung finden.

Pfiffig sind zum Beispiel die Glühweine des Kollektiv IV aus Sommerloch an der Nahe. Der weiße »Hyggelig«-Glühwein wird mit Zitronengras und Goji-Beeren aromatisiert, der roséfarbene »Røsabel« mit Rosenblüten, Zitronengras und ebenfalls Goji-Beeren. Alles in Bio-Qualität.

So etwas hätte man in der Antike wohl nicht erwartet, als man den römischen Würzwein Conditum Paradoxum trank, den Vorgänger des Glühweins.

HALLOWEENBERG

Vor mir steht das Krümelmonster an. Direkt aus der Sesamstraße!

»Ich hab ›Horrorclown‹ gesagt, Hubi. Nicht ›Kuschelmonster‹.«

»Clowns waren aus, wegen Halloween. Es gab auch Conchita Wurst, aber das hier war im Angebot.« Hubi hebt die Hände wie zum Angriff in die Höhe. »Schau mal, wenn ich so stehe, sieht's schon sehr gruselig aus.« Er macht fauchende Geräusche, dann fängt er an zu husten. Hubi ist Kettenraucher. Fauchen liegt ihm deshalb nicht so. Atmen eigentlich auch nicht. Und als Krümelmonster sieht er ungefähr so gruselig aus wie ein Cockerspaniel-Welpe. Man will ihn einfach nur knuddeln.

Hubi hat tatsächlich Kekse mitgebracht. Passend zum Kostüm. Sie sind voller Alkohol. Keine Ahnung, wie man den in einen staubtrockenen Keks bekommt, aber drei von denen, und man ist sturzbetrunken. Beziehungsweise sturzbegessen. Ich esse deshalb nur einen. Und nehme einen mit auf den Weg.

Wir stehen am Lamberg oben, das ist eine Süd- bis Südwestlage, die sich von vierhundertsiebzig Metern Seehöhe bis hinunter nach Wies mit dreihundertsiebzig Metern Seehöhe erstreckt. Kein Mond am dunklen Himmel, nur Sterne funkeln, aber wir kriegen das mit meinem Plan auch so hin.

Eule torkelt durch den Weinberg auf uns zu. Er hat ein Clownskostüm an. Aber das total falsche.

»Eule, das ist kein Horrorclown!«

»Wohl, wohl. Alle laufen vor mir davon.«

Weil du eine Fahne hast, die man bis nach Slowenien riechen kann. »Weißt du denn nicht, wen dein Kostüm darstellt?«

»Horrorclown!«, brüllt Eule.

Ich schüttle den Kopf. »Nein, Ronald McDonald.«

»Ja ist das denn kein Horrorclown?«

»In kulinarischer Hinsicht schon.«

»Na, siehst du!« Eule rülpst. Ich könnte schwören, ein paar Trauben neben ihm haben sich spontan in Rumrosinen verwandelt, und irgendwo scheint ein Vogel tot vom Baum zu fallen. Eule heißt so wegen seiner Brille. Die steht ihm nicht. Und Ronald McDonald auch nicht. Eule setzt zur Stärkung den Brombeerbrand vom Jöbstl an. Tolles Gesöff und nicht gerade billig. Aber Eule hat's ja. In der Geldbörse und jetzt auch in der Birne. Ich nehme ebenfalls einen Schluck. Auf den Schreck, Ronald McDonald am Weinberg zu begegnen.

Als Nächstes erscheint Tanja. Also die hübsche Kraus Tanja von der Post, nicht die unfreundliche aus der Bäckerei. Tanja ist als Vampir verkleidet. Plus einer roten Nase. Ich hätte im Vorhinein besser Fotos von Horrorclowns verteilen sollen. Tanja ist weder Horror noch Clown, sondern sieht aus, als wäre sie im VVV – dem Verband Veganer Vampire.

»Buah, ich will dich fressen!«, ruft sie und lacht.

Die Mädchen und Buben vom Kindergarten Wies jagen einem mehr Angst ein. Und das schon ohne Verkleidung.

»Du siehst aber ganz schön gruselig aus«, sagt Tanja. »Dir möchte ich lieber nicht im Dunkeln begegnen!«

»Tanja, es ist dunkel.«

»Ups.«

Sie setzt grinsend eine Weinflasche an. Blauer Wildbacher, erkenne ich am Etikett. Den kann ich jetzt auch gut gebrauchen. Also her damit.

»Ich sehe gruselig aus?« Ich schüttle fassungslos den Kopf.

»Und das überrascht dich? Das Gruselige ist ja gerade der Sinn eines Horror… Ach, vergiss es!« Ich nehme noch einen Schluck in der Hoffnung, meine Freunde würden sich verwandeln. In Kochshowmoderatoren, amerikanische Präsidenten mit Fönfrisur oder sonst etwas Furchteinflößendes.

Fehlt also nur noch Hänschen. Heißt so wegen seines Nachnamens, Klein. Hans ist zwei Meter zwanzig groß und sieht aus wie eine Abrissbirne auf Beinen. Er ist meine letzte Hoffnung.

Mit ihm wären wir zwei ernsthafte Horrorclowns, und unser Alibi würde halbwegs reichen. Hans kommt.

Hans ist unverkleidet.

»Wo ist dein Kostüm?«, frage ich.

Hänschen schnieft in ein Taschentuch. »Monika meint, ich brauch keins, meine Nase ist auch so schon rot wie bei einem Clown.« Er niest.

Ich würde ihn gern schlagen, nur ein bisschen, bis es mir besser geht und auch der komplette Rest seines Kopfes rot ist. Das sind wirklich die übelsten, vertrotteltsten Horrorclowns in der Geschichte der Horrorclowns! Aber so oder so: Wir müssen jetzt den Weinberg abernten. Und zwar so schnell es geht. Wenn wir Glück haben, sieht uns keiner, und die Verkleidung ist ohnehin überflüssig. Ansonsten sind wir Horrorclowns, die sich an Halloween verirrt haben. Und zwar voll.

Hänschen hat Klosterfrau Melissengeist dabei, um schnell gesund zu werden. Er bietet mir auch etwas davon an. Ich will nicht unhöflich sein. Ist ja nur ein kleiner Schluck. Und wie hat schon meine Oma immer gesagt: »Wenn's vorne zwickt und hinten beißt, nimm Klosterfrau Melissengeist.« Danach fühle ich mich tatsächlich gesünder. Oma hat nach einem halben Fläschchen auch immer ganz selig im Sessel gelächelt. Deshalb setze ich die Pulle gleich noch mal an.

Eule hält sich an meiner Schulter fest. Von seinem Atem fühle ich mich ein wenig benommen. »Und du bist dir sicher, dass das hier der Weinberg vom Raimund ist?«

»Ja, bin ich. Und jetzt ran an die Lese.«

»Meinst du nicht, wir sollten …?«

»Ja, ich meine, wir sollten jetzt anfangen!«

»Wollt nur sichergehen.« Eule holt seine Rebschere hervor, auch die anderen haben dran gedacht. Für Krax'n hab ich gesorgt. Bald werden die Trauben da drin sein, und dadurch wird Raimunds wertvollster Weinberg dieses Jahr nichts abwerfen. Verrückte Horrorclowns waren's! Raimund hat es verdient, mehr als das. Ha! Haha! Harharhar!

»Hör auf, so diabolisch zu lachen«, sagt Tanja und boxt mich gegen die Brust. »Ich hab sowieso voll Angst vor Clowns.« Ich reiße mich zusammen, dabei würde ich sehr gern weiter so lachen. »Jeder eine Rebzeile, und los geht's!«, sag ich, und die Reben-Raub-Gang macht sich an die Arbeit.

Sie singen fröhlich vor sich hin. Es klingt wie das Erstklässler-Krippenspiel in der Volksschule Steyeregg – lieb, aber schrecklich.

Das könnten echte Horrorclowns auch nicht schlechter.

Die Arbeit geht gut voran, wobei wir mit der Zeit an Tempo verlieren. Also nach fünf Minuten.

Hubi flucht ständig, weil ihm das Krümelmonsterkostüm immer wieder über die Augen rutscht. Keine gute Sache, wenn man mit einer scharfen Rebschere hantiert. Tanja reicht ihm eine Weinflasche rüber – das hebt sogleich seine Stimmung.

Ich bin jetzt auch bester Laune. Und freue mich schon auf Raimunds Gesicht, wenn er seinen abgeernteten Weinberg sieht. Extralang hat er die Trauben hier hängen lassen. Ganz was Feines soll's werden. Falls Sie aus Wies sind, kennen Sie den Raimund. Der Strohmayer Raimund ist ja unser Star-Winzer, unsere Berühmtheit. Irgendwann wird man den Ort ihm zu Ehren umbenennen. Vielleicht sogar die ganze Schilcher Weinstraße, wenn nicht die gesamte Weststeiermark. Schilcher Frizzante und Schilcher Sekt haben Sie sicher schon getrunken. Seine Idee. Ha! Da lachen ja die Hühner, die Enten und die Gänse, da lacht die ganze Vogelschar! Von *mir* war die Idee, und davon hab *ich* ihm erzählt, als wir abends zusammen im »Strutz« gesoffen haben. So was wie einen Schilcher Frizzante müsste man machen oder einen schönen Sekt von unserm Schilcher. Da hat der Raimund fein die Ohren gespitzt. Und ein Jahr später den ersten Schilcher Frizzante Rosé auf den Markt gebracht. Meine Idee! Aber davon wollte der feine Herr dann nichts mehr gewusst haben!

Dieses Unwissen schützt vor Strafe nicht. Ganz im Gegenteil! Und ich mach das alles mit Gottes Segen. Hab vorhin in unserer Wallfahrtskirche »Gegeißelter Heiland auf der Wies« gebetet und dem Herrn meine Sünden gebeichtet. Brauch ich das nachher nicht mehr zu tun.

Wie sich herausstellt, haben meine Erntehelfer noch mehr Alkohol mitgebracht für die lange, harte Arbeit in der Kälte. Da darf ich mich als Organisator selbstverständlich nicht heraushalten, da heißt es, die eigene Leber nicht schonen und mittrinken! Also ein wenig. Für die Moral. Und das muss regelmäßig durchgeführt werden!

Irgendwann kommt es mir vor, als wären wir viel mehr Leute im Weinberg als vorher. Die anderen scheinen sich jetzt doch richtige Horrorclownkostüme besorgt zu haben. Wie schön! Einer von ihnen baut sich vor mir auf. »Dennis?«, fragt er mich.

Wieso denn »Dennis«? Er hustet. Alles klar: der angedudelte Hubi! Sein neues Horrorclownkostüm ist viel besser als das Krümelmonster. Er hat sich ein fieses Grinsen und Haifischzähne geschminkt.

»Ja«, sage ich. Wenn er so verkleidet ist, darf er mich nennen, wie er will!

»Warum hilfst du denn diesen Knalltüten bei der Lese?«

Super, der Hubi, sogar die Stimme ist jetzt total anders. So wird das was heute Nacht!

»Weinlese nachts macht einfach Spaß«, antworte ich. »Bekommt man keinen Sonnenbrand.« Ich lache.

Hubi nicht. »Hör auf mit dem Schwachsinn! Jeder knöpft sich einen vor. Die sollen sich anscheißen vor Angst.«

»Ja klar, anscheißen find ich super. Noch einen Schnaps?« Die Flasche hatte ich gegen einen Rebstock gelehnt, jetzt nehme ich einen Schluck und biete Hubi auch was an.

»Wenn der Strohmayer erfährt, dass du bei der Sache hier säufst, gibt's keine Kohle, du Vollkoffer.«

Ich lache. »Ich hoffe doch sehr, dass der Strohmayer erfährt, dass wir gesoffen haben und wie viel Spaß uns das alles gemacht hat.«

Hubi greift nach meiner Rebschere. »Jetzt gib die Drecksschere schon her, verdammt noch mal!«

»Du hast doch selber eine!« Ich werde einen Teufel tun und ihm meine geben.

Plötzlich taucht Tanja auf. »Wein ist leer!« Sie stolpert in Hubi. »'tschuldigung.«

Hubi ist von Tanja ein Stück in meine Richtung gestoßen worden. Also wirklich nicht viel. Nur ein bisschen. Aber halt voll in die Rebschere. Die steckt jetzt in seinem Herz. Ich kann überhaupt nicht erkennen, ob Hubi Schmerzen hat. Bei seiner Schminke sieht es allerdings aus, als würde er mich gleich beißen. »Alles gut, Hubi?«, frage ich und zieh die Rebschere raus. Das war ein Fehler.

Es ist erstaunlich, wie viel Blut aus einem Menschen spritzen kann. Sogar bis auf die gerade gelesenen Trauben. Die kann ich jetzt natürlich wegschütten. Normalerweise hätte ich geschockt sein müssen, aber aus irgendeinem Grund hab ich super Laune – Tanja auch.

Hubi nicht.

Dann hören wir ein Schniefen. Hänschen! Er muss Hubis Röcheln gehört haben. Auch Hänschen hat sich umgezogen, um mir eine Freude zu bereiten: lila Haare, die zu Berge stehen, klaffende Wunden im Gesicht und die Augen wie die einer Katze.

»Alter, danke!«, rufe ich ihm entgegen.

Hänschen sieht den toten Hubi und weicht zurück gegen die Rebzeile.

Das war allerdings keine gute Idee von ihm. Also so gar keine.

Eule hat nämlich nicht nur eine Rebschere mitgebracht, sondern auch eine Heckenschere. Die Klingen heute extra frisch geschärft. Da legt er großen Wert drauf. Er liebt seine Heckenschere und schneidet damit alles, was nicht niet- und nagelfest ist. Die Reben sind zwar alle längst gewipfelt, aber nicht so akkurat, wie Eule das gut findet, deshalb wipfelt er hier und da nach. Großräumig. Und mit viel Schwung.

Hänschen steht jetzt einfach ganz blöd an der falschen Stelle. Quasi der Heckenschere im Weg. Da kann die Heckenschere gar nix dafür. Also dass der Kopf abgetrennt wird. Von hinten. Ganz sauber. Echte Maßarbeit. Eule hat's gar nicht gemerkt. Der schneidet fröhlich weiter. »Ähm … Eule?«, sage ich. »Bei der Arbeit«, antwortet Eule aus der anderen Rebzeile. Oder besser: Er singt es voll guter Laune. »Das macht so einen Spaß mit der Heckenschere. Die geht wie Butter durch.« Ich sag lieber nix dazu. Will ihm die Laune nicht verderben. Er mochte Hänschen ja. Und wenn man einem den Kopf abschneidet, trübt das schon ein wenig das Vergnügen an so einer schönen Heckenschere.

Ich drücke Hänschens Kopf wieder auf den Rumpf, weil der so unkomplett auf der Erde lag. Aus optischen Gründen. Aber viel besser sieht es jetzt auch nicht aus. So ein Mensch ist ja kein Puzzle. Wenn die Teile einmal auseinander sind, kann man die nicht mehr so einfach zusammenstecken. Wenn man zwei halbe Backhendl zusammenhält, fängt's auch nicht wieder an zu fliegen.

Eule drückt sich kurze Zeit später aber doch durch die Rebzeile zu uns durch und ist richtig mitgenommen, als er Hänschen sieht. Auch Eule hat sich jetzt toll verkleidet. Ganz in Schwarz-Weiß, im Gesicht wie ein Skelett geschminkt, dazu eine schwarze Haarpracht. Also hätte ich nicht gewusst, dass es Eule ist, dann hätte ich mich echt gegruselt.

Er geht zu Hänschen und will ihm den Puls fühlen. Am Hals. Dabei rollt dann natürlich der Kopf weg. Eule erschrickt total und stolpert rücklings in die Rebzeile. Und da sind ja nun mal Drähte gespannt. Das muss auch so sein, damit die Rebe daran hochwachsen kann. Metalldrähte. Sehr stabil! Und man kann dem Raimund einiges nachsagen, aber nicht, dass er an seinen Drähten spart. Also die Drähte: eins a. Eule fällt da rein und wird sehr panisch. Er dreht und windet sich, und irgendwie, ich weiß bis heute nicht, wie, hängt er plötzlich mit dem Kopf drin.

Und anstatt dann ruhig zu halten, dreht er sich einfach weiter. Der alte Tollpatsch. Da kann man den Metalldrähten keinen Vorwurf machen. Die können sich ja nicht in Luft auflösen. Eule dreht sich, bis er sich irgendwann eben nicht mehr dreht. Zappelt noch etwas wie ein Fisch. Das war's dann. Hänschen, Eule und Hubi tot. Nicht schön. Vor allem, da Tanja und ich jetzt die ganze Arbeit allein erledigen müssen.

Plötzlich kommt Hänschen um die Ecke, gefolgt von Hubi und Eule.

Jetzt bin ich aber ganz schön baff, also das kann ich Ihnen sagen.

»Was war denn das für ein Röcheln?«, fragt Hänschen.

»Klingt wie meine Ilse nach dem Aufstehen. Wenn so der Schleim von der Nacht im Hals ...«

»Und davor dieser saftige Schnitt von der Heckenschere«, sagt Hubi. »Hat geklungen, als würde Eule durch Wurst schneiden. So eine frische Blutwurst. Irgendwie richtig g'schmackig.«

»Oh, schaut mal, ein Ball«, freut sich Eule. Und kickt gegen den Kopf. »Hui, was fliegt der aber schön!«

Tja, was soll ich sagen? Eule, Hubi und Hänschen haben alle noch ihre blöden Kostüme an. Und die drei Toten müssen irgendwie aus Versehen in den Weinberg geraten sein. Pech für sie. Als Ungelernte im Weinberg ist es immer sehr gefährlich. Davon machen sich Städter ja keine Vorstellung.

Auf die Überraschung trinken wir erst mal was. Auch um die letzten Kraftreserven für die Lese zu mobilisieren. Tanja hat auch noch eine Flasche Schilcher Frizzante Rosé vom Raimund dabei. »Steckt immer in der Handtasche«, erklärt sie stolz.

Ich vermute, da ist auch immer ein Backhendl drin, falls der kleine Hunger kommt. Sowie ein Düsenflugzeug, falls es in den Urlaub gehen soll.

»Tatjana, ich liebe dich!«, grölt Hubi.

»Ach, Hubi, du bist so süß. Deshalb darfst du mich nennen, wie du willst«, antwortet Tanja und stößt mit ihm an.

Einige Stunden später haben wir es dann tatsächlich geschafft, den ganzen Weinberg abzuernten – und das, obwohl die drei Leichen wirklich blöd im Weg lagen. Bei Sonnenanbruch verladen wir alles auf den Anhänger meines alten Traktors.

Plötzlich sind da überall Blaulicht und Sirenen, und die Polizei steht um uns herum. Wir müssen die Hände hochheben. »Boah, voll wie im Krimi!«, sagt Eule mit der Heckenschere in der Hand.

»Was soll das alles?«, ruft Hänschen vom Traktor aus. »Ehrbare Leute beim Saufen stören! Und bei der Arbeit natürlich auch.«

»Sie haben einen fremden Weinberg illegal abgeerntet«, antwortet einer von den Polizeihansln.

»Wer behauptet das?«, grölt Hubi.

Jetzt sehe ich hinter ihnen den Raimund stehen. Er tritt mit stolzgeschwellter Brust vor. »Mit dieser Sauerei kommt ihr nicht durch! Ich hab im Gasthaus alles über euren Plan gehört. Meine drei besten Mitarbeiter sind euch deshalb auch als Horrorclowns verkleidet gefolgt und können alles bezeugen.« Raimund blickt sich um. »Wo stecken die überhaupt?«

»Die haben sich hingelegt«, antwortet Tanja gut gelaunt. »Zwei haben leider den Kopf verloren!«

Ich bin mit einem Mal gar nicht mehr so gut gelaunt. Es ist, als würde ich durch das Blaulicht aus einem schönen Traum erwachen. Sie haben uns erwischt. Auf frischer Tat. Raimund wird die Ernte an sich nehmen, die ich für ihn eingefahren habe. Doppelter Mist. Und verklagen wird er mich trotzdem. Dreifacher Mist.

Raimund weiß das alles und grinst übers ganze Gesicht. »Festnehmen, das ganze Pack!«

Aber Eule hebt die Arme. Soweit er das noch kann, der Alkohol hat nämlich die Erdanziehungskraft tüchtig verstärkt. »Moment! Genau hinschauen!« Er zeigt den Lamberg hinauf. »Auf welchem Weinberg haben wir gelesen?«

Ich schaue hinauf, langsam wird der Schleier vor meinen Augen weggezogen. Ganz oben liegt Raimunds Parzelle – und bis auf ein paar fehlende Trauben hängt sie voll. Darunter liegt meine. Und die ist komplett abgeerntet. Etliche leere Flaschen funkeln darin in der Morgensonne. Richtig idyllisch. Ich dreh mich zu Raimund um. »Wem gehört der Weingarten?«

Raimund sagt nichts. Deshalb fahre ich fort. »Mir! Wir haben heute …« Verdammt, was haben wir denn am Weinberg gemacht? Um die Uhrzeit liest man sonst nur Eiswein. Aber so kalt war's nun auch wieder nicht. Ich brauch dringend eine gute Ausrede. Ich blicke hilfesuchend zum Himmel, wo eben noch ganz friedlich die Sterne funkelten. Das isses! »Wir haben Sternenwein gelesen. Ganz was Feines. Da schaust, gell?«

Jetzt baut sich ein Polizist vor Raimund auf. Ein schönes Schauspiel. »Sie haben uns also mitten in der Nacht herausgerufen, weil Herr Püschl seinen eigenen Weinberg abgeerntet hat? Eines kann ich Ihnen versichern: Das wird ein Nachspiel haben! Und nicht zu knapp, mein lieber Herr Strohmayer!«

✳✳✳

Das Ganze ist nun schon eine Weile her und mein »Sternenwein« ein Riesenerfolg. Den machen wir jetzt jedes Jahr. An Halloween. Im Kostüm. Eine Riesengaudi. Der Raimund musste Strafe zahlen für seine falsche Beschuldigung, und die drei Toten im Weinberg wurden allesamt als Unfälle deklariert. Das hat mich ein paar Abendessen beim Kirchenwirt gekostet und die eine oder andere Flasche Wein, aber zum Schluss fanden alle, dass es so seine Richtigkeit hat. Gut, die drei Leute vom Raimund sind tot. Aber ein bisschen Schwund ist halt immer. Und ganz ehrlich, mal so unter uns, wer sich so ein saublödes Kostüm wie Horrorclown ausdenkt, hat's nicht besser verdient.

Ich geh nächstes Halloween als Raimund Strohmayer. Mehr Horror geht nämlich nicht.

WEINTIPP

Natürlich muss man zu dieser Geschichte einen Schilcher trinken, und zwar entweder einen Frizzante (also mit zugesetzter Kohlensäure) oder besser noch einen Sekt (bei dem die Kohlensäure durch die zweite Gärung entsteht).

Der Name der Spezialität aus der Weststeiermark leitet sich von der hellrot schillernden Farbe her (österreichisch »schilchern« für »schillern«). Schilcher muss immer zu hundert Prozent aus der Rebsorte Blauer Wildbacher erzeugt werden, duftet typischerweise nach Rhabarber und roten Beeren – außerdem ist er rassig in der Säure. Das erklärt auch eine historische Begebenheit: Der gebürtige Italiener Papst Pius VI. reiste 1782 nach Österreich und bekam im Franziskanerkloster Maria Lankowitz einen Schilcher zum Abendessen serviert. Er schrieb über dieses kulinarische Erlebnis in sein Tagebuch: »Sie haben uns einen rosaroten Essig vorgesetzt, den sie Schilcher nannten.« Heute ist der Wein so gut, dass ihn sicher auch Päpste zu schätzen wüssten. Auch wenn manche Rebstöcke mit Blut getränkt sind …

§ 2

MÖRDERISCH LECKER

ODER:

HERZHAFTE GRÄUELTATEN

DAS LEBEN IST EINE LANGE RUHIGE STRASSE
(IN DER EIFEL)

»Wo ist die Autobahn denn hin?«

Klaus zuckte mit den Schultern. »Wech.«

»Das Wort endet auf g! Weg! Nicht ›wech‹! Tut dir das nicht weh beim Sprechen?«

»Aber die Autobahn ist doch einfach wech«, sagte Klaus.

»Die kommt erst später wieder. Bei Dreis-Brück.« Er grinste. »Willkommen in der Eifel, wo Autobahnen plötzlich wech sind.«

Brigitte schlug ihn. Nur auf den Oberarm, aber fest mit der Faust.

»Aua! Das gibt einen blauen Fleck! Der geht ewig nicht mehr wech!«

Sie schlug ihn noch mal, diesmal mit noch mehr Schmackes.

»Sag mal, spinnst du?«

»Du hast das Wort gesagt und nicht nur einmal.«

»Wech?«

Brigitte schlug ihn wieder. »Das tut mir in den Ohren weh.«

»Du stellst dich aber auch an, das ist doch nur ein Wort. Deine Empfindlichkeit hab ich nie verstanden.«

»Musst du auch nicht, sprich es einfach nie mehr aus, das reicht.«

Klaus brummte missmutig. Das tat er oft. Mit den Jahren hatte das Brummen zu- und das Reden abgenommen. Es gab mittlerweile ganze Abende, an denen er kein einziges Wort sprach, sondern nur auf verschiedene Arten brummte. Zustimmend, zweifelnd, missmutig, sauer, erregt. Inuit mochten mehr als neunzig Worte für Schnee haben, Klaus kam sicher auf über zweihundert Arten von Brummen.

Brigitte hatte ihn jetzt schon mehrfach gebeten, an einer Raststätte zu halten, weil ihre Blase sehr zwickte. Doch er wollte erst noch Strecke machen. Klaus sah aus den Augenwinkeln, wie Brigitte ein näher kommendes Straßenschild fixierte. Vermutlich hoffte sie, dass darauf stand, wo es zur Autobahn ging.

Aber das tat es natürlich nicht.

»Lommersdorf? Ahrhütte? Wo sind wir hier? Bist du sicher, dass du richtig fährst?«

»Ich habe mir das vorher genau angeguckt.«

»Du hättest dir längst so ein Navigationsgerät kaufen sollen.«

»Ich brauch das nicht, ich bin alte Schule.«

»Du bist alte Verfahrschule!«

Klaus brummte.

»Halt endlich an, ich muss.«

Er brummte.

»Ich mein es ernst, die nächste Raststätte.«

Er brummte.

»Was soll das heißen?«

»Wir sind nicht mehr auf der Autobahn, hier gibt es keine Raststätten.«

»Dann eben eine öffentliche Toilette.«

»Das ist die Eifel.«

»Und?«

»Hier gibt es keine öffentlichen Toiletten. Die ganze Eifel ist eine einzige öffentliche Toilette!« Er grinste breit.

»Das ist jetzt nicht dein Ernst, oder? Kannst du nicht ein Mal tun, um was ich dich bitte?«

»Mach ich ständig.«

»Ach ja? Gib mir ein Beispiel. Ein einziges Beispiel!«

»Ich trag den Müll raus.«

»Das ist das Beste, was dir einfällt? Das ist ja wohl eine Selbstverständlichkeit!«

Er brummte.

»Ja, schweig nur. Das kannst du sowieso am besten. Und die nächste Toilette gehört mir.«

»Geht auch eine Frittenbude?«

»Seit wann haben Frittenbuden Toiletten? Oder ist das in der Eifel so? Haben hier auch Toilettenhäuschen Fritteusen?«

»Nein, wohl eher nicht …« Klaus stellte das Radio an. »Guck, wir haben sogar Empfang! Hör mal, Beethovens Sechste.«

»Mir platzt gleich die Blase, und du redest von Beethoven!« Er brummte.

»Das Lokal da vorn, halt an!«

Klaus fuhr weiter. »Wenn wir gleich auf der Autobahn sind, kommt bestimmt eine Raststätte.«

»Ja, aber wann sind wir denn wieder auf der Autobahn? Wenn wir jetzt ein Navigationsgerät hätten wie Antje und Aki, dann wüssten wir es genau.«

»Bei Dreis-Brück taucht die Autobahn wieder auf.«

»Sie taucht wieder auf? Um Luft zu holen? Ist sie ein See-ungeheuer?«

»Jetzt sei nicht albern. Da fängt sie halt wieder an.«

»Meine Blase fühlt sich mittlerweile an wie ein Luftballon kurz vor dem Zerplatzen!«

»Von da aus ist es gar nicht mehr weit bis Wittlich zum ›Sonnora‹. Da checken wir dann im Hotel ein, und heute Abend gibt es ein Festessen. Da freuen wir uns doch schon die ganze Woche drauf.«

»Du! Du freust dich da drauf. Ich komme nur wegen dir mit. Und es ist in erster Linie ein beruflicher Termin, du willst eure neue supertolle, superscharfe Messerkollektion loswerden.« Brigitte wies auf die Messersets auf dem Rücksitz. Die Packungen trugen die Aufschrift: »Besser Messer von Nesser – Scharfe Messer kann man immer brauchen!«

»Ich verbinde die Pflicht eben mit dem Vergnügen.«

»Nimm die Kurven doch nicht so eng«, forderte Brigitte.

»Das schlägt mir auf die Blase.«

Klaus fuhr langsamer.

»Sag mal, fährst du jetzt extra langsamer? Willst du mich ärgern? Ich hab dir doch gesagt, dass ich dringend aufs Klo muss.«

Klaus brummte und fuhr schneller.

Brigitte atmete vorwurfsvoll, während sie durch die Natur rollten. Die Straßen waren zu Klaus' Überraschung ziemlich voll.

Nach einigen Minuten ergriff er wieder das Wort. »Ist doch hübsch, die Natur hier.«

»Ja, hübsch, aber davon hab ich jetzt genug gesehen. Die Eifel besteht ja aus kaum was anderem als Natur! Und soll ich dir sagen, wo mir die Natur steht? Die steht mir hier!« Sie zeigte auf ihre Nase. »Und ungefähr da steht mir auch die Blase!«

Klaus stellte das Radio lauter.

»Von Beethoven verschwindet der Druck auf meine Blase auch nicht.« Brigitte öffnete den Knopf ihrer Hose. »Hilft auch nicht mehr. Hältst du jetzt endlich irgendwo an?«

»Aber wo denn?«

»Hier muss es doch was geben!«

»Das ist die Eifel. Die ist größtenteils unbewohnt. Hier gibt es nichts. Erst wieder auf der Autobahn. Ist nicht mehr weit.«

»Fahr noch schneller!«

Klaus brummte.

»Ist mir egal, ob du dann geblitzt wirst. Das ist ein Notfall!«

Klaus brummte.

»Ja, ich habe immer etwas zu meckern. Aber ich habe auch immer Grund zum Meckern!«

Ein Ortsschild tauchte auf.

»Neichen, jetzt ist es wirklich nicht mehr weit.«

»Ach, jetzt ist es wirklich nicht mehr weit? Heißt das, du hast mich eben angelogen?«

»Guck, da ist schon das Autobahnschild, und gleich kommt die Auffahrt. Bald bist du in deinem Hotelzimmer.«

»Ich muss auf die Toilette, nicht in ein Hotelzimmer! Wie oft muss ich dir das noch sagen?«

Klaus' Kopf wurde rot, doch er biss die Zähne zusammen. »Du bekommst deine Toilette. Eine gepflegte Raststätten-Toilette. Und für den Klo-Coupon kaufst du dir dann was Schönes. Für die Nerven.«

»Für die Nerven? Dann will ich ein Navigationsgerät und einen anderen Mann. Haben die das da? Bekomme ich das für fünfzig Cent?«

Sie fuhren auf die Autobahn und standen nach wenigen Metern im Stau. Nichts bewegte sich mehr.

Brigitte stieß einen Schrei aus. »Das hab ich gewusst! Genau das hab ich gewusst! Das passiert, wenn man nicht früh genug rausfährt! Und ich sag noch: ›Fahr raus.‹ Und du: ›Warte noch ein bisschen, dann kann ich gleich auch tanken.‹ Das haben wir jetzt davon! Genau das! Ich werde wahnsinnig!«

Klaus brummte.

Brigitte rüttelte an ihrem Sitz. »Ich will hier raus!«

»Der Stau löst sich sicher gleich auf.«

»Wenn du ein Navigationsgerät hättest wie Antje und Aki, dann wüsstest du jetzt genau, wie lange der Stau dauert.«

»Das ist die Eifel, eigentlich gibt es hier gar keine Staus.«

»Wieso steht bei den Autos überall ›RAR‹ auf der Heckscheibe?«

»Wahrscheinlich Abiturienten, die haben doch immer was auf der Heckscheibe.«

»Es ist Juni!«

»Die mussten vielleicht in die Nachprüfungen.«

»Jetzt hab ich nicht nur stechende Schmerzen wegen meiner Blase, sondern auch noch wegen deiner Dummheit! Schau mal in den Rückspiegel. Sehen die aus wie Abiturienten? Tragen Abiturienten schwarzes Leder mit Nieten und dazu Sonnenbrillen? Wirklich, Klaus, es ist kein Vergnügen, mit dir verheiratet zu sein. Du machst mich gerade so wütend, ich würde dich am liebsten …« Brigitte blickte auf die Rücksitzbank, wo die scharfen Messer lagen.

»Geh einfach die paar Schritte in den Wald.«

»Ich steig doch nicht aus und hocke mich da vor allen Leuten hin!«

»Bei dir guckt doch keiner.«

Brigitte gab Klaus eine schallende Ohrfeige. »Also ich würde gucken! Gibt ja sonst nix zu gucken. Hier ist ja Stau. Wenn du eben rangefahren wärst, als ich es dir gesagt habe, und nicht nur einmal, hätte ich jetzt keinen Druck. Aber du hörst ja nie auf das, was man dir sagt!«

»Also das stimmt jetzt ja auch nicht.«

»Und ob das stimmt! In deiner Firma auch. Deine Mitarbeiter haben dir gesagt, du sollst kein neues Computerprogramm für die Buchhaltung anschaffen. Das wäre viel zu teuer, und das alte wäre genau auf sie zugeschnitten. Und was machst du? Kaufst für eine halbe Million einen Scheiß, nur um zu zeigen, dass du in der Abteilung aufräumst! Die wollte aber nicht aufgeräumt werden, die Abteilung, und die musste auch gar nicht aufgeräumt werden. Und das alles für ein paar superscharfe, supertolle Messer.« Brigitte schrie wieder. »Es zerreißt mich gleich innerlich!«

Die Wagen ringsum hatten die Motoren alle abgestellt. Grabesstille. Bis auf Brigitte.

Klaus kurbelte das Fahrerfenster herunter und lehnte sich hinaus. »Es geht nicht weiter.«

Brigitte kurbelte ihres herunter. »Ja, das sehe ich! Fahr rechts dran vorbei. Los!«

»Das kann ich nicht.«

»Du fährst jetzt rechts vorbei, du Schlappschwanz! Du bist an alldem schuld!«

»DAS KANN ICH NICHT!«

»HAST DU MICH GERADE ANGEBRÜLLT?«

»ICH HÄTTE DICH SCHON LÄNGST ANBRÜLLEN SOLLEN! SCHON VOR JAHREN!«

»DANN HÄTTE ICH DICH VOR JAHREN VERLASSEN!«

»WAS BESSERES HÄTTE MIR NICHT PASSIEREN KÖNNEN! DANN WÄRST DU WECH!«

»DAS HAST DU NICHT GESAGT!«

»DANN WÄRST DU WEEEEEEEEEEEEEEECH!«

Brigitte schnallte sich ab und würgte Klaus.

»WEEEEEEEEEEEEECH!«

»WEGEN DIR PLATZE ICH, DU VOLLIDIOT!«

»GEH WEEEEEEEEEEEECH!«

»ICH PINKEL DIR INS AUTO!«

»DANN PINKEL ES DOCH WECH!«

»ICH PINKEL DIR WIRKLICH INS AUTO!«

»HAUPTSACHE, DU BIST DANN FÜR IMMER WECH!«

Brigitte zog ihre Hose herunter. »ICH PINKEL DIR IN DEIN AUTO! ICH TU ES!«

»DANN BRING ICH DICH UM!«

Brigitte und Klaus merkten nicht, wie hinter ihnen die Tür geöffnet wurde.

»ICH PINKEL ALLES VOLL! ICH PINKEL DIE GANZE AUTOBAHN VOLL! DAS HAST DU JETZT DAVON!«

»WEHE!«

»ES KOMMT SCHON!«

»GEH WEEEEEEEEEEECH!«

Brigitte und Klaus hörten wegen ihres Geschreis auch nicht, wie das schwere Leder einer Hells-Angels-Jacke hinter ihnen knirschte und etwas Metallisches aus den Seitentaschen gezogen wurde.

»DU SCHLAPPSCHWANZ HAST MEIN LEBEN ZERSTÖRT! HÄTTE ICH BLOSS AKI GEHEIRATET!«

»DANN WÜRDEST DU HEUTE SEIN AUTO VOLLPISSEN, DU INKONTINENTES MISTSTÜCK!«

Zuerst wurde der Lauf an Klaus' Nacken gesetzt, dann an den von Brigitte, und dazu wurde der Abzug der schallgedämpften Pistole zweimal professionell gedrückt.

Als die lederne Gestalt wieder aus dem Auto stieg, erklang ringsum Klatschen. Die Frau verbeugte sich, ging zurück zum eigenen Wagen und stieg wieder ein. Der glatzköpfige Fahrer sah sie fragend an. »Was hast du denn da mitgebracht?«

»Ein Messerset. Scharfe Messer kann man immer gebrauchen.«

Er stöhnte. »War die Sauerei echt nötig? Hättest du denen nicht einfach sagen können, sie sollen ihre blöden Schnauzen halten?«

»Ich hab drei Tage ›Rock am Ring‹ ohne eine einzige Stunde Schlaf hinter mir! Es hat geregnet, der Sound bei Metallica war zum Kotzen, der Currywurst-Typ vom letzten Jahr war nicht da, und die Klos waren noch ekliger als jemals zuvor. Meine Ohren klingeln immer noch wie Sau. Meine Laune ist echt mies. Und dann muss ich mir dieses Geschrei anhören? Ich hab es echt nicht mehr ertragen.«

»Und das reicht dir, um zwei Leute abzuknallen?«

»Da war noch was, das mich echt gestört hat.«

»Ja?«

Sie beugte sich rüber und gab der Glatze eine ordentliche Kopfnuss. »Denen ihr Geschrei hat mir tierisch auf die Blase gedrückt.«

WEINTIPP

Es waren fehlende Currywürste, die zum Verbrechen in dieser Geschichte maßgeblich beigetragen haben. Und was passt zu Currywurst? Besser als alles andere? Festhalten! Es ist: Rosé Champagner! Eine himmlische Kombination, allerdings nur wenn der rosa Schäumer nicht dropsig schmeckt, nach aufgelöstem Bonbon, sondern klare, frische Fruchtaromen bietet.

Es waren Briten, die Indiens berühmte Gewürzmischung einst in Europa populär machten – auch wenn sie die Spezialität ihrer Kolonie milder gestalteten. Was würde historisch also besser zu Curry passen als ein schäumender Wein aus Großbritannien? Mittlerweile gibt es mehrere herausragende Schaumweingüter in Südengland, wo die Reben auf einem Boden stehen, der dem der Champagne extrem ähnlich ist.

Ich empfehle einen »Balfour 1503 Rosé« der Hush Heath Winery in Kent, der verführerisch nach Waldbeeren, wilder Erdbeere und Himbeere duftet, aber auch fein nach Kräutern und einem kleinen Hauch Hefe. Am Gaumen ist der »bubbly« dann geradezu rassig. Obwohl es eine Cuvée aus den klassischen Champagner-Rebsorten Pinot Noir, Chardonnay und Pinot Meunier ist, sollte man den »Balfour 1503« nicht mit Champagnern vergleichen, er ist etwas ganz Eigenes, ist ganz Kent. Was eigentlich genau wie die Eifel aussieht. Mit ein wenig Phantasie. Oder nach dem Genuss einer Buddel dieses Schaumweins.

BAUER SUCHT TRAUMFRAU

Ulf Porzel spuckte in die Handinnenflächen und zog seinen Seitenscheitel nach. Dann polierte er noch einmal das Logo der Ziegenkäserei Vulkanhof, das an der Wand hinter den Bistrotischen angebracht war. Sah jetzt picobello aus! Gleich würde das Fernsehteam von »Bauer sucht Traumfrau« kommen – und er seine Traumfrau kennenlernen, die mit ihm drei stramme Söhne in die Welt setzen und alt werden würde. Hoffentlich hatte er auch an alles gedacht. Vor allem was diesen verflixten Bock Diego betraf. Ulf musste nur zwei Töne pfeifen, da rastete das Vieh schon aus. Der Bock hasste Musik, nur Meckern, das liebte er. Und jetzt im August, wo die Ziegendamen in ihre heiße Phase kamen, da hatte Diego sowieso nur Rammeln im Kopf.

Ulf ging zur holzumzäunten Box, in der Diego mit den anderen Böcken stand. Er war fraglos ein imposanter Ziegenbock. Seine Hörner lang, dick und perfekt geschwungen, sein Bart lang, und seine prächtigen Hoden hingen tief, das war gut für die kühlende Belüftung und sorgte für viele gesunde Spermien. So einen wie Diego ließ man zeugen, bis er blau anlief. Als er Ulf erkannte, rammte er seine Hörner gegen die Holzlatten vor ihm.

»Friss dein Heu, du Bestie!«, rief Ulf ihm zu und warf eine ganze Handvoll Schlaftabletten hinein. Doch Diego dachte gar nicht daran zu fressen. Dieser Bock machte ihn wahnsinnig!

Dann hörte Ulf Motorengeräusche. Das mussten sie sein! Als er aus dem Stall trat, sah er sie wie eine Engelserscheinung aus dem ersten Wagen steigen: Moderatorin Tinka Brause. Von TRL in ein Dirndl gesteckt. Völlig egal, dass Gillenfeld in der Eifel lag und dass man hier ums Verrecken keine Frau dazu kriegte, ein Dirndl anzuziehen. Auch wegen Jodeln brauchte man gar nicht erst fragen. Ulf hatte es schon mal versucht.

Er setzte sein breites Bauernlächeln auf und kam ihr mit

schweren Schritten in seinen Gummistiefeln entgegen. Extra neu gekauft. Genau wie den Blaumann. So sahen Bauern doch aus, oder? Darunter ein Holzfällerhemd. Und rasiert hatte er sich seit drei Tagen nicht. Alles für den Ziegenbauern-Look. Er hatte sich sogar im Stall gewälzt, damit er richtig nach Stroh roch. Leider hatte er vergessen, dass die Viecher auch darin koteten.

Zumindest waren die Flecken authentisch.

Nichts an ihm sah mehr nach einem Bankangestellten aus.

»Hallo, Herr Porzel.« Tinka Brause streckte ihm ihre perfekt manikürte Hand entgegen. »Und? Sind Sie schon aufgeregt?«

Warum sah ihn Tinka Brause so komisch an? Tropfte ihm etwa schon der Sabber aus den Mundwinkeln? Egal, Ziegenbauern durften sabbern. »Wo ist sie denn?«

»Na, einen Augenblick Geduld müssen Sie schon noch haben!« Sie lachte ihr perfektes Fernsehlachen. »Ihre zukünftige Bäuerin ist zurzeit noch mit dem Rest des Teams im Eifeler Scheunencafé, da bereitet sie eine Überraschung für Sie vor.«

Ulf konnte sich schon denken, was die Überraschung war. Und das war er selbst schuld. Dieser blöde Vorstellfilm. Da sollte er sagen, womit man ihn überraschen könne. Und ihm war nix Besseres als Haselnusstorte eingefallen – wegen Heino in Bad Münstereifel. Dabei hasste er die Dreckstorte, aber er sollte ja irgendwas Süßes nennen. Und »Snickers« hatten sie nicht gelten lassen.

»Kommen Sie«, riss ihn Tinka Brause aus seinen Gedanken. »Ich bringe Sie schnell in die Maske. Wir wollen doch, dass Sie in Bestform sind.«

Im Türrahmen des kleinen Wohnwagens, in dessen Fenster ein Schild mit TRL-Logo und dem Wort »Maske« hing, begrüßte ihn ein dicklicher junger Mann. Er hob den Rougepinsel und klimperte ihm zu. »Du bist der mit der Christine Neubauer, oder? Aber hallo, die ist aber auch süß! Bitte schön Platz nehmen in meinem Reich, ich mach aus dir jetzt Hollywood.«

Christine Neubauer, so eine wie die, hatte er gesagt, als sie ihn nach seiner Traumfrau gefragt hatten. Klein, drall, sexy. Noch lieber wäre ihm allerdings Lieselotte Sachen, genannt Lotte, aus Bleckhausen. Die war Medizinische Fachangestellte und sah ein bisschen aus wie die Neubauer – in eifelanisch. Der stieg er schon seit vier Jahren, sieben Monaten und zwölf Tagen hinterher, ohne sie auch nur einmal angesprochen zu haben. Sie wusste nicht einmal, dass es ihn gab. Aber ab heute würde das alles egal sein.

Nach einigem Herumgemache in Ulfs Gesicht lehnte sich der Maskenbildner zurück und beäugte ihn kritisch. »Besser kriegt dich Gott auch nicht hin, Schatzilein. Nach dem gemeinsamen Inlineskaten pudere ich dann noch mal nach. Du sollst ja nicht glänzen wie ein kleines Schweinchen.«

Das Inlineskaten, oh Gott, sie würden doch nicht wirklich …?

Er war es selbst schuld. Alles. Im Vorstellungsvideo hatte er behauptet, dass er im Winter Snowboard und im Sommer Inlineskates fuhr – wobei er nicht einmal wusste, wie man bei den Dingern das Gleichgewicht hielt. Er wusste nur, dass sie hip waren. Ulf hatte auch behauptet, er sei immer in Bewegung, nun sollte auch Schwung in sein Liebesleben kommen. Dabei war er so beweglich wie ein Zaunpfosten. Zudem würde er, so hatte er schwadroniert, ein Candle-Light-Dinner unter dem Sternenhimmel für seine zukünftige Bäuerin ausrichten. Was man halt so sagte.

Als er aus der Maske trat, fing ihn der Aufnahmeleiter ab und leitete ihn in die Käserei, wo Tinka Brause bereits attraktiv neben dem metallenen Milchbottich stand. Sie war fraglos ein Sahneschnittchen, aber viel zu dürr für ihn. Die passte zweimal in Christine Neubauer rein.

»Wo steckt denn Ihr Team heute? Wir hatten sehr gehofft, ein paar Bilder von ihnen machen zu können. Sind sie etwa wieder in Urlaub? Ich dachte immer, eine Käserei steht nie still. Die Ziegen müssen doch jeden Tag gemolken werden, und die Milch kann man ja auch nicht vergammeln lassen.«

Ulf lächelte gereizt. »Die sind zu einer Familienfeier. Da mache ich jetzt eben alles selbst, muss gehen. Als Chef muss man sowieso alles können.« Ulf drückte auf irgendeinen Knopf, und nichts passierte. Gut so.

»Ja, gut so, seien Sie weiter geschäftig, wir brauchen ein paar schöne Shots, wie Sie voller Vorfreude arbeiten, bevor Ihre Traumfrau kommt. Machen Sie den Deckel auf, dann können wir von oben filmen und die Milch sehen.« Sie hob den Deckel des Metallbottichs einige Zentimeter an.

Ulf schlug ihn herunter. »Das ist ganz schlecht für die Temperatur. Wie bei einem Soufflé.«

War natürlich Quatsch. Es war ganz schlecht wegen der toten Käserin in der Milch. Aber irgendwo hatte er sie schließlich entsorgen müssen. Und so eine Leiche war ja nicht gerade klein, die passte nicht einfach so unter den Teppich. Er hatte sie mit der Käseharfe erschlagen. Die war viel schärfer gewesen als erwartet. Ulf hatte nicht gedacht, dass man einen Kopf damit in Streifen … Nun ja, es hatte nicht sehr appetitlich ausgesehen. Und volle zehn Minuten hatte es gedauert, bis er das linke Ohr unter einem Schrank wiedergefunden hatte. Wegen dem Blut hatte die Milch nun eine zartrosa Färbung. So, als hätte Prinzessin Lillifee reingestrullert.

Damals, für den Vorstellfilm, hatte er dem Team des Vulkanhofs einen Ausflug spendiert – allerdings inoffiziell. Offiziell hatten sie als schönste Eifelkäserei vom Tourismusverband eine Busreise nach Camembert ins Museum geschenkt bekommen. Die hatte Cousin Klaus mit seinem alten, fensterlosen Ford Taunus durchgezogen. Muss für alle ein echtes Erlebnis gewesen sein, sagte er hinterher. Das Käsemuseum hatte zwar geschlossen, aber die Fahrt: einmalig.

Und diesmal hatte Ulf sich der Ziegenkäsefamilie tatsächlich offenbart, ihnen Geld, Arbeitskraft und seinen Körper für abartige Spielchen angeboten, doch sie hatten sich einfach geweigert, das Feld zu räumen. Da waren sie es irgendwie selbst schuld, oder? Es ging doch um die Liebe seines Lebens! Der stellte man sich doch nicht kaltherzig in den Weg. Da landete man dann eben in der vollfetten Ziegenmilch. Und wurde zu Eifelwürze verarbeitet.

Plötzlich ertönte ein Schrei. Aus Richtung Kühlkammer. Oje. Sie hatten die Leiche der Käserin-Mutter gefunden. Die hatte er neben dem Ziegenmilcheis deponiert.

»Herr Porzel!«, brüllte der Aufnahmeleiter. Ulf überlegte zu fliehen, aber gleich kam doch die Liebe seines Lebens! Die Frau, die mit ihm, dem Ziegenbauern, auf Inlinern Haselnusstorte essen wollte. Da konnte er jetzt doch nicht kneifen.

Er ging an den Ort des gefrorenen Grauens.

»Können Sie uns bitte erklären, was das hier ist? Das ist doch eine tote Frau, oder?«

»Nicht wirklich«, sagte Ulf. Obwohl er nicht wusste, welche Ausrede ihn retten konnte.

»Nicht wirklich?«

Dann fiel es ihm ein. Er lachte kurz auf, denn Lachen war immer gut.

»Ist alles Ziegeneis. Toll, oder? Damit kann man die verrücktesten Sachen machen. Für das Eisfestival. In Lausanne. Unser Beitrag. Ein bisschen makaber, klar, aber sehr beeindruckend. Aber bitte nicht probieren, sonst müssen wir nachmodellieren. Und die Scheinwerfer sind auch nicht so gut. Gleich schmilzt alles.«

Der Aufnahmeleiter war mit einem Mal begeistert. »Sieht wirklich täuschend echt aus.«

»Wir sind auch sehr stolz darauf. Aber jetzt muss ich die Tür wirklich wieder zumachen.«

»Das muss ich unserem Maskenbildner erzählen, das wird er sich nicht entgehen lassen wollen!«

Ulf schloss die Kältetür. So weit, so gut. Er wusste zwar nicht, wie er den Stallburschen im Heuballenstapel, die Auszubildende in der Salzlake und die Verkäuferin im Komposthaufen erklären sollte, aber die hatte er eigentlich alle schön tief reingesteckt, da würde schon nix schiefgehen. Und für

Verwesungsgeruch war es noch zu früh. Also alles unter Kontrolle.

»Lassen Sie uns im Stall drehen, da ist es doch am schönsten!« Ulf hasste den Stall, aber da hatte er keine Leiche untergebracht. Da war nur Diego, scharf wie Nachbars Lumpi auf die zweihundertdreiundfünfzig Weißen Deutschen Edelziegen. Ulf verabscheute nicht nur Diego, sondern alle Ziegen. Die stanken, gerade jetzt im August. »Wann kommt denn jetzt meine Bäuerin?«

Tinka Brause erklärte ihm, dass sie ihm nun einige Fragen über seine Vorfreude stellen und seinen besonderen Fall erklären würde. Normalerweise wurden mehrere Monate vor Beginn der Staffel die Bauern in einer Pilotsendung vorgestellt. Bewerberinnen konnten ihnen persönliche Briefe schreiben. Aus den eingegangenen Bewerbungen wählten die Bauern eine oder zwei Frauen aus, die dann zum näheren Kennenlernen auf ein Scheunenfest eingeladen wurden. Hier konnten sich die Landwirte für eine oder beide Bewerberinnen entscheiden, die sie dann auf ihren Hof einluden, wo sich die angehenden Bäuerinnen auf dem Feld und im Stall beweisen und versuchen mussten, das Herz des jeweiligen Bauern zu erobern. Aber Ulf war nachnominiert worden, weil ein thüringischer Schweinemäster sich als tschechischer Polka-Porno-Produzent herausgestellt hatte. Deshalb wusste er nun nicht, welche Frau zu ihm kam.

Tinka Brause bat ihn, danach zu zeigen, was eine Bäuerin bei ihm in der Ziegenkäserei können musste. Ulf streichelte verbissen lächelnd ein paar stinkende Ziegen. Das sei unglaublich wichtig für deren Wohlbefinden, erklärte er, dann öffnete er das große Hoftor, für frische Luft, und schließlich zeigte er auf den Lichtschalter, den müsse man abends ausschalten.

Und das sei auch schon das Wichtigste.

Ulf hatte keine Ahnung von Ziegen. Oder Käse. Und erst recht nicht von Ziegenkäse. Der war sowieso absoluter Blödsinn, hatte er nie gegessen, würde er nie essen. Wenn Gott gewollt hätte, dass der Mensch Ziegenkäse isst, dann … Nee, anders. Egal! Kuhmilch, daraus machte man Käse. Ziegen grillte man oder schenkte sie dem 1. FC Köln als Maskottchen.

Er wollte jetzt endlich mit der Möchtegern-Bäuerin ins Heu springen. Einer Frau mit schwarzen Locken, glühenden Augen und einem unstillbaren Verlangen. Es würde herrlich werden! Von ihm aus machte er ihr auch vorher einen Antrag im Stall oder diskutierte Kindernamen mit ihr, so wie Josef und Narumol. War alles drin mit ihm. Und einer Frau wie Lotte Sachen.

Sie ließen ihn dann noch ein wenig Stroh verteilen und Ziegenkot wegschaufeln – ein Kameramann meinte, das mache man so. Diego fixierte ihn dabei die ganze Zeit böse, so als wüsste er, dass er die ganze Käserei-Mannschaft umgebracht hatte. Na ja, er hatte immerhin gesehen, wie er seinem geliebten Stallburschen die Heugabel bis zum Anschlag in die Brust gerammt hatte. Dabei hatte Diego wütend geschnaubt wie ein Stier. Da, jetzt wieder! Der Bock machte Ulf irre wütend. Er begann, ein Lied zu pfeifen – das machte Diego noch rasender. Wie eine Bestie rannte er mit seinem stolzen Gehörn in Ulfs Richtung, knallte ein ums andere Mal gegen Holzlatten.

Tinka Brause warf ihm einen fragenden Blick zu.

»Das ist ein Spiel zwischen uns beiden«, fabulierte Ulf. »Der Diego ist mein Liebling. Nicht wahr, Diego? Du kleiner Räuber!«

Rumms, die nächste Attacke. Waren das Flammen in Diegos Augen?

»Wir tollen auch manchmal im Stroh herum und machen Kämpfchen. Wie kleine Kätzchen.«

Rumms. Rumms Rumms. Rauch stieg aus Diegos Nüstern.

Den ganzen Nachmittag verbrachte das Fernsehteam damit, Ulfs Vorbereitungen zu filmen – wie er das Haus saugte, Bier kalt stellte und frische Blumen im Garten schnitt.

Dann war es endlich so weit! Tinka Brause bugsierte ihn vor den Hofladen und verknotete eine Binde über seinen Augen. Ulf spürte den kühlen Sommerwind über die Wangen streichen, hörte sich nähernde Schritte – und roch Haselnusstorte. Das musste sie sein! Wie würde sie aussehen? Hoffentlich keine Schlanke mit kurzen blonden Haaren, die schon ihre Inlineskates anhatte.

Sein Puls ging in Turbomodus, als ihm endlich das Band von den Augen gezogen wurde. Und vor ihm stand ... Lotte Sachen! Das gab es doch gar nicht ...! Das konnte doch gar nicht ...! Lotte Sachen! Aus Bleckhausen! Blääkes!

Ulfs Mund stand offen. Noch eine Minute länger und Vögel hätten darin ein Nest gebaut. Als Tinka Brause ihn anstupste, streckte er Lotte Sachen wie ein Roboter seine Hand entgegen, doch nachdem diese ihre Torte abgestellt hatte, drückte sie ihm gleich einen Schmatzer auf die Lippen und umarmte ihn danach.

Als Lotte ihn wieder losließ, fiel Ulf vor ihr auf die Knie. Er sah nun genau vor sich, was er machen musste. Ohne Aufschub. »Willst du mich heiraten? Jetzt? Hier? Sofort? Auf der Stelle?«

Sie lachte. Was für ein bezauberndes Lachen. Als würde die Sonne lachen.

»Schauen wir mal. Wir haben ja eine Woche Zeit, uns kennenzulernen.«

Eine Woche? Wer brauchte eine Woche? Ulf sicher nicht. Er wusste eh alles über Lotte Sachen, hatte zu Hause minutengenaue Tagesabläufe von ihr, besaß illustrierende Fotos und Tonbandaufnahmen, wenn auch zum Teil von fragwürdiger Qualität. Besonders liebte er »Lotte Sachen beim Kartoffelkauf Teil IV« vom 28. Mai vorletzten Jahres, weil sie da so süß mit der Händlerin scherzte und von einem netten Bankbeamten erzählte. Obwohl es sich dabei nicht um ihn gehandelt hatte – Ulf war es verboten, mit den Kunden in direkten Kontakt zu treten –, hatte es sich trotzdem so angefühlt.

Tinka Brause stupste ihn wieder an. »Da es draußen ein wenig tröpfelt, verschieben wir das Inlineskaten auf morgen und ziehen das Candle-Light-Dinner vor. Unser Requisiteur hat es im Ziegenstall aufgebaut. Wir haben sogar extra ein kleines Streichorchester organisiert, das für Sie spielen wird. Natürlich tun wir so, als hätten Sie das vorbereitet. In Ordnung?«

»Jaja, klar. Hab ich alles organisiert.«

Lotte Sachen, Lotte Sachen. Lot-te Sa-chen. Schon der Name klang wie eine dreistöckige Sahnetorte. Oh, wie er Torten liebte! Am liebsten würde er nichts anderes essen. Natürlich mit Lotte Sachen.

»Den Tisch bauen wir neben dem Gehege der Zuchtböcke auf«, flüsterte Tinka Brause weiter, während Lotte Sachen nachgepudert wurde. »Das gibt ein schönes Bild.«

»Klar, neben den Zuchtböcken. Schönes Bild.«

Niemand konnte sich pudern lassen wie Lotte Sachen. Es sah aus, als würde sie im Schneegestöber tanzen.

Wie in Trance setzte Ulf sich auf den mit rotem Samt bezogenen Sessel, während sich gegenüber die Frau seiner Träume niederließ. Zwischen ihnen stand die Haselnusstorte.

»Ist mit Ziegenmilch gebacken. Extra für dich!«, sagte Lotte.

»Das ist ja genial!«, sagte Ulf und begann, sich den Kuchen reinzustopfen. »Schmeckt toll«, sagte er mit vollem Mund.

»Voll super.« Die Frau war die Wucht! Ganz einfach die Wucht! Haselnusstorte mit Ziegenmilch – da musste man erst mal drauf kommen. Und wie die Torte schmeckte! Nach Haselnuss und Ziegenmilch! Konnte es etwas Besseres geben?

Dann erklang wieder Tinka Brauses Stimme in seinem Ohr. »Wir können die Kerzen doch sicher anzünden, ich meine, wegen dem ganzen Stroh? Da passiert schon nichts, oder? Sie passen gut auf.«

»Gut auf«, sagte Ulf. Was hatte Tinka Brause gerade gesagt? Egal. Er musste jetzt ein Kompliment machen. Was hörten Frauen gerne? Etwas über ihren vollen Busen? Ihre vollen Lippen? Ihre vollen Haare? Nein, das war alles einfallslos.

»Du hast eine sehr schöne Nase. Sehr voll.«

»Was? Wieso …?« Lotte Sachen lehnte sich vor. »Hängt da etwa was raus?«

»Und schöne Finger…knöchel. Und volle …« Verdammt, was hatten Frauen denn noch? »… Zähne!«

»Äh, danke.« Sie lächelte wieder. Diesmal jedoch leicht gequält. Wahrscheinlich hielt sie es nicht mehr aus und wollte endlich intim mit ihm werden. Das konnte sie gerne haben! Supersupersupergerne.

»Lass uns doch gleich zu mir ins Bett gehen«, platzte es aus Ulf heraus.

Tinka Brauses Hände drückten ihn nach unten. »Hatten Sie nicht noch eine Überraschung vorbereitet, Ulf?« Sie flüsterte. »Das Streichquartett.« Sie blickte wieder in die Kamera. »Ulf ist anscheinend so überwältigt von seinem Herzblatt, ähem, seiner Herzdame, dass er vergessen hat, womit er sie beglücken will.«

»… beglücken will. Oh ja!«, sagte Ulf. »Bitte, sofort.« Lot-te Sa-chen! Lot-te Sa-chen!

Tinka Brause gab dem Streichquartett ein Zeichen, und es legte los. Die vier Musiker spielten, was das Zeug hielt. Aber nicht lange. Niemand stoppte die Zeit, aber es waren genau hundertvierunddreißig Sekunden.

Diego drehte sich zuerst ein paarmal im Kreis, schier wahnsinnig von der Musik, bevor er mit einem unglaublichen Satz aus seinem Gehege sprang. Ulf bekam nichts davon mit. Er sah Lotte Sachen beim Essen zu. Wie sie die Haselnusstorte verspeiste, so mussten Engel Manna essen! Ihre vollen Zähne bissen durch die Torte, als sei diese aus … Teig. Toll, einfach toll, diese Frau! Alles an ihr war toller als toll. Tollest also!

Der Bock traf ihn völlig überraschend, nahm ihn auf seine Hörner, durchbrach die Absperrung zum Bereich der Melkziegen und rammte ihn gegen die Wand, mit Ulfs Kopf den Salzstein zerschmetternd.

Ulf dachte nur: Jetzt sieht Lotte, was für ein wilder Kerl ich bin. Ziegenreiter, das war besser als Stierkämpfer. Das war in einer Liga mit Löwendompteuren. Und dann dachte er noch: Aua, aua, aua!

Die Kamera hielt die ganze Zeit drauf. Dann stellte sich

Tinka Brause lachend ins Bild. »Und jetzt tollt Ulf mit seinem Lieblingsbock Diego, um Lotte zu zeigen, wie herzlich man auf dem Land mit seinen Tieren umgeht. Sind sie nicht süß, die zwei? Oh, da spritzt jetzt sogar ein bisschen Blut – wie heißt es so schön: Hart, aber herzlich!« Ihre Stimme wurde ein bisschen unsicher.

Stroh und Heu wirbelten durch die Luft, und der eingeschlagene Schädel des Stallburschen kam plötzlich zum Vorschein, was Tinka Brause einen schrillen Schrei entlockte. Derweil entzündete der vom Tisch gefallene Kerzenleuchter das trockene Stroh. Panik brach unter den Tieren aus. Diego rummste immer weiter gegen Ulfs wehrlosen Körper, bis der mit einem letzten verzweifelten Röcheln, das ein wenig wie »Lotte« klang, sein Leben aushauchte.

Triumphierend durchpflügte Diego den Komposthaufen und legte die erwürgte Verkäuferin frei. Jetzt fiel auch der Maskenbildner, der zum Nachpudern bereitgestanden hatte, in Ohnmacht.

Das Feuer breitete sich rasend schnell aus, und die Tiere suchten ängstlich das Weite. Von Weitem sah es aus, als wäre ein Vulkan in Gillenfeld ausgebrochen. Und der Schatten eines prächtigen Ziegenbocks wurde an den rauchigen Himmel geworfen.

Durch die entstehende Hitze bekamen nun auch der Körper der toten Käserin in der Milch und jener der Auszubildenden in der Salzlake ordentlich Auftrieb. Sie tanzten zwischen blubbernden Blasen und brachten den Kameramann, der bis jetzt noch wie besessen mit der Linse draufgehalten hatte, endgültig um den Verstand. Tinka Brause taumelte bereits schluchzend über das Hofpflaster, Bauern, Ziegen und die Eifel im Ganzen verfluchend.

Es wurde in dieser Nacht noch viel geheult und geweint – doch eine Person stand vor dem Hof und bekam von alldem nichts mit. Sie sah sich das lodernde Feuer an und lächelte: Lotte Sachen.

Eine ganze Woche mit diesem Vollidioten hätte sie nämlich nicht überlebt.

WEINTIPP

Junger Ziegenkäse ruft nach trockenem Rosé, knackigem Champagner – oder säurearmen, fruchtigen Weißweinen. Zum Beispiel einem trockenen Muskateller oder einem Chardonnay. Für Letzteren ist das Weingut Milch in Monsheim ein Experte, bei dem die Rebsorte auf über fünfzig Prozent der Rebfläche steht. Die Familie Milch bietet viele Spielarten des Chardonnay – bis hin zum Tresterbrand.

Ich schätze vor allem die Chardonnays aus dem sehr kalkhaltigen Gewann »Im Blauarsch« sehr. Von dort stammen einige der besten Weine des Gutes. Aber zum jungen Ziegenkäse passt ein einfacher Chardonnay besser, wie der nach dem Sohn der Familie benannte »Valentin«. Ein wunderbar von gelber Frucht (Banane, Pfirsich, Zitrone) geprägter Wein mit eleganter Säure. Da er in großen Stückfässern und älteren Barriques reifte, ist er nur zart »vom Holz geküsst« – zu viel davon würde sich nicht gut mit Ziegenkäse vertragen.

MORD MIT EINSICHT (EINE HOMMAGE)

So langsam kam sie zu Bewusstsein.

Es roch nach Kartoffeln.

Gerade hatte sie doch noch als Klytaimnestra in der »Orestie« von Aischylos auf der Bühne des Wiener Burgtheaters gestanden! Danach hatte ein Fan sie vor ihrem Wagen abgefangen und wegen eines Autogramms bedrängt.

Dann war plötzlich alles schwarz geworden.

Und nun der Geruch von Kartoffeln. Und ein Rumpeln. Sie schien sich auf irgendeinem schwergängigen Gefährt zu befinden.

Carolines Augenlider schienen beim Öffnen zentnerschwer. Sie blickte auf braunes, grobes Gewebe, nur wenige Zentimeter von ihrem Gesicht entfernt.

Sah aus wie ein Kartoffelsack.

Caroline bemerkte, dass ihre Hände gefesselt waren, ebenso spannte etwas um ihre Knöchel.

Das Rumpeln hörte auf. Jemand machte sich jetzt an ihrem Hals zu schaffen.

Dann wurde der Stoff hochgerissen.

Mit einem Mal blickte sie auf Schafe. Eine große Herde Schafe, die die enge Landstraße vor ihr blockierte.

Caroline sah an sich hinunter. Sie saß auf der Rückbank eines Autos. Ein kurzer Blick rundum verriet: Sie gehörte zu einem roten BMW-Cabrio.

Neben ihr erschien das Gesicht eines jungen Mannes in Soutane. Blaue Augen im Bübchengesicht. Es war derselbe Mann, der sie um ein Autogramm gebeten hatte, da aber, in Wien, hatte er nicht die Kleidung eines Priesters getragen.

»Ist das toll, oder ist das toll? Sie sitzen im Originalwagen, den hat unsere Altenstube mit dem Geld vom Adventsbasar bei eBay ersteigert. Und für heute hat der Markus extra seine

Schafe hierhergetrieben, damit es genauso aussieht wie im Vorspann!« Er rief begeistert: »Hast du alles drauf, Andrea?«

Caroline Peters drehte sich in Richtung der Angesprochenen, die ein Handy auf sie richtete und mit der anderen Hand freundlich winkte. Gerne hätte Caroline etwas gesagt, doch in ihrem Mund steckte ein Knebel. Mit Geschmack. Nämlich Kartoffel.

Der Sack wurde ihr wieder über den Kopf gestülpt.

»Sogar das Wetter lacht«, hörte sie den Priester sagen. »Ich könnte kieksen vor Freude!« Er tat es. »Fühlt sich alles so echt an!«

Das fand Caroline Peters auch. Sie wünschte sich, wieder ohnmächtig zu werden. Der Kartoffelgeruch war unerträglich. Doch das war nicht das Schlimmste.

Sie war zurück in der Eifel!

Gute fünf Minuten später wurde ihr der Sack ein zweites Mal vom Kopf gezogen.

Sie saß in ihrem Kommissariat. Vor ihrem Schreibtisch. Auf ihrem Stuhl.

»Hallo, Chef«, sagte Bjarne, in grün-beigefarbener Polizeiuniform steckend.

»Morgen, Schäffer«, antwortete Caroline Peters ganz automatisch.

»Mann, Mann, Mann, hier ist vielleicht wieder was los!« Er drückte ein Lächeln aus seinem Gesicht. Es sah irgendwie nach Wurzelkanalbehandlung aus. Vor ihm stand das Telefon, an dessen Hörer sich ein Plüschtier klammerte. Caroline Peters hatte es immer irgendwie unanständig gefunden. Als käme der Hund dem Hörer auf unsittliche Art zu nah.

Polizeimeisterin Bärbel alias Meike spitzte einen Bleistift. »›Schön, dich zu sehen‹ muss ich mir bei dem Anlass ja wohl verkneifen.« Sie machte eine Pause. »Find ich!«

Der Priester breitete die Arme aus. »Wie toll, Sie alle hier zu haben! Sie machen dem Ort eine Riesenfreude.«

»Was heißt hier Freude?«, fragte Caroline. »Sie haben uns entführt!«

»Wir haben Sie heimgeholt. Wir alle, der ganze Ort.« In diesem Moment traten zahlreiche Frauen und Männer hinter den Kulissen hervor. Einer nach dem anderen, ja sogar Kinder. Es waren sicher fünfzig Menschen, die sich in dem kleinen Raum drängten.

Alle strahlten sie, als fielen Weihnachten und Ostern auf einen Tag.

»Mein Name ist Andreas Venne«, stellte sich ein blonder Hüne vor, der aussah, als könnte er mühelos eine ganze Kuh schultern. »Ich bin hier der Bürgermeister. Sie können sich sicher schon denken, wo Sie sind.«

»Äh, nein?« Caroline zog die Augenbrauen empor.

»Ich gebe Ihnen einen Tipp: Hengasch, Kreis Liebernich.«

»Ihnen ist schon klar, dass das eine fiktive Fernsehserie ist, oder?«

»In Episode 27 zeigt Bärbel eine Landkarte, auf der das fiktive Hengasch liegt. Es ist exakt dort eingezeichnet, wo sich in Wirklichkeit unser schönes Eifeldorf befindet.«

»›Gegen Hengasch ist das verdammte Teletubbyland ein sozialer Brennpunkt‹«, zitierte der Priester einen Ausspruch der Serie. »Genau wie bei uns!«

»Neununddreißig Episoden sind viel zu wenig!«, rief plötzlich jemand aus der Menge.

»Der Abschlussfilm war Murks!«, ein anderer.

»Die erste Staffel war die beste!«, brachte ein Greis mitsamt Hustenanfall heraus.

»Wir wollen mehr!« Alle stimmten ein. »Wir wollen mehr! Wir wollen …«

Der Bürgermeister drehte sich zu seinen Wählern um. »Nur ruhig, darum sind wir ja hier! Und jetzt legen wir auch direkt los.« Dann sah er wieder die drei Schauspieler an. »Wenn Sie andere Kollegen sehen, sprechen Sie diese bitte unbedingt mit ihren Filmnamen an – das erspart uns teure Nachdrehs.« Er klatschte in die Hände. »Hach, ich kann es kaum erwarten! Folge 40! Klappe eins, die Erste!«

»Andere Kollegen?«, fragte Caroline Peters gerade, da ging auch schon die Tür auf. »Hans Peter, äh, Papa!«

»Schön, dich wiederzusehen«, antwortete der sympathische Charakterdarsteller gequält und las seinen Text von einem Zettel ab. »Ich hab dich sehr vermisst. Das mit Danuta in Krakau ist nicht gut gegangen.«

»Die Zeile ist von mir!«, rief der Priester, der nun die Rolle des Kameramanns übernommen hatte und mit dem Handy auf die Szene draufhielt. »Ich fand es so schrecklich, wie er aus der Serie geschrieben wurde. Eines Schauspielers seines Kalibers unwürdig!«

Hans Peter umarmte seine Filmtochter. Als er sich danach umdrehte, um mit einem fragenden Blick in Erfahrung zu bringen, ob er es gut genug gemacht hatte, fiel ein Schuss, und der gefeierte Schauspieler sackte zusammen. Blut strömte aus seiner Brust.

Der abgesägte Doppellauf einer Flinte verschwand aus der Fensteröffnung.

»Papa!« Caroline beugte sich über ihn, suchte den Puls. Es gab keinen. »Sind Sie wahnsinnig?«, brüllte sie den Priester an.

»Alles so echt wie möglich, ist unsere Devise! Und er hatte ja auch nur eine Nebenrolle. Nun hat er endlich den ihm gebührenden würdigen Abgang.« Er zwinkerte ihr zu. »Wir machen das alles im Stil dieser skandinavischen Filmschule, Docmartin heißt die. So, und jetzt ermitteln Sie mal los! Übrigens, falls Sie an Flucht denken sollten: In der Waffe, die Ihren Vater getötet hat, sind noch genug weitere Patronen.« Damit verschwand er lachend hinter den Kulissen, wie auch der Bürgermeister und all die anderen Bewohner von … Hengasch.

Kameralinsen in der Deko verrieten, dass die Bewohner des Ortes zwar allesamt vollkommen irre waren, aber offenbar technisch bestens ausgestattet.

Die Tür zum Kommissariat ging auf. Der Doktor stürzte

herein, kniete sich neben die Leiche und blickte Caroline ernst an. »Wahrscheinlich Herzinfarkt!«

Hinter den Kulissen wurde hemmungslos gekichert.

»Im Ernst, Bechermann?«, fragte Caroline Peters, die den Schock wegen des toten Hans Peter noch nicht verwunden hatte. Dennoch freute sie sich, ihren Kollegen Patrick wiederzusehen.

»Eindeutig!«

»Und die Einschusswunde? Die, aus der immer noch das Blut sprudelt?«

»Nicht ausschlaggebend letal.«

Caroline hatte sich immer gefragt, wie selbst in einem fiktiven Ort irgendeine Frau Vertrauen zu einem derartigen Frauenarzt aufbauen sollte. Er diagnostizierte eine Zwillingsschwangerschaft vermutlich als Blähungen aufgrund von Erbsensuppe.

Wieder ging die Tür auf, und Michael alias Hans Zielonka trat ein – inklusive Mütze und mürrischem Gesichtsausdruck.

Als niemand etwas sagte, schob sich eine Heugabel aus der Deko, deren Spitzen sich sanft, aber nachdrücklich in Bjarnes Seite bohrten.

»Hallo, Chef«, sagte dieser daraufhin.

»Hallo, Schäffer«, antwortete Zielonka. Er deutete auf den Toten. »Wer hat den denn erschossen? War bestimmt jemand von außerhalb.«

»Nee, ne?«, fragte Bärbel.

Mit einem Mal erschien wieder der Priester. »Stopp, stopp, ich muss hier mal kurz unterbrechen, Sie machen das alle fabel-haft! Kurz zur Info: Für die Rettungssanitäter haben wir niemanden aus der Serie genommen, diese Ehre fällt unseren beiden ältesten Messdienern Gregor und Matthias zu. Wahre Stützen unserer Gemeinde!«

Herein traten zwei Männer in Sanitäter-Outfits, die aufgrund ihres fortgeschrittenen Alters auch gleich selbst auf der Bahre hätten Platz nehmen können. Nach einer geschlagenen

Viertelstunde hatten sie den toten Hans Peter dann endlich doch abtransportiert, wobei sie ihn dreimal fallen ließen.

Caroline griff sich ebenso oft an die Stirn.

Jetzt erhielt Zielonka per Heugabel sein Einsatzzeichen. »Hat sicher was mit dem Kuhmord zu tun. Dem Markus seine beste Milchkuh, einfach stranguliert. Ich glaube ja, dahinter steckt der –«

Caroline hatte es nicht bemerkt, aber erneut war der abgesägte Doppellauf einer Flinte im Fenster erschienen. Abermals fiel ein Schuss, und Zielonka sackte zusammen. Caroline stürzte zum Fenster, um den Schützen auszumachen. Das Fenster war echt, es ließ sich sogar öffnen, doch als sie rausschaute, sah sie nur eine Dorfstraße, über die eine gebückte alte Frau elend langsam mit ihrem Rollator schlich. »Frau Ziegler«, hauchte Caroline.

In einem Baum saß ein Bartkauz und blickte sie neugierig an.

Die hatten wirklich an alles gedacht.

Hinter ihr tauchte jetzt wieder Bechermann auf, attestierte den üblichen wahrscheinlichen Herzinfarkt. Danach verrichteten die Sanitäter ihre zeitraubende Arbeit.

Bjarne hielt eine Patrone in der Hand. »Ich hab die gerade mal rausgepult, ist von einem Jagdgewehr. Kaliber ... Dingens.«

»Bärbel, überprüfen Sie, wer im Ort eine solche Waffe besitzt.«

Die Tür öffnete sich, und Muschi kam herein. Eine Naturgewalt in blonden Locken.

»Nein, nicht du auch noch«, sagte Bjarne erschrocken und stürzte zum Fenster, durch das die beiden tödlichen Schüsse abgefeuert worden waren. Er zog rasch die Gardinen zu.

»In der Rolle bleiben!«, brüllte der Bürgermeister. »Sie freuen sich! Es gibt etwas zu essen!«

»Hallo, Bär. Was guckst du denn so betrübt?« Petra war voll in ihrer Rolle und trippelte auf ihren Fernsehgatten zu. »Ich bring dir Brote mit lecker Bierschinken!«

»Mit zwei Scheiben, Muschi?«

»Mit drei, Bär. Für Sie auch, Frau Haas! Und für dich natürlich auch, Bärbel.«

»Es gibt nichts Besseres als ein Brot mit Bierschinken … find ich.«

»Schön, dich wiederzusehen«, sagte Bjarne ehrlich ergriffen und schloss seine Schauspielkollegin in die Arme.

Als er sie wieder losließ, trat Caroline schnell zu ihm und raunte ihm etwas zu. So leise, dass es kein anderer hören konnte. »Wir müssen schnell was unternehmen. Die können uns ja schließlich nicht alle umbringen.«

Ein Schuss fiel – und Muschi sackte zusammen. Mitsamt den herumpurzelnden Bierschinkenbroten, die natürlich ausgerechnet mit der Wurstseite auf dem Boden liegen blieben.

»Die Kugel ist durch die Bierschinkenbrote gegangen«, sagte Schäffer, nachdem er die Leiche seiner Kollegin inspiziert hatte. »Dabei waren die doch alle dreilagig!«

»Das ist ein Scheiß-Drehbuch!«, rief Caroline wütend. »Seit wann sind wir eine Serienkiller-Reihe?«

Verlegen lächelnd kam der Priester aus dem kleinen Raum, hinter dessen Milchglasscheibe eigentlich die Serien-Toilette eingerichtet war. »In einer vierten Staffel muss man ja auch mal was Neues wagen.«

Sie trat schnellen Schrittes auf ihn zu. »Was soll das heißen: Staffel? Wie soll das hier denn bitte weitergehen? Müssen wir etwa bis zum Rest unseres Lebens eure grottigen Drehbücher umsetzen?«

Mit einem Zwinkern verschwand der Priester wieder in der Toilette. »Es geht schon weiter.«

Caroline drehte sich nicht einmal um. »Bechermann? Herzinfarkt?«

»Ähm, genau«, sagte der Fernseharzt. »Vermutlich durch zu viele tierische Fette, darauf deutet der Bierschinken hin.«

Wieder erschien der abgesägte Doppellauf – diesmal in einem anderen Fenster. Es erwischte Bechermann, der über Muschis Leiche zusammensackte.

»Endlich mal ein Schuss, den ich gutheißen kann«, murmelte Caroline. Sie suchte mit den Blicken nach einer Kamera und wurde beim Kopierer fündig. »Oho!«, sagte sie laut. »Schon wieder ein Herzinfarkt! Was für eine mysteriöse Serie von Herzinfarkten.« Eine Idee nahm langsam in ihrem Kopf Gestalt an. »Ich vermute, die Morde hängen allesamt mit dieser mysteriösen strangulierten Kuh zusammen.« Sie sah Bjarne und Meike mit dramatisch aufgerissenen Augen an. »Ich muss auf die Weide!«

»Aber wir sollen doch hier …«, erwiderte Bjarne.

»Die Pflicht ruft!«

Bjarne nickte. »Sie sind der Chef.«

»Und Sie sind der Schäffer!«

»Juhu! Außendreh!«, rief der Bürgermeister fröhlich. »Aber erst müssen die Sanis noch mal ran.«

Caroline war froh, dass ihre Rolle erhöhten Zigarettenkonsum vorsah. Anderenfalls wäre sie verrückt geworden.

Der Weg zum Außendreh glich einer Prozession. Vorne der Priester mit Kamera, sie mit Bjarne und Meike im roten BMW dahinter, geschoben vom Männergesangverein, gefolgt von fröhlich schnatternden Dorfbewohnern.

Auf der Weide erwartete sie dann eine handfeste Überraschung. Und es waren nicht nur die drei grasenden Kühe, die sie leidlich interessiert anguckten.

»Arnd? Ich meine, Jochen?«

»Sophie, ist schon eine Weile her.« Der Tierarzt umarmte sie kurz, dann wies er auf die neben ihm liegende Kuh. »Sie ist fraglos stranguliert worden. Das muss jemand mit ziemlich viel Kraft gewesen sein. Und wegen des Winkels auch nicht gerade ein Kleinwüchsiger.«

Der Priester schaltete sich ein. »Herr Doktor, geben Sie ihr doch mal so ein bisschen verstohlen einen Kuss auf die Wange!«

»Aber sie ist doch mit –«

Der Priester wurde fuchsig. »Ach, sind Sie jetzt auf einmal hier der Regisseur?«

Der Tierarzt tat wie geheißen, und spontaner Applaus brandete auf.

Als Caroline im nächsten Moment etwas im Gebüsch neben der Weide aufblitzen sah, stieß sie instinktiv ihren ehemaligen TV-Liebhaber zu Boden. Ein Schuss fiel – und traf Bärbel. »Das kommt jetzt etwas überraschend ... find ich«, sagte sie noch und sank neben der Kuh auf die Weide.

»Bärbel!« Bjarne stürzte sich zu ihr. »Nicht du auch noch! Du bist doch meine geheime Liebe!«

Caroline Peters fasste sich verstört an den Kopf. »Leute, wirklich? Echt jetzt? So kann ich nicht arbeiten! Das passt doch gar nicht zu seiner Charakterisierung!«

Der Bürgermeister erschien neben einer der friedlich grasenden Kühe und wedelte mit den Armen. »Ja, ja, darüber haben wir auch wirklich sehr lange diskutiert. Die Altenstube der Arbeiterwohlfahrt war strikt dagegen, aber der Karnevalsverein hat sie überstimmt.«

Bjarne stand auf und entblößte mit einem ruckartigen Griff seine Brust. Uniformknöpfe flogen durch die Luft. »Dann erschießt mich eben auch!«, brüllte er in die Richtung, aus der der Schuss gekommen war. »Ohne Muschi und Bärbel will ich nicht länger leben!«

Der Schütze tat ihm den Gefallen. Es krachte durch die laue Sommerluft, und Schäffer sackte neben Bärbel zu Boden. Seine letzten Worte waren: »Mann, Mann, Mann, hoffentlich gibt es im Himmel Bierschinken!«

Caroline klappte der Mund auf, und sie starrte auf das groteske Szenario: die toten Körper und die Blutspritzer, die sich auf dem Fell der unbeirrt grasenden Kühe verteilt hatten. Wie konnte man eine Fernsehserie so sehr lieben und dann alle Charaktere umbringen? Wie viel Zeit würde ihr noch bleiben, bis sie selbst an der Reihe war?

Wie zur Antwort trat aus dem Gebüsch in diesem Moment ein schwarz vermummter Mann, die abgesägte doppelläufige Flinte im Anschlag.

Jemand reichte ihr ein Textblatt. Stockend las sie die Zeilen vor: »Also, ich muss schon sagen, hier ist ja viel mehr los als in Köln. Ich glaube, ich kehre zurück in die verrückte, dabei aber landschaftlich wunderschöne Eifel, die auch ein großes Kultur- und Wanderangebot zu bieten hat.« Sie verdrehte die Augen. »Darf ich das vielleicht ein bisschen umformulieren? Das ist ja schrecklich hölzern.«

»Nee, war super so!«, rief der Priester.

»Du kehrst nirgendwohin zurück«, sagte plötzlich der Maskierte. »Das alles war mein Plan, um dich auf diese Weide zu bekommen, damit du hier dein Ende findest. Viel zu lange hast du das Verbrechen in der Eifel behindert. Einem Landstrich, der jahrhundertelang für Schmuggel stand, für Vetternwirtschaft und Politiker-Filz. Ich bin die Spinne im Netz der Eifel, ich bin das teuflische Genie. Und jemanden wie dich will ich hier nicht haben! Selbst wenn du nur zu Besuch auftauchst.« Er hob erneut die Waffe und legte sie auf Caroline an. »Ich hab versucht, dich einigermaßen unter Kontrolle zu halten. Es hätte fast geklappt, dich wieder nach Köln abzuschieben, aber du – du kehrst immer wieder zurück! Du bist wie ein verdammter Kaugummi an der Sohle, den man einfach nicht loswird!« Er krümmte den Finger.

Ein Schuss fiel.

Doch er stammte nicht aus der Waffe des Vermummten.

Sondern aus der von Dr. Kauth. Den hatte sie ja ganz vergessen!

»Jochen, du hast mir das Leben gerettet.«

»Leben retten ist doch mein Job – auch wenn du keine Maul- und Klauenseuche hast.«

Sie umarmte ihn – diesmal aus ganzem Herzen. »Danke, du Held.« Dann schob sie entschlossen die Unterlippe vor. »So, und nun lass uns mal sehen, wer dieses Massensterben in Hengasch zu verantworten hat.« Vorsichtig stöckelte sie zwischen den Kuhfladen hindurch auf den dahingestreckten Maskierten zu. »Ziehst du ihm die Maske ab?«

Jochen beugte sich hinunter und zog sie dem Toten über den Kopf.

Dahinter verbarg sich kein Unbekannter. Ganz im Gegenteil.

»Bürgermeister Schulte?« Caroline blickte auf ihren toten Serien-Geliebten.

Der Tierarzt fühlte nach dem Puls. »Definitiv tot. Und diesmal auch definitiv kein Herzinfarkt.«

»Oh mein Gott! Wie konnte es nur dazu kommen? Ich dachte immer, er sei einer von den Guten!« Caroline schlug die Hände vor dem Mund zusammen.

»Bleibst du hier und klärst das auf?«, fragte Jochen.

»Mir bleibt wohl nichts anderes übrig …«

Jubel erklang – diesmal nicht vom Publikum, sondern von Dr. Kauth, von Schäffer und Bärbel, in deren Körper plötzlich wieder Leben kam, von der herbeihüpfenden Muschi, von Zielonka, Bechermann und Sophie Haas' Fernsehpapa. Sie hoben Caroline Peters auf ihre Arme.

»Was hat das zu bedeuten?«, rief sie schrill und versuchte, über den Köpfen einigermaßen die Balance zu halten.

»Wir wollten dich in die Eifel zurückholen, Sophie«, sagte Bjarne. »Da haben Bärbel und ich diesen Plan ausgeheckt. War alles nur Show. Toll, was? Nur schade um den Bierschinken, den wir jetzt wegschmeißen können. Der war nämlich echt.«

»Und … Cut!«, rief der Priester. »Super! Einfach super! Jetzt schneiden wir das alles und senden es an die ARD. Und wenn die das nicht dazu bringt, die Serie endlich weiterzuführen, dann weiß ich es aber auch nicht!«

»Wie? Was? Heißt das, wir können gehen?«, fragte Caroline, die nun wieder heruntergelassen wurde. »Wir sind frei?«

»Natürlich!«, rief der von hinten heranstürmende Bürgermeister und legte jovial einen Arm um sie. »Was hatten Sie denn gedacht? Wir sind doch keine Irren!« Er lachte. »Nur glühende Verehrer der besten Serie aller Zeiten.«

»Keiner ist tot oder verletzt?«

»Nicht mal die Kuh!«, antwortete der Bürgermeister schnarrend.

Caroline Peters sah sich um und ging im Kopf die Toten dieser Folge durch. »Wo steckt denn von Bülow?« Ihr Kollege, der sie vorhin noch als Vermummter in Panik versetzt hatte, fand sich nirgendwo in der Menge.

Der Priester blickte betrübt zu Boden. »Hm, da muss wohl noch eine echte Patrone in der Waffe von Dr. Kauth gesteckt haben. Von Bülow ist nämlich tot.«

Der Bürgermeister grinste breit. »Kann ja mal passieren.«

»Wir haben uns gedacht, Sie kommen jetzt wieder mit Jochen zusammen«, ergänzte der junge Priester. »Der passt ohnehin viel besser zu Ihnen.«

Caroline trat näher zu den beiden quietschvergnügten Männern. »Sie haben sich das gedacht? Soll das heißen, Sie haben von Anfang an geplant, von Bülow umzubringen, weil er Ihnen nicht in die Serie passt?«

»Nein, das war ganz klar ein Unfall, das werden alle bezeugen«, antwortete der Priester und bekreuzigte sich.

»Dafür haben wir gesorgt!«, sagte der Bürgermeister augenzwinkernd. »So, dahinten warten schon die Medien. Ich denke, wir sind uns alle einig, dass Sie und die anderen Schauspieler freiwillig bei diesem kleinen Spaß mitgemacht haben.«

Caroline packte ihn am Kragen. »Und warum sollten wir das bitte schön tun?«

»Weil Sie sonst Ihre größten Fans in den Knast brächten – und wie sähe das wohl in der Öffentlichkeit aus?«

»Aber –«

Caroline kam jetzt nicht mehr zu Wort, denn der Bürgermeister sprach gleich weiter. »Ich weiß, wir wirken ein wenig verrückt – aber wer ist das heutzutage nicht? In den USA haben sie sogar mal einen Verrückten zum Präsidenten gewählt!«

Caroline spitzte den Mund. Diesem Argument hatte sie nichts entgegenzusetzen. Das Ganze hatte sie immerhin nur einen einzigen Tag gekostet, im Übrigen ein bemerkenswert effektiver Dreh, und, nun ja, es war wirklich schön gewesen, die alten Kollegen wiederzusehen.

Und was Johann von Bülow anging ... Ein bisschen Schwund war immer. Wer zum Fernsehen ging, kannte das Risiko schließlich.

Es dauerte nur eine Woche, bis die IT-Abteilung der Schützenbruderschaft St. Hubertus die Folge geschnitten und auf YouTube gestellt hatte. Caroline, zurück in Wien, wo sie während einer Aufführung der »Orestie« vor Publikum drei ihrer Schauspielkollegen mit Schäffer, Bärbel und Zielonka angesprochen hatte, musste zugeben, dass es fertig produziert geradezu phantastisch aussah. Das Bläserkorps hatte zusammen mit dem Kirchenchor sogar dazu passende Filmmusik eingespielt.

Es dauerte keine drei Tage, und das Ganze war zum Riesenhit in den sozialen Netzwerken geworden. Facebook-Gruppen und Initiativen wurden gegründet, um »Mord mit Aussicht« zurück auf den Bildschirm zu holen. Der Höhepunkt war ein gigantischer Protestmarsch zum WDR in Köln – angeführt von der gesamten Bevölkerung des verrückten Eifeldorfs.

Und irgendwann passierte das für unmöglich Gehaltene: Die ARD hatte endlich Einsicht mit »Mord mit Aussicht«.

WEINTIPP

Das kulinarische Zentrum dieser Geschichte ist Brot mit Bier-
schinken, drei Scheiben. Gustatorisch zieht er sich durch die ganze
Geschichte. Man könnte sogar sagen: Er ist ihr Belag! Selbst geübte
Sommeliers werden Ihnen dazu nicht direkt einen Wein empfehlen
können, und Bär würde vermutlich auch gar keinen Wein dazu
wollen, sondern ein Bier, natürlich aus der Eifel. Die bekannteste
Marke ist hier Bitburger, aber daneben gibt es auch einige kleinere
Brauereien.
Doch auch für Bär gibt es einen Wein, der passt, weil er ist wie
er: bodenständig. Genau so heißt auch ein Spätburgunder vom
Kaiserstühler Weingut Hiss. Noch dazu ist er enorm preiswert und
beweist, dass es richtig guten deutschen Rotwein für unter zehn
Euro gibt – vor einigen Jahren noch undenkbar. Der »Boden-
ständig« hat ein tolles Sauerkirsch-Aroma, weiche Tannine – und
passt super zu Bierschinken. Er ist sogar so gut, dass selbst Sophie,
als weltgewandte Kölnerin, ihn zu schätzen wüsste.

ATMEN IN BAD SASSENDORF

»Am coolsten wär's, wenn die Polizei uns schnappt!« Franziskas Augen leuchteten auf, als hätte jemand in ihnen ein Feuer entzündet.

Torsten blickte wie gebannt hinein.

Und spürte die Hitze.

Er liebte ihre Augen, beide, sie waren von verschiedener Größe. Je nachdem, ob man Franziska von der linken oder der rechten Seite anschaute, war sie ein anderes Mädchen. Und er war beiden völlig verfallen.

»Haste Schiss?«, fragte sie und blickte ihn herausfordernd an.

Ja, das hatte er. Mehr Schiss ging nicht.

Er erinnerte sich an einen Satz, den er vor Kurzem in einem Film gehört hatte: »Wenn du's nicht mehr aushältst, gibt's nur zwei Dinge, die du tun kannst: einatmen und ausatmen.«

Torsten atmete tief ein. »Nee, natürlich nicht«, sagte er. Und atmete aus.

»Traust dich nicht, weil man als Salzbaron nicht entdeckt werden darf?«

»Erbsälzer.« Torsten gehörte zu einer der Familien, die einst bei der Salzgewinnung große Bedeutung gehabt hatten. Obwohl die letzte Siedepfanne 1952 stillgelegt worden war, reichten die Spuren von Bad Sassendorfs Salzhistorie bis in die Gegenwart.

In der Sankt-Bonifatius-Kirche, wo er auch Messdiener war, saß seine Familie sonntags wie seit Generationen in einem eigenen Bereich. So war es Tradition.

Franziska machte einen theatralischen Knicks. Sie war zierlich, trug einen blonden Pagenschnitt und sah aus wie ein Engel. Das wusste sie. Es war Tarnung.

Gestern erst hatte er sie kennengelernt, auf der »Five Star

Ranch« in Ostinghausen, wo sie das Wochenende mit ihrer Familie verbrachte. Ihr älterer Bruder war als Westernreiter wohl eine ziemlich große Nummer.

Als er sie zum ersten Mal sah, hatte sie einen Hut getragen und er sich schockverliebt. Die meisten sahen doof aus mit Hüten, aber sie nicht. Mit Hut sah sie aus, als liefe sie gern auf nackten Füßen durch eine wilde Wiese.

Franziska hatte ihn gefragt, ob er ihr die Stadt zeigen könne. Das Nachtleben. Dabei hatte sie breit gegrinst. Bad Sassendorfs Nachtleben entsprach dem des New Yorker Zentralfriedhofs. Nur mit weniger ausgelassener Stimmung.

Er hatte sie zur »Tanzmusik mit Marco« ins Tagungs- und Kongresszentrum mitgenommen.

Marco präsentierte einen bunten Strauß populärer Melodien und erfüllte Musikwünsche des Publikums.

Die Veranstaltung ging von fünfzehn Uhr bis spät in die Nacht. Also bis neunzehn Uhr. Torsten nannte es »betreutes Tanzen«. Sie hatten sich einen Spaß daraus gemacht, zwischen all den schick gekleideten Damen und den Herren in schwarzen Anzügen so zu tanzen, als wären sie auf einem Punkkonzert. Marco erfüllte ihnen natürlich keinen einzigen Musikwunsch.

Danach waren sie noch durch den Ort gebummelt, im Kurpark vorbei am Musikpavillon, durch das Gradierwerk, zu den Volieren mit den Vögeln. Immer wieder wollte Franziska zur »SoleTherme«. Und als es dunkel war und der Park sich geleert hatte wie eine inkontinente Rentnerblase, wollte sie von dort nicht mehr weg. Es wurde spät. Und mit jeder verrinnenden Minute wuchs sein Verlangen, sie endlich zu küssen. Sie hatten doch nur dieses Wochenende. Nein, weniger. Nur diese eine Nacht.

»Komm schon, wir gehen schwimmen. Ganz harmlos schwimmen. Ist voll gesund.« Sie wandte sich mit einer einladenden Handbewegung zur »SoleTherme«, die komplett im Dunkel lag. Es war inzwischen drei Uhr früh, und Bad Sassendorf schlief so tief, als hätte jemand der Stadt Baldrian in den magenschonenden Kaffee gegeben.

Zwischen ihnen und den Außenbecken der Therme lagen nur dichte Büsche und eine niedrige Absperrung.

Ein Kinderspiel.

Und doch …

Einbruch. Eine Sünde.

Vielleicht würden sie sogar etwas kaputt machen.

Und doch …

Franziska würde nicht angezogen schwimmen gehen. Sie wären beide nackt. Und dann würden sie … Also wenn das Wasser nicht zu kalt war.

Torsten löste den Verschluss seiner silbernen Halskette, die er zur Kommunion geschenkt bekommen hatte. Der Anhänger zeigte den Heiland am Kreuz. Vorsichtig legte er die Kette unter die Büsche. Das hier musste er ohne ihn tun.

»Kommst du? Wie cool!«, sagte Franziska und stieg halb durch und halb über die Büsche. Torsten folgte ihr.

Das Gestrüpp stach, und Torsten fürchtete um seine Kleidung; seine Mutter würde jeden Fleck und den kleinsten Riss bemerken. Immer wieder sah er sich ängstlich um, verhedderte sich, brauchte deshalb viel länger als die feingliedrige Franziska und hatte am Ende viel mehr Schrammen als sie.

Die er sofort vergaß, als sie begann, sich auszuziehen.

Wie Milch so weiß kam ihm ihre Haut vor, und er versank ganz in diesem Anblick. Sie hatte ihm den Rücken zugewandt. Als sie völlig nackt war, blickte sie sich neckisch um, ging in die Hocke und schob die Plane auf dem Außenbecken etwas zur Seite.

Das Wasser war schwarz wie Tinte, mitten darin erhob sich ein metallischer Pilz, aus dem tagsüber, wenn er in Betrieb war, regelmäßige Wasserkaskaden schossen. Nun wirkte er wie ein stummer Wächter.

Jetzt sprang sie in das warme, dampfende Wasser. Nicht mit Kopfsprung. Mit Arschbombe.

»Boah, ist das scheiße kalt!«

Sie fluchte viel. Eigentlich ständig. Auch das mochte er.

Sie stand im Wasser, schaute zu ihm hoch. Lockend. »Los, komm schon!«

Doch Torsten wollte nicht. Denn wenn er sich auszog, würde sie sehen, wo all sein Blut hingeflossen war.

»Ziehst du die Plane noch weiter auf?«, fragte sie.

Er schaute sie immer noch an. Keine Sekunde schaffte er es wegzuschauen.

»Macht der Herr vielleicht auch noch was, oder willst du mich nur anglotzen? Ich frier mir gerade den Pöter ab.«

Sie kam nicht von hier, sondern aus Westfalen, aus der Großstadt Bielefeld. Und manchmal hörte man es. Torsten fand, dass »Pöter« ein viel zu hässliches Wort für ihren schönen Po war.

Einatmen und ausatmen. Er ging hinter einen Stapel Liegen und zog sich aus. Als er hervortrat, hielt er das Bündel mit seinen Sachen vor sein Gemächt.

»Was versteckst du denn dahinter?«, fragte Franziska kichernd. »Los, lass schon sehen!«

Torsten rannte auf das Becken zu, sprang und warf erst im Sprung seine Sachen in Richtung Rand. Ein Teil fiel ins Wasser.

Als er auftauchte, schwamm Franziska zu ihm. Ihre schmalen Schultern schimmerten im kühlen Licht des Mondes. Sie grinste. »Hab trotzdem alles gesehen.«

Franziska glitt auf den Rücken, ließ ihre Brüste zu kleinen Inseln werden und blickte in den Himmel über dem Gradierwerk. »Sternschnuppe«, sagte sie plötzlich. »Wünsch dir was!«

Das tat Torsten.

»Verrätst du's mir?«

»Was?«

»Was du dir gewünscht hast.«

»Darf man doch nicht. Wird dann ja nicht wahr.«

»Glaub ich nicht dran.« Sie schwamm in seine Richtung.

»Dann du zuerst«, sagte er.

Sie lachte auf. »Nee, das ist voll peinlich, total Mädchen.«

»Sag schon.« Er wollte alles von ihr hören und bei jedem Wort sehen, wie ihre Lippen es in die Welt sandten.

»Also okay, aber nicht lachen! Sonst döppe ich dich.«

»Ich lach nicht. Versprochen.«

Sie fuhr sich mit der Zungenspitze über die Lippen und holte tief Luft. »Was ich mir mehr als alles andere auf dieser Scheißwelt wünsche, ist ein eigenes Pferd.«

Torsten lachte.

Aber nicht, weil es lustig war, sondern weil er untergetaucht werden wollte. Dafür müsste Franziska ganz nah zu ihm kommen, sie würden miteinander ringen, er würde sie berühren, überall berühren.

Sie stürzte sich auf ihn, drückte ihn unter Wasser, es wurde schwarz um ihn, und er spürte ihre festen kleinen Brüste an seiner Wange. Torsten umfasste ihren Po.

Jetzt würde es passieren. Er hatte sich extra Videos dazu auf YouTube angesehen. Er wusste alles.

Seine Hände fuhren an ihren Hüften empor, weiter über ihre schmale Taille und noch weiter … Gleich würden seine Daumenspitzen die Unterseite ihrer Brüste berühren.

Doch dann ließ sie ab.

Und er tauchte auf.

Sie sagte nichts, zeigte nur zitternd und mit weit aufgerissenen Augen auf die zurückgeklappte Plane, unter der man erst von hier aus eine Kontur erkennen konnte.

Die einer menschlichen Hand, im Wasser treibend. An einem Finger steckte ein breiter Ring mit Diamanten, die im Mondlicht schimmerten.

Torstens Herz pochte auf einmal wie verrückt.

Einatmen und ausatmen.

Er musste jetzt ein Mann sein, Franziska zeigen, was in ihm steckte. Wäre da nur nicht die Angst, die seine Arme scheinbar in Gummi verwandelte und das Blut in seinen Ohren rauschen ließ. Die Angst, dass diese Hand nicht allein hier herumschwamm, sondern ein ganzer Toter daranhing. Dazu die noch schlimmere irreale Angst, seit seinem zehnten Lebensjahr durch etliche Zombiefilme gespeist, dass dieser Tote sich plötzlich bewegte und auf ihn stürzte, um sein Hirn zu fressen.

Er bekreuzigte sich. Und gleich noch einmal.

»Los, weg hier«, hörte er Franziska. »Abhauen. Sofort! Ich hab verfickte Angst!«

Torsten drehte um. Er musste jetzt den Mumm haben, der ihr fehlte. Also machte er sich auf den Weg zu der Hand, zitternd, entschlossen, immer weiter.

»Lass das!«, rief Franziska, jetzt schon am Beckenrand. »Das geht uns nix an!«

Doch Torsten ging weiter, packte die feste Plane und schob sie zur Seite. Sie hakte, er musste sie anheben und wollte gar nicht darüber nachdenken, woran sie sich festgehakt hatte.

Dann sah er den ganzen Leichnam.

Einatmen und ausatmen.

»Ihh!«, heulte Franziska auf. »Das ist so … krank!«

Torsten streckte seine Hand aus, um das, was dort trieb, ohne Leben, zu berühren. Ekel würgte in ihm hoch, und es kam ihm vor, als stünde er nicht in klarem Wasser, sondern in trägem Schleim. Die Haut des Mannes, denn ein solcher war es, fühlte sich kalt an. Die Augen blickten so starr in den Sternenhimmel, als läge dort die Antwort auf die letzten Fragen verborgen.

Blut war nicht zu sehen. Aber der Mann war definitiv tot. Die Natursole hielt ihn an der Oberfläche. Sein Anzug sah selbst im Wasser teuer aus, und die Haare waren so fest nach hinten gegelt, dass sie immer noch saßen.

Einatmen und ausatmen.

Franziska stand am Rand und zog sich hastig an. »Ich geh jetzt! Mach, was du willst. Du Psycho!«

Träge schwebte der Tote ein wenig herum.

Torsten erkannte, dass sich dessen andere Hand um eine großkalibrige Pistole mit goldenem Lauf verkrampft hatte. Am Hals hatte der Mann ein Tattoo, das Hammer und Sichel zeigte, wie auf der Flagge der Sowjetunion.

»Ich bin weg!« Franziskas Stimme kippte.

»He, warte auf mich«, sagte Torsten. »Ich bring dich noch zur Ranch.«

»Leck mich!«

Sie verschwand in der Dunkelheit, und er stand da, allein und nackt mit einer Leiche in der Therme, wo er illegal eingedrungen war.

Na toll!

Der Abend hatte anders geendet als erwartet. Und er fand, es wäre eine schlechte Idee, ihn durch einen Anruf bei der Polizei noch schlimmer werden zu lassen.

Eine halbe Stunde später, nachdem er den ganzen Weg nach Hause gerannt war, um dann auf Zehenspitzen in sein Zimmer zu schleichen, lag er hellwach und noch in Klamotten auf seinem Bett. Über die Decke wanderten Leuchtobjekte aus einem kleinen Projektor in Form des Todessterns.

Er war ihr so nah gewesen. Und alles an ihr war so schön. Er wollte sie halten, am liebsten die ganze Nacht, ganz nah bei ihr sein und sie spüren, ihr seine Musik vorspielen und sie immer wieder lieben, bis die Erschöpfung ihnen die Augen sanft schloss.

Doch nun war er ein Psycho für sie.

Er konnte nicht schlafen, nicht jetzt. Er stand auf und trat ans gekippte Fenster, Nachtluft kam kühl herein. Sein Zimmer lag im Erdgeschoss, und der Garten erstreckte sich dahinter in die Düsternis. Die dicke Familienkatze schlich gerade geduckt über den Rasen. Alles wie immer. Und doch war ein Verbrechen in Bad Sassendorf geschehen. In Bad Sassendorf! Wo höchstens mal ein Rollator entwendet wurde – und zwar aus Verwirrtheit. Schließlich galt Bad Sassendorf als Methusalem City, als älteste Gemeinde Deutschlands, was ihre Bewohner betraf. Und ab einem gewissen Alter verflüchtigte sich die kriminelle Energie im selben Maße wie die Muskulatur.

Ein Schatten schob sich auf einmal von der Seite vor das Fenster. Hob eine Waffe und richtete sie auf ihn.

»Fenster auf«, sagte der Fremde mit einer Stimme so rau, als wäre sein Hals voller kleiner Kieselsteine.

Einatmen und ausatmen.

»Wollen Sie mich erschießen?« Eine saudumme Frage.

»Fenster auf!«

»Ich schreie.«

»Dann ist das dein letzter Schrei.«

Langsam drückte Torsten das Fenster zu, legte den Griff um und öffnete es dann.

Er zitterte. Sein Mund war ausgetrocknet. »Ich hab nichts gesehen.«

Das Gesicht des bulligen Mannes draußen schien nur aus einem dichten schwarzen Bart zu bestehen, der nahtlos in die buschigen Augenbrauen überging. Auch aus Ohren und Nasenlöchern spross es dunkel. Er trat einen Schritt vor und drückte Torsten den Lauf der Pistole in die Wange. »Wo ist der Ring?«

»Welcher Ring?«

»Pawels Ring!« In seinem Atem befand sich mehr Wodka als Sauerstoff. Der Lauf der Pistole wurde schmerzhaft tief in Torstens Wange gedrückt. »Der Riesenklunker, den er anhatte. Wär eine Drecksschande, wenn der bei der Polizei landet.«

»Aber ... ich verstehe nicht«, stammelte Torsten.

»Ich war grade mit Pawel fertig, als du mit deiner Freundin aufgetaucht bist. Konnte Pawel den Ring nicht mehr abnehmen, hab mich in den Büschen verkrochen. Und von dort alles gesehen, Junge. Wie ihr da rumgemacht habt. Deine kleine Freundin ...« Er schnalzte mit der Zunge. »Als sie dann abgehauen ist und danach du, bin ich zurück zu Pawel, wegen dem Ring, und der war weg. Also! Wo ist er?«

Torsten bewegte stumm die Lippen. Das Ganze war doch nur ein Alptraum, oder? Aus dem er gleich erwachen würde.

»Aber wie ...?«

»Wie ich dich gefunden habe?« Der Bärtige zerrte grinsend Torstens Schülerausweis aus der Tasche. »Hast du am Becken verloren. Als du dich nackig gemacht hast. Genug erklärt. Entweder du hast den Ring und gibst ihn mir, oder dein Mädel hat den Ring und du bringst mich zu ihr. Also? Ich will eine Antwort.«

Torsten hatte keine Antwort. Einatmen und ausatmen. Zeit gewinnen. »Den Ring hab ich in der Therme versteckt. Hatte Angst, ihn mitzunehmen.« Der Druck der Waffe nahm ab.

»Dann los.« Der Fremde zog Torsten über die Fensterbank nach draußen. »Holen wir den Ring!«

»Bringen Sie mich um, wenn ich Ihnen den Ring gegeben hab?«

»Lass dich überraschen.« Der Mann schubste ihn durch den Garten auf die Straße. Die dicke Familienkatze sah interessiert vom Rosenbeet aus zu.

»Warum musste Pawel sterben?«

»Geht dich nix an. Vorwärts und Schnauze halten.«

So gingen sie durch die leeren Straßen, vorbei an den imposanten Fachwerkhäusern, die irgendwo anders Stein für Stein abgebaut und hier wieder errichtet worden waren. Nicht nur Menschen konnten umziehen. Auch Häuser. Und irgendwo anders weiterleben.

Torsten spürte den Lauf der Waffe in seinem Rücken und fragte sich, wie lange sein Leben noch dauern würde. Und er wusste, dass es nach dieser Nacht nie wieder so sein würde wie zuvor.

»Bist schwer verliebt in die Kleine, was?«

Torsten nickte wie benommen. »Aber hab's ihr noch nicht gesagt.«

»Ist vielleicht besser so.«

»Wieso?«

»Geh weiter.«

Sie näherten sich der Therme. Torsten wusste immer noch nicht, wie es dort weitergehen sollte.

Einatmen und ausatmen. Zeit gewinnen. »Wir müssen durch die Büsche.«

Der Mann mit den Kieseln im Hals schob erst Torsten und dann sich selbst hindurch. Richtete die Pistole dann auf Torstens Kopf. »Wo ist der Ring denn jetzt?«

»Im Wasser«, sagte Torsten, ohne nachzudenken.

»Du Vollidiot hast ihn im Becken versteckt?«

»Ich hab nicht nachgedacht.«

Die Mündung der Pistole lag jetzt an Torstens Hinterkopf.

»Wie sollen wir ihn da finden? Es ist scheiße dunkel! Verschissene Kackdreckwichse!«

»War, glaub ich, hier direkt am Rand«, sagte Torsten langsam. »Also –« Er sah den Schlag mit dem Griff der Pistole nicht kommen, er spürte ihn erst, als er an der Schläfe getroffen wurde. Torsten krümmte sich zusammen, der Schmerz riss ihm die Füße weg.

»Du blödes Arschloch!«, keuchte der Bärtige und trat mit den schweren Schuhen zu, in den Leib, gegen den Kopf. »Den finden wir nie, den Ring, nur weil du Arschloch nicht nachgedacht hast. Verfickte Scheiße!« Er zerrte Torsten hoch und stieß ihn auf die Plane, die sofort unter seinem Gewicht einsank.

Das Wasser der Therme schwappte über ihn, spülte über die schmerzenden Stellen. Torsten registrierte, wie er weiter ins Becken sank. Doch er war nicht in der Lage, sich zu rühren. Ihm stand auch nicht der Sinn danach. Denn dieser Wahnsinnige würde ihn töten. Und er konnte nichts dagegen tun.

»Ich hau hier nicht ohne den Scheißring ab!«

Torsten glaubte nicht, was er sah. Der Typ zog sich aus und glitt fluchend neben ihm ins Wasser. Tauchte unter. Tauchte auf und fluchte wieder. Versetzte Torsten einen Schlag. Dann abermals runter. Das Blut in Torstens Mund schmeckte salzig.

Nach dem nächsten Auftauchen, dem nächsten Fluchen und dem nächsten Schlag des Mannes atmete er tief ein, sammelte die letzten Reste seiner Kraft, zog sich an der Plane entlang zum Beckenrand und zerrte sie über den tauchenden Mann hinweg. Als der Kerl wieder an die Oberfläche kam, um Luft zu holen, presste Torsten die Plane mit aller Kraft bündig auf den gefliesten Rand. Der Bärtige war stark, und er war wütend. Gedämpft drang sein Brüllen unter der Plane hervor. Torsten würde sie nicht lange halten können. Wenn er losließ, würden Schläge folgen. Schmerz. Und schließlich der Tod.

Einatmen und ausatmen.

Er blickte sich um. Gab es etwas, um die Plane zu fixieren? Nein, nichts. Da lag nur ein großer, schwerer Ast, vermutlich von einem Sturm vom Baum gerissen. Der Mann wütete weiter unter der Plane, die Torsten immer mehr entglitt. Es würde nur noch Sekunden dauern, bis …

Torsten griff sich den Ast und drosch ihn mit letzter Kraft auf die Beule in der Plane, unter der der Kopf des Mannes stecken musste. Er hörte ein dumpfes Geräusch, fand neue Kraft und schlug wieder zu. Und noch mal.

Sieben Schläge wurden es.

Dann bewegte sich unter der Plane nichts mehr.

Ausatmen.

Statt einer Erhebung, einer Insel unter dem Plastikstoff, gab es jetzt zwei. Torsten spürte das Adrenalin wie Starkstrom in seinem Körper. Er war geschockt und überglücklich und randvoll mit Schuld und befreit von so viel Angst.

»Hey …«

Er zuckte zusammen, als sich etwas aus dem Schatten des Gebäudes löste und näher kam. Eine schmale Gestalt. Es war Franziska.

»Hey, du«, brachte er mit stolpernder Stimme hervor und richtete sich auf. Was hatte sie gesehen? »Bist du schon lange da?«

Sie kam zu ihm und umarmte ihn. »Ich konnte nicht schlafen. Musste noch mal zurück. Du siehst schrecklich aus.«

»Bin gefallen. Wollte auch noch mal zurück.«

Torsten sah ihr in die Augen, doch die waren so unergründlich wie das Wasser im Becken der Therme. Sie war eine Frau, die lächeln konnte, auch wenn sie traurig war.

»Das mit dem Psycho vorhin hab ich nicht so gemeint.«

»O-kay …« Torsten nickte zögerlich. »Ich wollte nur den Starken markieren. Um dich zu beeindrucken.«

»Brauchst mich nicht zu beeindrucken.«

»Ich glaub, ich hab mich in dich verknallt.«

Jetzt hatte er ihr gesagt, was er fühlte. Es war einfach so passiert. Nun musste sie etwas sagen. Doch sie sagte nichts. Er wollte sie küssen, aber er traute sich nicht. Sicher würde sie den Kuss nicht erwidern, und er stünde dumm da.

»Es ist noch so früh.« Franziska balancierte auf dem Beckenrand. »Lass uns schwimmen. Aber im anderen Becken.« Es wurde durch eine kleine Brücke von dem mit den Toten getrennt. Doch das Wasser war dasselbe.

»Ich hab was für dich«, sagte Torsten und zog Pawels Ring aus der Hosentasche. Er hatte ihn dem Toten schon vorhin abgezogen. Aus einem einzigen Grund. »Ist ein Pferd. Sieht zwar nicht so aus, sieht aus wie ein Ring, ist aber eigentlich ein Pferd. In ganz klein.«

Sie sah ihn lange an mit ihren unterschiedlich großen Augen. Die jetzt funkelten. Und dann glitt ganz langsam ein Lächeln über ihr Gesicht.

»Warte mal!« Torsten lief zum Gebäude und öffnete die Tür mit dem Trick, den er kannte, seit er hier in den Sommerferien gejobbt hatte. Seitdem wusste er auch, welche Schalter man umlegen musste. Plötzlich sprudelte die Therme, und Licht schoss aus den Beckenwänden.

Als er wieder ins Freie trat, hüpfte Franziska kichernd vor dem erleuchteten Wasserspiel herum. »Komm«, lockte sie.

Seine Schmerzen waren noch da, doch das Glück lag wie Salbe darüber. Sie zogen zuerst die Plane vom Becken und dann sich komplett aus, warfen ihre Kleidung wild in die Gegend. Torsten bemerkte nicht, wie schmutzig-braun ihre Handinnenflächen waren. Sogar kleine Fetzen von Baumrinde hafteten daran. Wie es sie an Ästen gab.

Hand in Hand sprangen sie johlend ins Becken.

Diesmal fand sich kein Toter dort. Nur zwei sehr Lebendige.

Und als Franziska erzählte, dass sie auch Badminton spiele, da lachte er sie aus und sagte, das sei gar kein Sport, sondern nur Training für Schmetterlingsfänger. Er sagte es nur, damit sie sich auf ihn warf, um ihn unterzutauchen. Er sagte es nur, um wieder ihre Haut an seiner zu spüren, ihre Brüste, wie sie sich an ihn drückten, und er sagte es, weil er sie diesmal beim Auftauchen küssen würde. Ganz stürmisch.

Einatmen und ausatmen.

WEINTIPP

»Salzig« ist das aktuelle Buzzword in Sachen Weinbeschreibung. Vor einigen Jahren waren alle Weine plötzlich mineralisch; nachdem der Begriff in Ungnade fiel, kam »salzig« auf. So gut wie kein Wein schmeckt salzig. Aber es gibt einen, der tut es eigentlich immer. Noch dazu ist es einer der individuellsten, spannendsten und – für die Qualität – günstigsten Weine der Welt. Manzanilla gehört zur Gruppe der trockenen Sherrys, genauer der Finos (haben aber mehr Säure als diese). Er wird ausschließlich im südwestspanischen Sanlúcar de Barrameda aus der Palomino-Fino-Rebe gekeltert. Es ist ein gespriteter Wein, was in diesem Fall bedeutet, dass die Gärung des Mosts mit Weingeist gestoppt wird, wodurch er fünfzehn Komma fünf Umdrehungen hat.

Die Jungweine werden dann in Sechshundert-Liter-Fässern, den Botas, gelagert. Sie werden meist nur zu fünf Sechsteln oder vier Fünfteln gefüllt, wodurch sich auf der Oberfläche ein Florhefe-Schleier bilden kann, der dann eine Oxidation verhindert. Die meisten Manzanillas reifen im Solera-System, bei dem die Fässer in Altersklassen übereinandergestapelt sind. Aus den untersten Fässern wird ein Teil in Flaschen abgefüllt und mit Manzanilla aus dem jeweils darüberliegenden Fass aufgefüllt. Ganz oben kommt immer der junge Manzanilla hinein. Es können bis zu zwanzig Lagen sein. Manchmal ist das Jahr auf dem Etikett angegeben, an dem die Solera gestartet wurde. Zwei Tipps noch zu Manzanilla: richtig kalt trinken (fünf bis sieben Grad Celsius) und am besten »En Rama«-Manzanilla kaufen, der ohne Schönung und Filtration abgefüllt wird. Super zu Meeresfrüchten.

DER SPRUNG

Wenn ich lande, bin ich tot.
Wenn meine Ski aufsetzen, werde ich sterben.
Hab ich Angst?
Nein.
Wut?
Ja, das ist es. Ich bin wütend. Ich bin so unglaublich wütend. Am liebsten würde ich um mich schlagen, ohne hinzuschauen alles kaputt schlagen. Die Ski, den Balken, am liebsten den Himmel und die Sonne dazu. Wie kann die Welt so total ungerecht sein?

Noch ist die Ampel rot. Noch hab ich Zeit, es mir anders zu überlegen. Ich will nicht ermordet werden. Aber ich will diesen Wettkampf gewinnen. Ich weiß, dass es nur ein Mattenspringen für Junioren ist. Aber es ist eben doch mehr. Es ist meine große Chance, zum ersten Mal zu gewinnen. Diesmal wird mir nichts dazwischenkommen. Kein lockerer Helm, kein schlecht gewachster Ski, keine plötzliche Übelkeit. Bei Wettbewerben hatte ich immer voll Pech. Diesmal nicht. Diesmal lass ich mich auch nicht durch den Kakao ziehen. Mich und meine ganze Familie. Ich bin nicht die Lusche in einer großen Springerfamilie! Ich nicht. Diesmal lacht keiner. Heute zeige ich es allen.

Das DSV-Sichtungsteam ist auch da. Der Trainer hat gesagt, sie würden nach dem Wettbewerb ihre Wahl treffen, wer in die Förderung kommt. Meine Chance.

Aber wenn ich lande, bin ich tot.

Ich hab den verdammten Zettel noch in der Hand. In der Faust. Total verkrampft ist sie. Ich guck nicht mehr auf das Blatt.

Hundert Meter geht es gleich runter, und der Wind bläst wieder wie verrückt. Das ist fast immer so hier oben, weil die Schanze einsam auf einem kahlen Berg steht, darum. Ich mag das, wenn der Wind so richtig in den Ohren rauscht und eine Wange eiskalt wird, während die andere durch die Sonne glüht. So ist es auch jetzt. Die Windbö ist so stark, dass sie die letzten beiden Springer, den Dennis Hirschberg und mich, noch warten lassen. Ich bin der Letzte. Nach meinem Sprung ist der Wettbewerb vorbei. Denn ich war der Beste im ersten Durchgang. Noch einen guten Sprung, und ich hab gewonnen. Heute werde ich mich in der Luft festklammern wie in einem dicken Daunenbett. Meine ganze Familie steht unten. Alle warten auf mich. Auch mein Vater. Ist extra aus Kanada gekommen. Er steht sogar neben meiner Mutter. Als wäre alles noch in Ordnung. Heute werden sie stolz auf mich sein.

»Du wirst nicht gewinnen«, steht auf dem Zettel. Darunter: »Wenn du über siebzig Meter springst, geht deine Sicherheitsbindung hoch. Wenn du versuchst, den Sprengsatz abzumontieren, oder wenn du versuchst, mit jemandem darüber zu reden, explodiert er sofort. Und du stirbst.«

Wenn ich lande, bin ich tot.

Ich hab gelacht. Wir sind hier ja nicht bei James Bond, sondern auf der St.-Georg-Sprungschanze in Winterberg. Ich wollte den Zettel in meiner Überraschung schon Dennis zeigen, obwohl wir uns nicht leiden können. Dennis ist vor mir mit Springen dran. Im ersten Durchgang hatte er die zweitbeste Weite. Er hätte die Drohung bestimmt cool gefunden, wie er alles cool findet, was mit Brutalität zu tun hat. Egal, ob Filme, Videogames oder in echt, also sich prügeln. Ich hatte den Zettel schon hochgehalten, in seine Richtung. Und hab dann noch mal auf meine Bindung geguckt. Es war nicht zu übersehen. Die war anders. Ich kenn meine Sicherheitsbindung, die ist wichtig. Bei Stürzen oder wenn du bei der Landung verkantest, dann löst sich der Ski automatisch vom Schuh. Dadurch hat man seltener Knöchelverletzungen. So eine Bindung besteht aus drei Teilen: Halteplatte, Drehteller und Keil. Und am Keil war was dran. Ein kleiner schwarzer Kasten. An beiden Bindungen, links wie rechts. Ich hab keine Ahnung von Sprengsätzen, aber die an meinen Keilen sahen so unauffällig aus, dass ich direkt gewusst hab: Das ist kein blöder Scherz, kein Streich der anderen. Das ist echt. Aber warum? Für wen ist es so wichtig, wer heute gewinnt?

Dennis dreht sich um und grinst mich an. Jetzt bläht er die Backen und macht den Wind nach, die Augen wild kreisen lassend. Alberner Affe, mit seinem Milka-Helm, als wär er Martin Schmitt. Ist er überhaupt nicht. Wird er auch nie werden.

Plötzlich fällt mir was ein: Dennis kann auch noch gewinnen. Wenn ich kurz springe, wird er fast hundertprozentig gewinnen. Ich schau mir seine Bindung an.

An seinen Keilen ist nichts montiert.

Und er ist verdammt guter Laune. Dennis meint, ich wäre ein Träumer, nur weil ich lieber im Wald rumlaufe, als wie er vor der Xbox zu hängen. Ich mag halt die Natur. Und ich bin gern allein. Ist ja auch nicht verboten.

Dennis ist klein und dick. Schlechtere Voraussetzungen für einen Skispringer gibt es nicht. Sein Vater hat ihn streng auf Diät gesetzt, denn »Leicht fliegt weit«: Jedes Kilogramm mehr kostet einen rund zwei Meter. Bei drei Kilogramm über dem Idealgewicht sind das schon sechs Meter pro Flug, dann ist man nicht mehr konkurrenzfähig. Deshalb esse ich morgens nur noch Dinkelmüsli, echte Schanzennahrung. Zwischendurch Eiweißriegel und Nüsse. Niemals Pommes oder Pizza. Kein Gramm Fett darf ich an mir haben. Denn jedes Gramm fliegt mit.

Aber ich muss zugeben, dass Dennis eine Wahnsinnstechnik hat, mit der er manches Kilo wieder wettmacht. Kommt aus einer Skispringerfamilie, hat es im Blut. So wie ich. Mein Ururgroßvater, Georg Brinkmann, ist damals schon am ersten Schneehügel am Herrloh gesprungen. Bis zu achtzehn Meter. Klingt heute nach einem Witz, aber die hatten ja auch keine richtige Schanze. Und dann 1949, Opa, also Rudi Köhler. Bei der Einweihung der Holzschanze springt er dreiundsechzig Meter. In meiner Familie gab es immer gute Springer. Es waren immer die Besten im Ort. Mindestens.

Ich glaub, der Keil drückt. Ja, der sticht richtig auf den Schuh ein.

»Du wirst nicht gewinnen.«

Aber ich will gewinnen!

Jetzt wird Dennis runtergelassen. Unser Trainer senkt die Fahne. Dennis hat starken Gegenwind, der wird ihn tragen. Die Anfahrt sieht schnell aus, er geht sauber in die Hocke, kommt gut vom Schanzentisch, sein Luftstand ist verdammt hoch, er zieht und trifft fast genau den K-Punkt, setzt aber nur eine Haferl-Landung. Er ist trotzdem Erster. Jetzt komm nur noch ich. Dennis boxt mit den Händen in die Luft. Das kann ich von hier oben aus sehen. Fühlt sich schon wie der Sieger.

Ich darf auf den Balken. Die Ampel ist noch auf Rot. Der Wind hat wieder zugelegt. Jetzt muss ich mich auf den Sprung konzentrieren. Aber wie soll ich das, wenn ich gleich sterbe? Das geht doch gar nicht! Ich muss mit jemandem reden. Irgendwer muss mir doch einen Rat geben können. Aber unser Trainer steht auf dem Turm und ist viel zu weit weg. Die anderen hier kenn ich nicht gut genug. Und sowieso würde der Sprengsatz hochgehen. Steht ja auf dem Zettel. Ich werd nicht weinen. Das lass ich nicht zu! Ich spring da runter, über die siebzig, ich gewinne diesen Wettkampf. Für meinen Vater und meine Mutter.

Vielleicht sterbe ich ja auch nicht, vielleicht geht der Sprengsatz nicht hoch. Das kann doch gut sein! Wie die Bomben aus dem Zweiten Weltkrieg, die nicht hochgegangen sind. Die werden doch überall gefunden. Die Blindgänger!

Und wenn nicht? Wenn ich wirklich sterbe? Ich will nicht, dass meine Eltern traurig sind. Ich will nicht, dass sie weinen. Ich werde immer so traurig, wenn Mama weint. Aber Papa wäre ja da. Er würde sie trösten. Ja, das würde er bestimmt. Er würde sie in den Arm nehmen, und sie würden über mich sprechen. Sie würden tagelang zusammen über mich sprechen. Vielleicht kommen sie dann wieder zusammen? Alte Liebe rostet nicht. Hört man doch immer wieder. Das fänd ich schön. Das fänd ich wirklich schön!

Der Trainer nickt mir beruhigend zu. Es wird wohl noch etwas dauern. Er ist der beste Trainer überhaupt. Er kümmert sich um alles. Und er weiß, was in mir steckt. Er hat von Anfang an an mich geglaubt. Die schwierigen Sprünge lässt er immer mich machen, also wenn der Anlauf länger ist, dann springe immer zuerst ich, oder wenn er nicht weiß, ob die Anlaufspur nicht zu nass ist, dann muss ich ran. Ich bin der für die schwierigen Sprünge. Er sagt zu mir immer: »Nie auf Sicherheit springen!«

Wenn ich lande, bin ich tot. Das geht mir nicht aus dem Kopf. Wie der Refrain eines alten Ohrwurms. Es klingt merkwürdig. So unwahr.

Die Ampel ist immer noch rot. Der Wind scheint zu drehen. Hoffentlich geht er nicht in den Rücken! Dann wird der Luftwiderstand geringer. Und damit mein Luftpolster. Dann werde ich früher nach unten gedrückt und springe kürzer.

Ich möchte wissen, wer es war!

Nein, ich weiß schon, wer: Dennis. Er kann nicht verlieren. Und er kann basteln. Ja, das kann er. Kosmos-Experimentierkästen fürs Kristallezüchten, für Elektromotoren und zum Raketenbauen. Der würde es hinkriegen. Sein Vater ist im Hauptberuf Elektriker bei der Bundeswehr, da könnte er sich was abgeschaut haben. Den Gefallen, ihn gewinnen zu lassen, tu ich ihm nicht. Ich werde weiter springen. Ich gewinn das hier!

Die Ampel springt auf Gelb. Jetzt noch zwanzig Sekunden. Ich bin den Absprung eben beim Imitationssprung extra mit dem Trainer durchgegangen. Beinah hätte er mich fallen lassen. Aber ich habe mich an seinem Kopf festhalten können, da sind wir dann beide umgefallen. Ich weich auf ihn. Er hat nicht gelächelt. Er lächelt nie. Mein Trainer ist ein ernster Mann. Zumindest zu mir. Er lässt mich nicht spüren, wie stolz er auf mich ist. Aber das merke ich ja daran, was er mir zutraut. Er ist ein wenig wie ein Vater zu mir, obwohl ich ja einen habe. Nur wohnt Papa schon lange nicht mehr bei uns.

Grün. In fünf Sekunden muss ich den Balken verlassen haben. Der Trainer muss die Fahne senken. Warum wartet er? Ich muss jetzt springen! Er hält sie immer noch hochgehoben. Es müssen jetzt vier Sekunden sein! Warum gibt er nicht das Zeichen? Das hat er noch nie vergessen!

Ich. Stoße. Mich. Ab.

Gleite in die Tiefe. Blicke auf die Spur.

Ich kann meinen Trainer jetzt nicht mehr sehen. Er muss mit den Gedanken woanders gewesen sein. Wieso sollte er sonst nicht das Zeichen gegeben haben? Ich bin in der Hocke, meine Muskeln halten geschmeidig die Position, wie Bäume vom Wind in eine Himmelsrichtung gedrückt, gleich lasse ich ihre Kraft los, gleich schnelle ich empor. Der Wind zischt wie riesige Schlangen links und rechts in meine Ohren. Der Schanzentisch rast näher. Rund achtzig Kilometer pro Stunde muss ich jetzt draufhaben. Ich werde die Kante optimal treffen! Meine Muskeln kennen den Moment. Sie machen es von allein.

Ich springe ab.

Der Absprung ist gleichmäßig, eine harmonische Bewegung hinein ins Gleiten, ich öffne die Ski zum V, beim Übergang in die Flugphase nehme ich in Sekundenbruchteilen eine aerodynamische Haltung ein. Ich schaue zu, wie all dies geschieht. Wie ein Pilot, der im Cockpit, meinem Kopf, sitzt und aus den Augen wie großen Fenstern hinausschaut.

Das Luftpolster ist da. Es trägt mich wie ein Ober auf dem Silbertablett. Das Banner, das meine Familie für mich gemacht hat, das goldfarbene, ich kann es sehen. Sie haben es ausgerollt und halten es weit empor.

Die Geschwindigkeit ist wie ein Rausch. Nicht, wie wenn

man betrunken ist, dann ist alles verwaschen. Jetzt im Sprung ist alles klar.

Mir geht vieles durch den Kopf. So als würde ich gleich sterben, wo die Menschen ihr Leben noch einmal sehen. Rasend schnell passiert es, aber jeder Moment bekommt die Zeit, die er braucht. Und doch sehe ich vor mir nur die Matten, wie Waldmeistergrütze sehen sie aus, so grün sind sie. Sie rasen unter mir dahin.

Wie ich einmal ein Vogelnest mit alten Schalenstücken im Wald gefunden habe, fällt mir ein, da war ich erst acht Jahre alt. Meine erste Flugreise nach Teneriffa und das kleine Bordessen. Eierfärben an Ostern mit Oma und Opa. Als ich einmal ein Mädchen oben ohne in der Umkleide gesehen habe, weil die Tür einen Spalt offen stand, da muss ich dran denken.

Und immer wieder sehe ich meinen Trainer. Einmal bei einem Streit mit meiner Mutter. Sie wollte mich aus dem Verein nehmen. Nach meinem schweren Sturz, sie warf ihm vor, er sei dafür verantwortlich. Mein Opa hat verboten, dass ich aus dem Verein gehe. Wegen der Tradition. Wir würden uns nicht wie alle anderen von den Hirschbergs kleinkriegen lassen, wir nicht.

Also blieb ich im Verein.

Die grünen Matten kommen näher.

Da ist der K-Punkt. Achtzig Meter. Bei siebzig will mich Dennis runterhaben. Nein. Du hast mich oft genug gedemütigt! Mir oft genug auf dem Schulweg aufgelauert. Mir nachts bei Klassenfahrten die Hand in lauwarmes Wasser gelegt, damit ich ins Bett mache.

Ich werde nicht abrudern und den Sprung vorzeitig abbrechen, ich werde durchziehen! Dreiundachtzig Meter werde ich springen. Und wenn ich mich für die letzten Meter in der Luft selbst abstoßen muss.

Die fünf Wertungsrichter werden eine perfekte Landung zu sehen bekommen.

Wenn ich lande, bin ich tot.

Ich will nicht sterben! Ich will heute nicht sterben. Ich will überhaupt nicht sterben. Der Trainer ist doch immer bei der Ausrüstung gewesen! Er hat alles kontrolliert. Mehrmals. Von uns allen. Von mir, von seinem Sohn Dennis, von den anderen. Das hätte überhaupt nicht passieren können. Er hätte was bemerkt.

An meinen Keilen ist nichts dran.

Das passiert nicht.

Das alles passiert überhaupt nicht.

Ich stehe diesen Sprung. Ich gewinne. Es wird nichts explodieren. Es wird alles gut gehen.

Da sind die grünen Matten, nur noch Zentimeter entfernt.

Ich lande butterweich im Telemark.

Dann wird alles schwarz.

WEINTIPP

Wenn ich an Schnee und Wein denke, fallen mir nicht die Après-Ski-Klassiker Jagertee, Flying Hirsch oder Schümli Pflümli ein, sondern HE Dausch. Die Initialen stehen für Hans Erich, denn der ist nicht nur einer der allerbesten Spätburgunder-Winzer und Weingutsberater Deutschlands, sondern in den Wintermonaten auch Ski-Lehrer. Eine irre Kombi, aber HE ist auch ein irrer Typ, absoluter Qualitätsfanatiker, wandelndes Lexikon für große Burgunder, Enthusiast, phantastischer Verkoster. Ihm geht es nur um Spitzenqualität, gerade mal fünf verschiedene Weine von der Lage Eschbacher Hasen erzeugt er auf seinem Mini-Weingut. Und jeder davon ist großartig, fein und tänzelnd, von begeisternder Frische. An der Spitze steht der »L'Artiste«, einer der teuersten deutschen Pinot Noirs.

Ein richtiges Weingut, wie man es sich vorstellt, ist »HE Weine« nicht. Es ist Untermieter im Weingut Knipser im nordpfälzischen Laumersheim, wo HEs Weine in Barriquefässern der berühmten Tonnellerie François Frères reifen. Wenn Weine wie Skispringer sind, dann bekommen HEs Weine in der Haltungsnote volle Punktzahl.

EIN GANZ VERRÜCKTER SOMMER

(Aus den Unterrichtsmaterialien
des Bundesgesundheitsministeriums
für Ernährungsberater)

Liebe Ikarus-Film,

mein Name ist Gabriele Mendig, ich bin sechsundfünfzig Jahre alt (Hausfrau), und zuerst einmal möchte ich Ihnen schreiben, was für ein großer Fan Ihrer Arbeit ich bin! Sie haben so viele wundervolle Filme im Programm, wie ich gerade herausgefunden habe, als ich auf der Suche nach Ihrer Mailadresse war. Aber wie Sie wissen, können sich selbst die Besten immer noch etwas verbessern. Um Ihnen dabei zu helfen, schreibe ich Ihnen! Genauer: wegen John Cusack, dessen Film »Ein ganz verrückter Sommer« (im Original »One Crazy Summer«) aus dem Jahr 1986 von Ihnen vertrieben wird. John spielt darin den High-School-Absolventen Hoops McCann, der sein Basketballstipendium nicht erhalten hat, weil er viel lieber Zeichnen an der Rhode Island School of Design studieren möchte. Wussten Sie schon, dass Hoops McCann nach dem Protagonisten des Liedes »Glamour Profession« vom Album »Gaucho« der Band Steely Dan benannt wurde? In der ersten Strophe wird ein Basketballfan dieses Namens erwähnt, der sich dann mit weitaus weniger reputablen Tätigkeiten befasst. Hochinteressant, oder?
Aber ich schweife ein wenig ab. Kommen wir zu dem kleinen Problem, bei dem Sie dringend nachbessern sollten. Es hört auf den Namen Pascal Bauer – er ist der Syn-

chronsprecher von John in diesem Film. Aber es sollte, nein, es muss Andreas Häppie sein, wie in den meisten von Johns anderen wunderbaren Filmen. Verstehen Sie mich bitte nicht falsch, Herr Bauer ist ein ausgesprochen guter Synchronsprecher, aber er passt leider überhaupt nicht zu John, dessen Stimme sanfter ist und immer ein Augenzwinkern beinhaltet. Keiner kann das so wie er! Und niemand synchronisiert ihn besser als Andreas Häppie. Könnten Sie zeitnah eine Neu-Synchronisierung in die Wege leiten?

Mit hoffnungsvollen Grüßen
Ihre Gabriele Mendig

***

Lieber Herr Jennstedt,

vielen Dank für Ihr Schreiben, auch wenn ich es schade finde, dass Sie ganze sechzehn Tage für eine Antwort auf meine freundlichen Zeilen benötigt haben.

Darf ich fragen, warum trotz meines Briefes keine Neu-Synchronisierung durchgeführt wird? Meine Argumente waren ja wohl mehr als überzeugend! Und John schwebt aktuell wieder auf einer Welle des Erfolgs, er ist zum Beispiel in der sehr erfolgreichen Serie »Utopia« zu sehen und hat im letzten Jahr den grandiosen Western »Never Grow Old« gedreht, in dem er den Gesetzlosen Dutch Albert spielt, für dessen Darstellung er sicher den Oscar erhalten wird. Wäre dies nicht der ideale Zeitpunkt, um eine Neu-Synchronisierung von »Ein ganz verrückter Sommer« auf den Markt zu bringen, die sicherlich für viel Aufsehen sorgen würde? Ich werde in meinem Freundeskreis selbstverständlich die Werbetrommel dafür rühren und kenne auch einen Journalisten unseres

Wochenblattes, den ich mit Freuden darauf aufmerksam machen werde. Sie haben eine überzeugte Mitstreiterin für die gute Sache in mir!

Mit lieben Grüßen
Ihre Gabriele Mendig

※※※

Liebe Frau Trapp-Bouwens,

ist Herr Jennstedt erkrankt, oder habe ich mit meinem Brief einen wunden Punkt getroffen, was die miserable Strategie zu Neu-Synchronisierungen bei dem Ikarus-Film betrifft? Ich vermute Letzteres!

Dass die Gründe für eine nicht erfolgende Neu-Synchronisierung von »Ein ganz verrückter Sommer« finanzieller Natur sind, wie Sie mir in Ihrem äußerst kurzen Schreiben mitteilen, ist mir völlig klar. Welche Natur sollten sie auch sonst haben? Musikalische? Vegetarische? Aserbaidschanische?

Entschuldigen Sie den schwarzen Humor, aber wie soll man solch einer himmelsträubenden Dummheit sonst begegnen? Sie unterliegen selbstverständlich einer Fehleinschätzung, was den Erfolg einer solchen Neu-Synchronisierung betrifft. Das habe ich in meinen höflichen Schreiben ja sehr deutlich klargemacht!

Mit mir hätten Sie schon eine Käuferin, und ich wäre bestimmt nicht die einzige. John hat eine große Fangemeinde in Deutschland, die stetig steigt. Wie sollte es auch anders sein? Oder kennen Sie vielleicht einen Schauspieler mit seinem Charisma und seiner Wandlungsfähigkeit?

Eben! Und Sie als Frau müssen doch auch die große sexuelle Energie spüren, die von ihm ausgeht! Kein Wunder, dass Hollywood-Diven wie Minnie Driver, Jennifer Love Hewitt, Meg Ryan oder Neve Campbell ihm hemmungslos verfallen sind!

Ich habe Sie gegoogelt, Frau Trapp-Bouwens, und muss sagen, dass Ihr Mann sogar eine ganz entfernte Ähnlichkeit mit John hat, wie ein älterer, übergewichtiger Bruder ohne Haare. Deshalb weiß ich, dass Sie eine verwandte Seele sind und mich verstehen. Könnten Sie nicht Druck auf Herrn Jennstedt ausüben? Es wird Ihrer Karriere sicher sehr förderlich sein, wenn »Ein ganz verrückter Sommer« dann in der Neu-Synchronisation ein großer Erfolg wird!

Mit schwesterlichen Grüßen
Ihre Gabriele Mendig

✳✳✳

Lieber Herr Jennstedt,
Liebe Frau Trapp-Bouwens,

wie darf ich Ihr wochenlanges Schweigen deuten? Ich schrieb Ihnen mehrfach Zeilen, die tief aus meinem Herzen kommen, und unterbreitete Ihnen Vorschläge, die genauso in Ihrem Interesse sind wie in meinem! Und nun antworten Sie weder auf meinen letzten Brief, noch sind Sie telefonisch zu erreichen. So viele Konferenzen, wie Ihre Sekretärin, Herr Jennstedt, behauptet, dass Sie haben, kann ein einzelner Mensch überhaupt nicht absolvieren, will er noch Zeit für die tagtägliche Arbeit haben! Und so oft wie Sie, Frau Trapp-Bouwens, kann niemand krank oder im Urlaub sein. Ich merke sehr wohl, wenn man mit mir Spielchen treibt, weil man zu feige ist, um mit mir zu reden. Und das nur, weil ich die unbequeme Wahrheit offen ausspreche!

Aber ich entscheide immer noch selbst, mit wem ich rede! Ich habe Sie nur um einen kleinen Gefallen gebeten, eine simple Neu-Synchronisierung einer einzigen Tonspur! Weil es so, wie es aktuell ist, einfach nicht bleiben darf. Sie beschädigen damit Johns guten Ruf, und das kann ich unmöglich zulassen! Verstehen Sie denn nicht, was für eine Qual es ist, »Ein ganz verrückter Sommer« mit Herrn Bauers Stimme zu hören? Es ist, als erklänge eine Kreissäge! Ist Ihnen das Seelenheil einer Cineastin denn wirklich so wenig wert?
Wir haben dringenden Redebedarf!

Bis bald!
Gabriele Mendig

∗∗∗

Sehr geehrte Anwaltskanzlei Greier,

ich bin mitnichten eine Stalkerin, nur jemand, der für eine Sache kämpft, die ihm am Herzen liegt! Ich möchte mich nicht mit Jeanne d'Arc, Sophie Scholl oder Mutter Teresa vergleichen, aber in uns allen brennt doch das gleiche leidenschaftliche Feuer für die gerechte Sache.

Ich habe Herrn Jennstedt nicht »aufgelauert«, sondern war ganz zufällig in der Nähe, als er das Ikarus-Film-Hochhaus verließ. Natürlich nutzte ich die unerwartete Gelegenheit, um ihm in einem persönlichen Gespräch nochmals meine Position in der brisanten Frage um die Neu-Synchronisierung von »Ein ganz verrückter Sommer« zu verdeutlichen. Ich verwahre mich ausdrücklich

dagegen, ich wäre ihn dabei körperlich angegangen! Ich habe mich untergehakt, wie man dies unter guten Freunden macht, und habe seine Hand ergriffen. In der Hitze des Gesprächs habe ich sie ab und an vielleicht ein wenig gedrückt, aber Quetschungen, wie sie dieser angebliche Chefarzt der Universitätsklinik, den Sie anführen, attestiert hat, sind dabei ganz sicher nicht entstanden. Natürlich habe ich Herrn Jennstedt auch nicht das Gesicht zerkratzt! Geradezu zärtlich habe ich es in meine Hände genommen, als ich an sein gutes Herz appellierte. Und es ja auch erreichte! Herr Jennstedt – Rolf, wie ich ihn jetzt nennen darf – hat mir schließlich gestanden, dass er es genau wie ich sieht und sich sehnlichst Andreas Häppie als Synchronsprecher für »Ein ganz verrückter Sommer« wünscht. Das Problem ist – und das hätte er mir ruhig auch vorher mitteilen können –, dass Andreas Häppie sich auf seine Theaterlaufbahn (ha!) konzentrieren will und die Arbeit als Synchronsprecher daher massiv reduziert hat. Unter anderem synchronisiert er grundsätzlich keine alten Filme neu.
Mehr musste ich nicht wissen.
Nun weiß ich, wo es anzusetzen gilt!
Sie können deshalb sicher sein, dass ich mich Herrn Jennstedt – wie von Ihnen unter Androhung einer beachtlichen Geldstrafe verlangt – nie mehr körperlich nähern werde.

Hochachtungsvoll
Ihre Gabriele Mendig

***

Sehr geehrter Herr Häppi,

ich bin eine sehr verständnisvolle Frau, aber dafür, dass Sie mir auf mein langes Schreiben eine Autogrammkarte schicken, ohne ein weiteres Wort, fehlt mir dann doch jedes Verständnis! Aus meinen Zeilen ging klar hervor, dass die Ikarus-Film plant, »Ein ganz verrückter Sommer« neu zu synchronisieren, mit Ihnen als Sprecher für John Cusack. Die einzige offene Frage ist: Wann können Sie ins Studio kommen? Je eher, desto besser! Denn es gilt, einen schlimmen Missstand zu beheben!

Und das ist Ihnen keine einzige Zeile wert? Meine Komplimente für Ihre Stimme und Ihre Fähigkeiten als Synchronsprecher von John auch nicht? Gehört Hochnäsigkeit heute schon zum festen Berufsbild eines Schauspielers? Oder haben Sie dieses großartige Job-Angebot nicht nötig, weil Ihre letzten Stücke so gut gelaufen sind?

Warten Sie, nein, das sind sie ja gar nicht! »Nathan der Weise« wurde nach nur einer Woche abgesetzt. Ich zitiere aus der Kritik: »Andreas Häppies Darstellung des Nathan kommt einem Meuchelmord an Lessings Hauptfigur gleich!« Auch beim Kindertheater konnten Sie nicht glänzen. Wie schrieb die »Theater heute« zu Ihrer »Leistung« in »Die Biene Maja«? »Andreas Häppie macht aus dem fröhlichen Willi einen depressiven Trauerkloß. Dutzende Kinder verließen heulend den Theatersaal.« Sehr schön fand ich auch den Artikel in der FAZ zu Ihrem Estragon in »Warten auf Godot«: »Nie fiel Warten schwerer! Hätte die Theaterleitung Waffen im Publikum verteilt, wäre es wohl zum Massensuizid gekommen, oder jemand hätte den Lauf auf den Urheber dieser quälend langweiligen Inszenierung gerichtet: Regisseur und Estragon-Darsteller Andreas Häppie. Ein Schuss auf ihn wäre fraglos unter Notwehr gefallen.«
Ich kann voll verstehen, dass es unter Ihrem Niveau ist, den großartigen John Cusack zu synchronisieren …

Einfach nur fassungslos
Gabriele Mendig

✳✳✳

Sehr geehrter Herr Häppi,

Sie haben es so gewollt! Behaupten Sie nachher nicht, es hätte keine andere Möglichkeit gegeben! Den Zorn einer unglücklichen Frau zieht man nicht leichtfertig auf sich. Sie mögen sich für etwas Besseres halten, meinen vielleicht, Sie stünden über den Dingen und anderen Menschen. Aber ich darf Ihnen versichern: Das ist nicht der Fall! Ich werde meine Synchronisation bekommen. Koste es, was es wolle. Ich tue dies für alle deutschsprachigen Fans von John!

Bis sehr bald
Gabriele Mendig

✳✳✳

Sehr geehrte Anwaltskanzlei Greier,

Sie sind die einzige Anwaltskanzlei, die ich kenne. Und da die Ikarus-Film Sie für kompetent hält, werde ich dies auch tun.

Aus den Medien haben Sie vielleicht schon erfahren, dass ich verhaftet worden bin. Aber Sie werden mich im Nullkommanix wieder auf freien Fuß bekommen, da bin ich mir ganz sicher! Denn die gegen mich vorgebrachten Anschuldigungen sind absolut unhaltbar.

Es stimmt schon mal nicht, dass ich mir »Zutritt« zu Andreas Häppies Haus verschafft habe – er hat mich nach dem Klingeln einfach hereingelassen. Also er hat die Tür geöffnet, und ich bin fix rein. Dann habe ich ihn mit Chloroform betäubt, aber ja nur zu seiner eigenen Sicherheit! Ich hatte gelesen, dass er zu Gewaltausbrüchen neigt und dabei schon mal vor ein Auto gerannt ist. Natürlich war kein Auto im Haus, jetzt muss ich selbst schmunzeln, aber Unfälle können überall passieren. Deshalb habe ich ihn auf einem Stuhl gefesselt, was viel leichter klingt, als es getan ist. Nachdem er wieder zu Bewusstsein gekommen war, habe ihm in aller Ruhe und sehr freundlich erklärt, wer ich bin, warum ich da bin, und ihm das Diktafon gezeigt. Mir war klar, dass er zuerst bocken würde. So sind Männer halt, erst mal Kontra geben. War bei meinem verstorbenen Mann auch so, der meine Filmleidenschaft ja nie geteilt hat. Aber das ist ein ganz anderes Thema. Herr Häppie weigerte sich auf jeden Fall, den Film mittels meines Diktafons zu synchronisieren, dabei hatte ich extra alle Dialoge säuberlich für ihn abgetippt und den Film auf VHS und DVD mitgebracht. Ist ja nicht so, als wäre ich schlecht vorbereitet gewesen! Das war ja keine Nacht-und-Nebel-Aktion, sondern mit viel Liebe und sorgsam durchgeplant.

Deshalb hatte ich auch nicht nur »Ein ganz verrückter Sommer« dabei, sondern viele von Johns Filmen, um Herrn Häppie in die richtige Stimmung zu bringen. Wir haben dann zusammen einen Filmabend oder, genauer, eine Filmnacht gemacht, mit etlichen Meisterwerken: »Bullets over Broadway«, »Con Air«, »High Fidelity«, ja sogar »Being John Malkovich« und »Identität«. Natürlich auch »Grosse Pointe Blank«. Und zum Abschluss »Ein ganz verrückter Sommer« mit der alten Synchro. Es tat mir in den Ohren weh. Und ihm auch, das konnte ich sehen!

Kulinarisch habe ich Herrn Häppie ebenfalls auf Spur gebracht. Wenige wissen es, aber John liebt Fast Food über alles. Also bekam Herr Häppie von mir Cheeseburger, Pommes frites und Onion Rings, dazu Cola. Und da er sich lächerlicherweise weigerte, etwas davon zu sich zu nehmen, habe ich ihm halt die Nase zugehalten und alles reingestopft und gegossen. Ich kann Ihnen verraten: Ein Spaß war das nicht!

Wer hätte ahnen können, dass mein Besuch bei ihm Wochen dauern würde? Also ich nicht! Mein Glück war, dass er keine Theater-Engagements oder sonstigen Termine hatte, er wollte in der Zeit ja eigentlich seine Autobiografie schreiben. Titel »Star sein, Mensch bleiben – Mein Leben als Legende«.

Er bekam dann jeden Tag Fast Food. Mal mit mehr Gürkchen, mal mit weniger. Ab und an besorgte ich ihm auch Burger mit Hähnchen oder Fisch oder Shakes statt Cola. Morgens, mittags und abends, das war mir wichtig, er musste ja bei Kräften bleiben. Ich war wirklich wie eine Mutter zu ihm.
Dass Herr Häppie so aufquoll und seine Haut so schlecht wurde, war ein unbeabsichtigter Nebeneffekt dieser Ernährung. Es war mitnichten kulinarische Folter, wie die Staatsanwaltschaft jetzt behauptet!

Irgendwann flehte mich Herr Häppi an, ihm etwas Richtiges zu kochen. Eine Rinderroulade oder einen Schweinebraten, mit Kartoffelpüree und vor allem mit Gemüse. Da sah ich natürlich sofort meine Chance und versprach ihm seine Wunschspeisen, wenn er im Gegenzug endlich »Ein ganz verrückter Sommer« synchronisiert. Und er gab tatsächlich nach!

Ich hatte ja eben schon geschrieben, wie wichtig es mir war, dass Herr Häppie in die richtige Stimmung kommt, deshalb hatte ich auch einige Requisiten aus Johns berühmtesten Filmen dabei, selbstverständlich auch eine Pistole, die der in »Grosse Pointe Blank« nachempfunden ist. Ich gebe zu – da will ich zu Ihnen als meinem Anwalt ganz ehrlich sein –, dass ich sie illegal erworben habe. Der Verkäufer hatte mir aber garantiert, es sei keine Patrone mehr drin! Dass jetzt herauskommt, damit sind fünf Morde in drei Ländern verübt worden, ist für mich genauso überraschend wie für alle anderen. Ich habe ganz sicher keinen ukrainischen Politiker auf offener Straße erschossen!

Aber zurück zu Herrn Häppie und dem, was dann geschah. Die Waffe lag als Deko herum, und im Nachhinein denke ich, dass Herr Häppie schon die ganze Zeit ein Auge darauf geworfen hatte. Zuerst wog er mich in Sicherheit und synchronisierte »Ein ganz verrückter Sommer«. Mir stiegen dabei die Freudentränen in die Augen! Er brauchte nur *einen* Durchgang, so ein Profi war er! Natürlich musste er ab und an von dem fettigen Essen aufstoßen, oder seine Blähungen waren so laut, dass sie auf der Tonspur waren. Oder er war kurz atemlos und verpasste seinen Einsatz, alles nur kleine Sachen. Dann hat er immer von sich aus neu angesetzt. Wir hatten alles in gut zwei Stunden im Kasten, stellen Sie sich das mal vor! Ich machte ihn los und fiel ihm um den Hals, denn das war so ein Glücksmoment für mich.
Als ich mir danach die Tränen aus den Augen wischte, hatte Herr Häppi sich die Waffe gegriffen und bedrohte mich damit. Können Sie sich das vorstellen? Nachdem ich mich wochenlang so aufopferungsvoll um ihn gekümmert hatte! Das hat mich sehr getroffen, wirklich, da war ich enttäuscht.
Die Waffe habe ich ihm dann resolut abgenommen und auf seinen Fuß geschossen, um zu beweisen, dass keine Patrone mehr drin war.

War aber doch.

Also zu dem Zeitpunkt war sie schon in seinem Fuß.

Er hat daraufhin, das kann ich auch völlig verstehen, sehr laut geschrien. Und versucht, mir die Waffe aus der Hand zu reißen. Jetzt muss man bedenken, dass er sich viele Tage nicht mehr richtig bewegt und in der Zeit auch ordentlich zugenommen hatte. Das ist ja eines der Hauptprobleme mit dieser ungesunden Fast-Food-Ernährung. Was ich damit sagen will, ist, dass sich sein Schwerpunkt verschoben, Herr Häppie dies aber noch nicht realisiert hatte. Er wollte mir also die Waffe entreißen, verlor dabei aber das Gleichgewicht, fiel über seine eigenen Füße und stürzte auf mich.

Dabei hat sich dann noch ein Schuss gelöst.

Es war doch tatsächlich noch eine zweite Patrone in der Waffe!

Also zu dem Zeitpunkt war sie dann schon in Herrn Häppies Herz.

Er war dann auch sehr schnell tot. Ich denke, sein Kreislauf war nicht mehr der beste.

Sehr unglücklich gelaufen, das Ganze.

Das habe ich auch der Polizei erzählt. Aber Sie wissen ja, wie die sind. Die meinten, ich hätte den armen Herrn Häppie vorsätzlich erschossen. Ist natürlich völliger Quatsch.

Na ja, und jetzt habe ich das Problem, dass die Ikarus-Film die Ton-Aufnahmen nicht verwenden will, weil ich angeblich eine Entführerin und Mörderin bin. Aber Sie werden das im Handumdrehen alles klarstellen, ich verlasse mich da ganz vertrauensvoll auf Ihre Kanzlei!

Viele Grüße aus der U-Haft
Ihre Gabriele Mendig

***

Lieber Gefängnisdirektor Bende,

mein Name ist Gabriele Mendig, ich bin sechsundfünfzig Jahre alt (Hausfrau), und zuerst einmal möchte ich
Ihnen schreiben, was für ein großer Fan Ihrer Arbeit ich
bin! Sie haben so viele wundervolle Zellen und Räum-
lichkeiten, und alles ist so picobello sauber. Aber wie Sie
wissen, können sich selbst die Besten immer noch etwas
verbessern. Um Ihnen dabei zu helfen, schreibe ich Ihnen!
Genauer: wegen Johannes Seckinger, der in den letzten
Monaten mein Wärter war und dessen Stimme ich verfallen bin. Ich nenne ihn »John«, weil er mich so an den
großen John Cusack erinnert.
Das Problem ist sein Nachfolger. Für mich sollte, nein,
muss es Johannes Seckinger sein. Verstehen Sie mich nicht
falsch, auch der Neue ist ein sehr guter Wärter, aber er
passt überhaupt nicht zu mir. Johannes' Stimme ist sanfter
und beinhaltet immer ein Augenzwinkern, keiner kann
das so wie er!
Warum wurde er abgezogen? Könnten Sie vielleicht dafür
sorgen, dass er wieder in meinem Trakt eingesetzt wird?

Die Sache ist mir wirklich wichtig, und ich würde alles
dafür tun, um Herrn Seckinger wieder bei mir zu haben.
Könnten Sie zeitnah eine Versetzung in die Wege leiten?
Sonst müssten wir uns zu einem persönlichen Gespräch
treffen.

Mit hoffnungsvollen Grüßen
Ihre Gabriele Mendig

WEINTIPP

Es gibt einige Promis, die ein Weingut besitzen, was in der Regel allerdings nur bedeutet, dass ihr Geld darin steckt und die Produkte mit ihrem Namen beworben werden. John Cusack gehört jedoch nicht zu diesen – im Gegensatz zum berühmten US-amerikanischen Regisseur Francis Ford Coppola. Er war einer der ersten Promis, die sich dem Wein zuwandten; heute besitzt er gleich mehrere Weingüter und erzeugt etliche Weine. Der Stil der Weine ist so, wie viele in den USA ihre Autos lieben: groß, stark, schwer, mit viel Wumms. Bedeutet beim Wein: viel Frucht, viel Holz, viel Alkohol. Nur bei einem darf es zart zugehen, den Gerbstoffen. Für europäische Gaumen wirken diese Weine manchmal süßlich, so reif sind die Trauben geerntet worden.

Es gibt wohl kaum einen typischeren US-amerikanischen Wein als Chardonnay. Coppolas »Director's Cut« ist benannt nach der Version eines Films, die am meisten der künstlerischen Intention des Regisseurs entspricht. Das ungewöhnliche, mehrmals die Flasche umlaufende Etikett zeigt eine Zeichnungsfolge, wie sie sich früher im Zoetrop fanden, einem Vorläufer des Kinos, bei dem auf einfache mechanische Weise die Illusion bewegter Bilder erzeugt wurde. Der vollmundige Wein duftet exotisch nach Ananas, Guave, Vanillecreme, aber auch Mandarine und Gewürznelke. Er passt, schön gekühlt, auch prima zu Fast Food.

DER TUT NIX, DER WILL NUR GRILLEN

Ein Winter-Grill-Camp, Mannomann.

Ich wollte wirklich nicht, dass all das passiert!

Ich wollte ja noch nicht mal, dass wir bei der Deutschen Grillmeisterschaft angenommen werden.

In der Jahreshauptversammlung unseres Barbecue-Clubs »Grill den Eifler« hatten die drei größten Krücken dafür gesorgt, dass sie nominiert wurden. Mit denen hätten wir uns bis auf die Knochen blamiert!

Zum einen ist da Schnalle. Ein Bär von einem Mann, der am Grillen am meisten das begleitende Bier schätzt. Okay, eigentlich nur das begleitende Bier.

Dann Holger, der ist Vegetarier. Der legt wehrloses Gemüse auf den Grill! Ja, er grillt sogar Sauerkraut!

Und zum Schluss wäre da noch Petermann, die alte Evolutionsbremse. Petermann vergisst einfach alles. Manchmal stiert er so teilnahmslos in die Gegend, als hätte er mal kurz vergessen, dass er überhaupt am Leben ist.

Mit den dreien sollte ich als Teamkapitän zur Deutschen Meisterschaft fahren? Auf gar keinen Fall!

Ich wollte stattdessen mit unseren besten Grillern fahren: 1. Horst der Rost, 2. Rainer der Entbeiner und 3. Jeanette das Mett. Die tragen ihre Spitznamen alle zu Recht! Wobei Jeanette das mit dem Mett nicht so nett findet, aber Hackfresse traut sich bei ihr keiner zu sagen.

Wissen Sie, ich liebe grillen, schon seit ich ganz klein war. Ich wollte nie Lokführer werden, Fußballstar oder Astronaut, sondern Grill-Weltmeister. Das war mein großer Traum.

Der Verein, das bin ich. Ich hab ihn gegründet, ich bin seit der Gründung Erster Vorsitzender und Mädchen für alles. Um ehrlich zu sein: Ich habe nicht viel anderes. In meinem Hauptberuf als Gärtner habe ich bewiesen, dass ich jeder Pflanze aus nah und fern innerhalb kürzester Zeit den Garaus machen kann, obwohl ich mich genau an alle Anweisungen halte. Deshalb hat mein Chef mich zur Unkraut- und Schädlingsvernichtung abkommandiert, da seien meine Fähigkeiten am besten aufgehoben. Freude macht das eigentlich nur, wenn ich den Flammenwerfer benutzen darf. Bloß beim Grillen bin ich wirklich Mensch.

Deshalb verstehen Sie sicher, dass ich vermeiden musste, mit diesen Luschen aufzulaufen.

Also habe ich das Anmeldeformular schlampig ausgefüllt, so als wären wir ein dauerbreiter Spaß-Trupp und keine ernsthaften Grill-Experten. Und ein Foto hab ich auch beigelegt. Von den »California Dream Men«. Nackig beim Grillen. Da waren mehr als nur drei Würste auf dem Bild. Fand ich lustig.

Und die Gehirnakrobaten vom Bundesverband nehmen uns allen Ernstes an!

Aus purer Notwehr hab ich deshalb sofort ein Trainingslager organisiert: Wintergrillen am Rursee. Der Schnee lag knietief, und der schöne Campingplatz war so gut wie leer. Ein paar Dauercamper hatten sich vom klirrend kalten Winter nicht abschrecken lassen. Außer dem Ehepaar von der Rezeption begegneten wir auf dem Weg zu unseren einsam gelegenen Stellplätzen am Ufer keiner Menschenseele. Für eine Nacht braucht man hier normalerweise zu dieser Jahreszeit gar nicht anzufragen, aber von Schnalles Schwester der Freund, von dem seinen Onkel dem Sohn der Chef die Sekretärin hat das arrangiert.

Ich finde, beim Wintergrillen zeigt sich der wahre Charakter eines Grillers! Ich persönliche grille am 31. Dezember ab und am 1. Januar an. Für mich ist immer Grillzeit. Meine Hoffnung war, dieser Ansammlung von Klotauchern an einem kurzen Wochenende das Handwerkszeug für ein seriöses Ausscheiden in der ersten Runde beizubringen.

Aber meine Hoffnung war ratzfatz dahin.

Schnalle begrüßte mich mit Alkoholfahne und der Frage:

»Haste das Bier schon kalt gestellt?« Dann lachte er. »Verstehste den Witz? Kalt gestellt? Wegen Winter! Und Schnee! Da ist das Bier ja sowieso kalt. Ne?« Schnalle war super darin, Witze zu erklären, die jeder schon beim ersten Mal begriffen hatte.

Er tanzte mit seiner Freundin Cora an. Der Name klingt ja schon wie bei einer Pornodarstellerin. Wie Cora Kamasutra oder so. Sie glaubte ihm nicht, dass das wirklich ein Grill-Camp sei, sondern vermutete eine andere Frau dahinter. Deshalb hatte sie beschlossen mitzukommen und fragte auch gleich mit ihrer von zehntausend Stangen Marlboro rau geschmirgelten Stimme: »Und wo habt ihr die Weiber versteckt? Na?«

Sex im Winter beim Zelten? Jetzt ehrlich? Wer das als erotische Phantasie hat, bekommt von mir auf der Stelle einen Job als Steckdosenbefruchter.

Holger kam als Nächster. »Du, voll schöne Idee. Auch der Winter hat ja total viel Schönes. So wie den total schönen Schnee.« Er hatte wehrlosen Rettich zum Grillen dabei.

Petermann kam gleichzeitig und sagte zu Holger: »Do häs schöne Schnee in de Botz!« Eine völlig sinnfreie rheinisch-philosophische Betrachtung der Dinge. Petermann machte nie viele Worte. Und meist waren es immer die gleichen. Aber als Gesichtsältester darf er das.

Meine »California Dream Men« waren also komplett. Plus Cora.

Ich war der Meinung, wir sollten sofort loslegen, keine Zeit verschwenden mit Zeltaufbau oder so, direkt ran an den Grill.

Ich sag Petermann also, er soll Brennholz holen. Aber er hat keinen Bock. »Mach ding Ooge zo, dann häste Brennholz!« Er fummelt an seinem dämlichen Zelt rum. Das kann doch warten, das ist doch unwichtig!

Auch Schnalle ist nicht begeistert. »Ich für meinen Teil hab schon genug Holz. Also vor der Hütte. Also wegen Cora. Verstehste? Holz wegen Vorbau, ne? Zeig den Jungs mal, was du hast, Coraschätzelein. Huahua-huahua!« Jetzt begreife ich erst, wie viel Bier Schnalle schon intus hat. Er ist voll wie ein ganzer

Don-Kosaken-Chor. Und er versucht, eine Luftmatratze aufzupusten. Quasi ein Riesen-Alkoholtest.

Cora schwenkt ihre Milchtheke und schaut Schnalle lüstern an. »Lebt denn der alte Holzmichel noch?«

Ich will nach Hause. Wir haben noch gar nicht angefangen zu grillen, und ich hab die Schnauze schon voll.

Holger ist meine letzte Hoffnung.

Man hat ein Problem, wenn Holger die letzte Hoffnung ist.

Holger legt zwar brav die Metallstangen und Heringe beiseite, aber er findet das mit dem Einsammeln von Holz für unser Feuer problematisch. »Du, es ist total wichtig, dass das Holz hier liegen bleibt und vermodert, als Kompost. Man kann nicht immer nur aus der Erde nehmen, man muss ihr auch was zurückgeben. Deswegen mache ich auch immer in mein Gemüsebeet. Ich will ganz persönlich und direkt etwas zurückgeben.«

»Das ist supernett von dir. Da freut sich die Erde sicher enorm.«

Also sammle ich selber Holz und gehe danach zu meinem Wagen, um die Grillkohle zu holen. Als ich von dort zurückblicke auf diese traurige Truppe von Popelnaschern, die sich mit ihren Zelten abmüht, fasse ich meinen Entschluss: Ich darf den guten Ruf unseres Vereins nicht aufs Spiel setzen, sie müssen Unfälle haben. Kleine Unfälle, die sie aus dem Verkehr ziehen, reichen. Es braucht nur ein ärztliches Attest. Dann können unsere Spitzengriller nachrücken.

Bei diesen Amöbenhirnen sollte das ein Kinderspiel sein. Wahrscheinlich muss ich nur lange genug warten, und sie verletzen sich beim Atmen.

Ich schau sie mir nacheinander an und beschließe, dass Holger auf Platz eins der Liste steht.

»Holger, hilfst du mir beim Anzünden?«

Holger ist begeistert. »Du, total gerne, Feuer ist ja mein Element. Aber ich muss dich warnen, weil wir Feuer-Elemente sind impulsiv und leidenschaftlich, aber auch voll schwer zu bändigen.« Holger schläft fast ein beim Reden. Ihn würde sogar meine Oma bändigen können, wenn ihr Rollator einen Platten hätte.

Ich werde seine Hand verbrennen. Die rechte. Dann war es das mit Deutscher Grillmeisterschaft.

Beim Feuermachen stellt er sich leider nicht blöd genug an, und ich bekomme keine Gelegenheit, ihn zu schubsen. Die Hitze der Kohle steigt schnell rapide an, und der Schnee ringsum schmilzt. Wir stehen im Matsch. Ich bin kein Matsch-Element.

»Bau auch den Schwenkgrill auf«, sag ich. »Wird dein Job bei der Meisterschaft sein.«

»Total gerne. Und für gleich hab ich auch Topinambur zum Grillen dabei. Und Mangold. Total schönen Mangold. Ich bin voll verliebt in den. Und wenn du Lust auf was ganz total irre Verrücktes hast, können wir auch meinen selbst gemachten Seidentofu grillen.«

Ich lasse ihn den Grillrost ganz nah über dem Feuer anbringen. Schnell glüht er rot.

Ich habe mich entschieden, zu stolpern und Holgers Hand auf den Rost zu drücken. Simpel, aber effektiv.

Also nehme ich Schwung – und rutsche auf dem verflixten Scheißdrecksmatsch aus. Statt Holgers Hand halte ich mich an seinem Kopf fest und ziehe ihn auf das glühende Grillgitter. Holger schreit wie am Spieß, und ich versuche mich aufzurichten, drücke sein Gesicht dabei aber noch fester auf das Gitter. Plötzlich rutscht es ab, und ich presse es volle Möhre in die Glut. Holger zuckt kurz auf, dann bewegt er sich nicht mehr.

Das ist jetzt irgendwie doof gelaufen.

Es tut mir wirklich leid um Holger. Auf eine unsentimentale Art.

Aber immerhin: ein Vegetarier weniger auf Erden. Nicht dass Sie denken, ich hätte was gegen Vegetarier. Aber die braucht ja echt kein Mensch.

Die Zelte stehen inzwischen. Krumm und schief. Es wird an allen Ecken und Enden eiskalt ziehen, das weiß ich jetzt schon. Ist aber mein kleinstes Problem.

Zum Glück sind Schnalle und Cora am Rurseeufer und knutschen. Petermann hantiert derweil am Kofferraum seines Transporters rum. Also schleife ich Holger schnell hinter einen verschneiten Busch. Heute Nacht werfe ich den in den Rursee. Muss ich ein Loch reinhacken. Könnte ich mit dem Hammer und den Metallheringen probieren. Hoffentlich haben die Fische ordentlich Hunger und mögen Vegetarier. Ich hab nämlich keine Ahnung, wie ich den anderen die Eins-a-Grillrostrillen in seinem Gesicht erklären soll.

Als ich zurückkomme, knutschen Schnalle und Cora immer noch, und Petermann scheint auf der Rückbank seines Transporters wie im Bällebad zu tauchen.

»Petermann«, ruf ich. »Was suchst du denn in deiner Schrottkarre?«

»Do häs Schrottkarre in de Botz!«, antwortet er. Dann wuchtet er sich aus dem Wagen, schlägt die Tür krachend ins Schloss und kommt auf mich zugewalzt.

»Würste verjessen. Un Steaks. Un Grillfackeln. Un Burgerpatties. Un Putenbrustfilets auch.«

»Was hast du denn überhaupt dabei?«

»Mett. Und Cervelatwurst.«

»Die hat auf dem Grill nix zu suchen, du Hodenkobold!«

»Mach ding Ooge zo, dann häste Hodenkobold!«

Er haut die blöde Cervelatwurst auf den Rost, sie ist noch tiefgefroren. Innerhalb kürzester Zeit ist sie unten schwarz und oben immer noch eisig. Dann haut er das Mett in großen Klumpen auf den Grill. Die Hälfte pladdert zwischen den Stäben des Rosts runter, das Feuer geht fast aus. Petermann schüttet Bier aus seiner Flasche drüber.

Das Feuer geht ganz aus.

Mit Petermann wird das auch nix. Dass Holger nicht mehr dabei ist, reicht einfach nicht. Auch Petermann muss einen kleinen Unfall haben. Arm ab oder so. Bein ab ginge auch. Nix, was ihn wirklich stören würde. Der Petermann ist da nicht so. Das linke Auge, die rechte Herzklappe und die kompletten Kauleisten sind auch schon Ersatzteile.

»Muss pinkeln«, sagt er.

»Ich auch«, sag ich und geh hinterher. Die meisten Mobilheime rechts und links des Wegs sind verwaist. Nur hinter dem einen oder anderen Fenster ist Licht. Selten ist ein Zugang vom Schnee geräumt.

Am Toilettenhaus hängen unzählige Stalaktiten vom Dach. Wenn dem Petermann der kleine, fiese spitze Eiszapfen da oben auf die Hand oder den Arm fällt, war es das mit dem Grillen. Ein kräftiger Tritt gegen das Toilettenhaus im richtigen Moment, und die Sache ist geritzt.

Ich kann es kaum erwarten.

Aber Petermann braucht ewig.

»Bist du mit dem Arsch festgefroren?«, frage ich höflich.

»Do häs Arsch in de …« Petermann beendet den Satz nicht.

»Komm endlich raus, du Evolutionsbremse!«

»Mach ding Ooge zo, dann häste Eva…lotion…! Ach, Scheiße!«

Als er rauskommt, bin ich mich immer noch am Beömmeln. Als ich sehe, dass er an der richtigen Stelle steht, trete ich volle Möhre gegen die Trapezblechverkleidung vom Toilettenhaus.

Aber die Sache geht ein bisschen schief. Vielleicht weil ich immer noch lache und meinen Körper nicht ganz unter Kontrolle habe, vielleicht aber auch, weil so eine Stalaktit-lostret-Nummer eine verdammt ungenaue Sache ist. Auf jeden Fall löst sich nicht nur der kleine Stalaktit und saust auf Petermanns Hand zu, sondern mit ihm auch der riesige, gewaltige, das Mutterschiff unter den Stalaktiten, und der nimmt Kurs auf Petermanns Schädel.

Das Ding dringt ein wie eine heiße Klinge in Butter. Ich hätte mich nicht gewundert, wenn die unten wieder rausgekommen wäre.

Petermann sackt in sich zusammen.

Jetzt ist der auch noch tot! Was habe ich nur verbrochen, dass heute alles so schiefläuft? Ich will doch nur seriös grillen!

Schnell stopfe ich Petermann in eine Toilettenkabine, schließe von innen zu und klettere über die Trennwand wieder nach draußen. Den findet bis zur Wiedereröffnung im Frühjahr keiner. Petermann war immer schon bekannt für seine langen Sitzungen, das wirkt wie eine natürliche Todesursache.

Schnalle und Cora kommen aus einem Gebüsch. Open-Air-Sex im kalten Winter. Kaum zu glauben.

»Wo sind denn die anderen?«, fragt Schnalle. »Neues Bier holen?«

»Nee, die treiben's gerade fröhlich in dem Gebüsch neben eurem.«

Für eine Sekunde gucken sie tatsächlich hin. Da haben sich echt zwei geistige Lichthupen gefunden.

Ich hab für heute keine Lust mehr, mich mit einem Grill-Analphabeten an den Rost zu stellen. Wohl oder übel muss ich jetzt auch mein Zelt auspacken. »Kannst du abbauen?«, frage ich Schnalle deshalb, der den Daumen zustimmend reckt.

»Weniger grillen heißt mehr Zeit fürs Saufen!«

Dann wende ich mich an Schnalles Freundin. »Und du hilf mir doch mal beim Auspacken.«

Sie nickt und folgt mir. »Ich hab Schnalle gerade auch beim Auspacken geholfen …« Sie lacht dreckig.

In dem Moment bin ich echt traurig, dass sie nicht unter einem großen Stalaktiten steht.

Morgen wird bestimmt ein besserer Tag, denk ich. Außerdem kann ich jetzt Horst den Rost und Rainer den Entbeiner ins Team holen. Da fällt selbst Schnalle nicht ins Gewicht. Der bekommt einen Kasten Bier und ist die ganze Meisterschaft über beschäftigt.

Ich muss meinen Wagen etwas zurücksetzen, damit ich alles direkt am Zeltplatz ausladen kann.

Cora trottet lustlos hinter dem Auto her. Plötzlich ein schriller Schrei, und ich kann sie im Rückspiegel nicht mehr sehen. Ich sofort raus aus dem Wagen und geguckt, was los ist.

Hat Schnalles Freundin sich doch ernsthaft in der Anhängerkupplung verhakt und wird jetzt mitgeschleift! Wie kann man nur so unfassbar doof sein?

Eigentlich wär das kein Problem gewesen.

Ich sag »eigentlich«, weil ich beim Rausspringen den Gang dringelassen habe und mein Wagen mitsamt Cora langsam auf den vereisten Rursee zufährt. Ich renne zurück zur Fahrertür und versuche wieder einzusteigen, aber versuchen Sie mal in einen fahrenden Wagen einzusteigen, das ist nicht so einfach, wie es bei »Alarm für Cobra 11« immer aussieht. Endlich denke ich: Jetzt klappt es!, da lege ich mich längs auf die Schnauze.

Und mein schöner, noch nicht abbezahlter Wagen fährt auf den zugefrorenen See. Einen Meter, noch einen und einen dritten.

Außer dem Prötteln des Motors ist nichts zu hören. Selbst die mitgeschleifte Cora gibt keinen Ton mehr von sich. Es sieht aus, als würde sie wimmern.

Nix passiert.

Dann ein Knacken.

Und der Wagen ist weg.

Cora auch.

Die hätte jetzt nicht auch noch sterben müssen. Ich finde das langsam echt ein bisschen viel.

Außerdem weiß ich nicht, wie ich das meinem Autohaus erklären soll. Der Wagen ist geleast.

Und wie ich es Schnalle erklären soll, weiß ich auch nicht. Der hat die ja doch irgendwie gemocht.

Als ich zurückkomme, räumt er gerade seine Klamotten in seinem Iglu-Zelt auf. Eigentlich wollten wir ja alle in einem schlafen, von wegen Teambuilding, aber Schnalle war von Anfang an für getrennte Zelte gewesen. Klar, wegen Cora.

Den Grill hat er noch nicht abgebaut, und das Feuer hat wieder an Hitze gewonnen.

Schnalle steckt im Zelt und kommt nicht klar. »Das Ding war ein totales Schnäppchen. Kommt aus Vietnam. Muss man eigentlich nur werfen, dann baut sich das von selbst auf. Bei mir baut sich sonst nur ein anderes Zelt auf. Du verstehst schon.«

Ich verstehe, aber Schnalle redet natürlich weiter.

»Das Zelt in meiner Hose. Wenn die Cora mit mir knutscht. Dann richtet sich das Zelt auf, verstehste? Wegen meiner Erektion. Huahuahuahua!«

»JA!«, brülle ich. »ICH VERSTEHE!«

Und dann schubse ich ihn. Es ist einfach eine zu gute Gelegenheit. Ich steh so kurz davor, mit meinem Dreamteam zur Deutschen Meisterschaft zu fahren. Schnalle würde sich irgendwas brechen und nie wissen, dass es nicht seine eigene Dummheit war, die ihn zu Fall gebracht hat.

Aber Schnalle panikt.

Panik ist nie gut.

Er verheddert sich heillos in seinem Iglu-Zelt und rollt damit zum Feuer.

Erst ganz kurz davor schafft er es, zum Stillstand zu kommen. Sein Kopf guckt plötzlich aus dem Zelt, und er lacht. »Das mit dem Zelt sieht bestimmt total lustig aus auf dem Video.«

»Welches Video?«, frage ich.

»Ich hab für Facebook einen Livestream eingerichtet. Damit die anderen im Verein sehen können, dass wir hier richtig Gas geben. Da oben im Baum, Super-Weitwinkel, überträgt alles live. Cool, oder? Die hat sicher auch gefilmt, wie ich Cora eben beim Knutschen heißgemacht habe, du weißt schon, zum Kochen gebracht. Also sexuell, weißt du? Wie ein Grill. Wenn die Kohlen glühen. Du weißt schon! Kohlen wie Klöten! Huahua-huahua!«

Ich kann heute nicht mehr sagen, ob es eine Windböe war, die vom Meer über die Niederlande, dann über Belgien und schließlich das Hohe Venn elegant überquerend bis hierhin zu uns kam oder ob ich ihn noch mal geschubst habe.

Auf jeden Fall machte es »Buff«.

Wie ein Feuerball.

Man sollte an der Qualität eines Zelts niemals sparen.

So gern ich Feuer mag, aber das mit Schnalle tut mir echt leid. Obwohl für einen echten Griller so eine Feuerbestattung natürlich der schönste Tod ist.

Und dann grille ich. Zwar nur Holgers Seidentofu mit Topinambur, aber das ist mir egal.

Ich grille, bis die Polizei kommt.

Ob man im Knast wohl auch grillen darf?

Aber ich kannte die traurige Antwort: »Mach ding Ooge zo, dann häste grillen im Knast.«

Ein Grillwein muss zu der Geschichte her. Natürlich gibt es nicht einen Grillwein für alles, was auf dem Rost landet, das wäre so wie ein Wein für alles, was man in der Pfanne zubereitet. Aber nehmen wir einen Klassiker: Steak. Bei Gerichten schaue ich gerne in das Land, wo sie ihren Ursprung haben oder wo diese Speise am meisten gefeiert wird. Viele Länder sind stolz auf ihre Grill- oder Barbecue-Kultur, aber mir fällt dabei als Erstes immer ein südamerikanisches Land ein: Argentinien. Schon seit dem 16. Jahrhundert wird hier Weinbau betrieben, und es ist aktuell auf Platz sieben der weinbauproduzierenden Länder, was die Menge betrifft. Vor allem argentinische Weine aus der Rebsorte Malbec sind bei uns bekannt, und die passen in der Regel auch super zu Steak. Aber wie wäre es mal mit etwas Ungewöhnlichem? Immerhin ist das Wintercampen in der Geschichte auch ungewöhnlich. Bonarda heißt eine ursprünglich wohl aus Italien stammende Rebsorte, die in Argentinien weit verbreitet ist, die in Deutschland aber kaum jemand kennt. Und diese Geschichte ist eine wunderbare Gelegenheit, diesen Umstand zu ändern, zum Beispiel mit einem »Colonia Las Liebres Bonarda Clasica« von Altos Las Hormigas. Ein süffig-beerig-würziger Wein für den schmalen Geldbeutel. Von dem man beim Grillen fix mehr als eine Buddel leert.

§ 3

SÜSSER TOD

ODER:

HOCHKALORISCHES FINALE

ALLES WEGEN DER BREUERS

Ich weiß ja nicht, ob Sie es wussten, aber ich esse für mein Leben gern. Und zwar eigentlich alles. Kann meine kleinen Fingerchen einfach nicht davon lassen. Bienchen, sag ich immer zu mir, lass die Pfoten weg! Aber die sind einfach schneller. Was willste machen? Nix! Eben! Sag ich doch!

Na ja, ich ess insgesamt aber nicht sooo viel. Also nicht mehr als andere. Hab ja auch nicht viel Geld. So viel bleibt schließlich nicht von der Rente von meinem Helmut übrig. Da schlägst du dich so durch. Aber beim Brot, da kenn ich keine Kompromisse, da geh ich zum Josef. Dem seine Bäckerei ist gleich die Straße runter. Die kennt man auch außerhalb von Dockweiler, oh ja, der hat auch noch andere Läden. Also wenn ich ehrlich bin, mag ich den ja sehr gern, den Josef. Wenn ich noch was jünger wäre, also, das kann ich dir sagen! Da würde es aber ordentlich stauben in der Backstube, aber hör mal!

Deswegen warte ich immer draußen, bis er mal an der Theke steht. Bei seiner Frau kauf ich nicht so gern, ich will schon, dass der Josef das macht. Höchstpersönlich. Chefarztbehandlung, sag ich immer.

»Wie immer, Bienchen?«, fragt er dann. So auch diesmal. »Siehst gut aus heute. Haste wieder ein Wellness-Wochenende gemacht?«

Und ich dann: »Du alter Charmeur! Tu mir mal drei Brötchen.«

Und das tut der Josef dann. Und manchmal auch vier. Zum Preis von dreien. Wenn seine Frau nicht zuguckt. Dass die nicht eifersüchtig wird.

Ich wollt mit dem Josef gerade ein bisschen was über den letzten »Tatort« erzählen, als die alte Breuers reinkommt. Das ist eine Schabracke, hör mal, dagegen ist die Ulmener Burgruine in Tipptopp-Zustand. Die hat ein Auge auf den Josef geworfen – und das in ihrem Alter! Die stand früher schon auf so verwegene Typen. Und der Josef mit seinem Pferdeschwanz und diesen Cowboy-Hüten, von dem kann sie ihre Augen nicht lassen. Grauer Star hin oder her.

Die sacht also: »Liebelein, tu mir mal dein Mischelbrot und das schöne aus dem Holzofen.«

»Geschnitten?«

»Genau richtig, Schätzelein. Geschnitten, wie immer für mich.«

Die lässt sich das nur schneiden, um den Josef von hinten zu sehen. Föttchen gucken.

Und sonst bestellt sie auch immer, wirklich immer, also montags wie jetzt, eine »Birrebunnes«, Birnenmustorte, wir sagen auch »Schwatze Taat« dazu, weil sie schwarz wie die Nacht ist. Die gibt es auch immer zu Beerdigungen. Sehr lecker ist die, aus Hefeteig. Das Mus ist so schwarz, weil es aus getrockneten Birnen gemacht wird, die dann in Zucker aufgekocht und mit Zimt abgeschmeckt werden. Eine Drecksarbeit, aber lohnt. So eine kauft die alte Breuers immer. Nur diesmal nicht. Dabei hatte sie keine von woanders in ihrem Wägelchen, das sie immer hinter sich herzuckelt. Der Josef hat nix gesagt, aber gewundert hat der sich auch, hab ich genau mitbekommen.

Der bin ich dann hinterher. Hat sie nicht gemerkt. Die hört ja nicht mehr so gut. Gibt sie aber nicht zu. Lächelt immer, wenn sie was nicht versteht, wie ein Honigkuchenpferd. Auf jeden Fall ist die Breuers dann zum Campingplatz, dem an der Dockweiler Mühle. Gibt ja nur den einen. Der Alten ist nicht weiter zu trauen, als ein Schwein spucken kann, sag ich immer. Ein neugieriges und geschwätziges Weib, wenn es je eines gab. Deshalb behalt ich die auch immer im Auge. Dabei hab ich genug anderes zu tun. Die Wäsche macht sich nicht von allein, Helmut II, also mein Wellensittich, muss Futter kriegen, und die Fenster werden auch jeden Freitag fürs Wochenende geputzt. Aber die Zeit für die Breuers, die muss sein. Das tu ich fürs ganze Dorf!

Die Breuers ist also runter zum Campingplatz. Die meisten sind dort ja so Dauercamper, die wohnen da eigentlich schon. Die Breuers ging schnurstracks zu einem von den wenigen Mietdingern, so einem Ferienhaus, nicht so eins von denen, die nur aus Dach bestehen, sondern dem einen mit Namen, »Vulkaneifel« heißt das, hab ich mal im Wochenspiegel gelesen. Das steht am Hang, und von da aus kann man weit über das Tal gucken, mit Wintergarten und allem Pipapo. Das liegt so ein bisschen abseits. Aber schön. Da haste dann wenigstens deine Ruhe. Abseits ist ja nicht schlecht. Also wenn ich mit meinem Helmut I, also meinem verstorbenen Mann ... wie soll ich sagen ... also zugange war, dann konnte das schon mal ganz schön laut werden. Da biste dann lieber so ein bisschen abseits. Wir sind ja auch nur Menschen. Wobei meine Eltern sich beim Helmut da nie so ganz sicher waren. Wegen seinen Zähnen. Sie meinten, vielleicht stammt der Mensch doch vom Pferd ab.

Egal. Die Breuers ist da rein, kurze Zeit später kam sie mit einem Birrebunnes wieder raus. Nee, denke ich, das ist jetzt nicht wahr. Birrebunnes vom Campingplatz! Wenn das der Josef erfährt, da wird der bekloppt. Da flippt der doch total aus!

Ich bin dann gleich mal zu ihm hin.

Der Lützens Pitter war da. So ein Großer mit Locken, der aussieht wie eine Eule. Der kaufte Brötchen, mit ohne Kerne.

»Und ein schönes Stück Birrebunnes?«, fragte der Josef, und da war schon so ein leichtes Zittern in seiner Stimme.

»Nee, lass mal, nur Brötchen heute.«

»Ist auch im Angebot, der Birrebunnes.«

»Och nee.«

»Mit richtig schönen alten Birnensorten gemacht. Der kommt immer erst zuletzt in den Holzofen, weißte. Bei zweihundertsiebzig Grad Celsius gehen zuerst die Vollkorn- und Roggenbrote rein, dann die Weizenmischbrote und so zwischen hundertachtzig bis zweihundertzwanzig Grad dann Kuchen und so was. Wie der Birrebunnes. Der ist ganz frisch.«

»Bis demnächst, Josef!« Türklingeln, weg war er.

»Ja«, sagte der Josef. »Bis demnächst. Du Arschloch.« Sonst sagt der so was nicht. Aber ich konnte sehen, dass die ganzen Bleche mit Birrebunnes noch da waren. Dann sah er mich an, der Blick so richtig düster. Das kenn ich noch von meinem Helmut, wenn sein Fußballverein, der aus Gelsenkirchen, mal wieder verloren hatte. »Frau Welterscheid, was kann ich dir noch Gutes tun? Hast du eben was vergessen?«

»Da ist aber noch viel Birrebunnes da!«

»Willste? Kannste alle haben. Ich mach dir einen Sonderpreis. Zehn zum Preis von einem.«

»Nee danke, Josef. Da krieg ich doch immer so festen Stuhl von.«

»Und das kann ja keiner wollen.«

Die Tür ging auf, der Rolf vom Campingplatz. Rolf sieht aus wie eins von diesen neumodischen, diesen speziell gezüchteten … also denen aus Asien, wie heißen die noch … Hängebauchschwein, genau! So sieht der aus.

»Josef, alles bereit? Die Meute hungert. Wenn ich denen nicht bald was bringe, fressen die die Elfi auf.« Er machte eine Pause. »Obwohl das noch nicht mal so schlecht wär.« Dann lachte der Rolf schnarrend, der kann nicht anders. Klingt immer, als wäre dem sein Keilriemen kaputt.

»Die Brötchen für euer Grillen stehen bereit und die zwanzig Birrebunnes auch. Frisch gebacken!«

»Brauch ich nicht.«

Dem Josef fiel die Kinnlade runter. Bis in den Keller. So was hab ich noch nicht gesehen.

»Die nimmst du doch immer …«

»Hab ich nicht bestellt.«

»Das ist doch Tradition bei euch! Was mach ich denn jetzt mit dem ganzen Scheiß? Wer soll den denn essen?«

»Frag Bienchen, die ist doch so für süße Sachen.«

»Ich krieg da immer festen Stuhl von.«

»Das kann ja keiner wollen. – Bis nächste Woche, Josef!«

Da schlug der Josef mit seinem Kopf auf die Theke, dass der Pferdeschwanz nur so flog. Und nicht nur einmal. Rumms. Rumms. Rumms. Und dann tat er einen Brüller, nahm sich einen Birrebunnes und riss ihn in Fetzen wie der Wolf ein Schaf. Schmatzend klatschten die Stücke überallhin, an die Wand, die Decke, scharf an mir vorbei. Und die hielten! Echter Birrebunnes, der hat ja eine Konsistenz wie Kleister. Man soll damit auch mauern können, wenn der Mörtel mal ausgeht.

Nachdem er ausgedampft hatte, fragte ich vorsichtig: »Josef?«

»Keiner zu Haus.«

»Wegen dem Birrebunnes ...«

»Nehm ich aus dem Programm. Für immer. Will das Wort nie wieder hören.« Er nahm sich die Plastikkiste mit den zwanzig Birrebunnes, ging in die Mitte des Ladens und drehte sie um. Dann sprang er drauf rum. Rumpelstilzchen war gar nix dagegen!

»Josef?«

»Für heute ist der Laden dicht.«

»Die kaufen den alle woanders.«

»Quatsch. Mein Birrebunnes ist der beste.«

»Die kaufen den auf dem Campingplatz. Ich hab die Breuers da gesehen. Aber von mir weißte das nicht.«

»Auf dem Campingplatz? Auf unserem Campingplatz?«

Ich hab entschieden genickt. »›Haus Vulkaneifel‹. Da muss der Händler drin sein.«

»Da geh ich hin!«

Danach drückte er mich raus, machte den Laden dicht und stapfte die Straße runter, mit großen wütenden Schritten.

Ich hatte wirklich Mühe, mitzukommen. Und da zog ein Wind, also, der blies von allen Seiten gleichzeitig. Meine Herren, und ich trag ja immer Kleider, figurbetont, wenn ich zum Josef gehe. Als ich beim »Haus Vulkaneifel« ankam, hörte ich ihn schon von Weitem brüllen.

»Das ist illegaler Verkauf! Ihnen hetze ich die Polizei auf

den Hals.« Er klopfte gegen die Tür – nee, falsch, er donnerte dagegen. Dann ging sie endlich auf, und heraus kam eine Frau, also ein Biest, ich sage Ihnen, der hat man gleich angesehen, was es für eine ist. Lange dunkle Haare, Augen wie Kohlestücke und ein Hüftschwung, gegen den der von dieser Marilyn Monroe züchtig war wie ein Jesuitenkloster. Sie trug eine Jeans und ein rotes Top – aber wie sie das machte! Als sollte er ihr alles gleich auf der Stelle runterreißen. Und auf nackten Füßen war sie.

»Sind Sie der Bäcker? Josef?« Sie hauchte das mehr.

»Ja, aber für Sie ›Herr Utters‹.«

»Sie haben starke Arme, Herr Utters. Kommt das vom Teigkneten?«

Aber der Josef, der ließ sich gar nicht darauf ein.

»Hören Sie sofort auf, Birrebunnes zu verkaufen! Das dürfen Sie nicht.«

»Weil Sie das sagen, Bäckersmann?«

Sie hatte so einen Akzent, mit rollendem »r«. Wie eine Raubkatze.

»Ganz genau, weil ich das sage. Und ich sage: Ab sofort!«

»Ich verkaufe, was ich will, wo ich will, wann ich will, an wen ich will und wie viel ich will. Und ab morgen verkaufe ich auch Brot.« Sie kam mit ihrem Gesicht näher an seins. »Mischelbrot.« Sie gab ihm einen sanften Kuss auf sein Ohr.

Josef war völlig verdutzt, sie drehte sich um. »Back schön, schöner Bäcker.« Tür zu.

Josef hämmerte gegen die Tür, dass die Wände vom »Haus Vulkaneifel« wackelten. Aber das Weibsstück machte nicht auf. Und Josef wurde puterrot. Die Ader an der Schläfe pumpte auf Hochtouren. Wie ein außer Kontrolle geratener Wasserschlauch bewegte die sich unter der Haut. Fies.

»Ich muss ganz dringend backen«, flötete sie von innen. »Für meine Dockweiler Kunden!«

Josef ließ einen Brüller los und stapfte zurück in Richtung Bäckerei. Da bin ich aus dem Gebüsch.

»Bienchen, äh, Frau Welterscheid. Was machst du denn hier?«

Da hab ich ihm aber mal ordentlich mit dem Zeigefinger auf die Brust getippt. »Das ist alles? Bist du Mann oder Memme? Einmal gebellt und dann den Schwanz eingezogen?«

Er zuckte mit den Schultern. »Was soll ich denn machen?«

»Lass mal deinen Charme spielen. Deine Frau ist doch gerade nicht da, oder?«

»Wieso?«

»Die ist in Ungarn, stimmt doch?«

»Woher …?«

»Noch bis nächstes Wochenende. Da haste genug Zeit.«

»Was soll das denn heißen?«

»Willste, dass sie zurückkommt und die Bäckerei Utters ist nicht mehr die Nummer eins in Dockweiler, wenn nicht gar der ganzen Vulkaneifel? Musst du wissen.«

»Aber ich kann doch nicht …«

»Man kann alles, wenn man nur will. Ich sag ja nur.«

Er hielt kurz inne, schüttelte den Kopf und drehte sich wieder um. Diesmal klopfte er höflich, und seine Stimme war wie die beim Wolf, nachdem er Kreide gefressen hat, damit die kleinen Geißlein ihn nicht erkennen.

»Entschuldigen Sie bitte, dass ich gerade so aufgebracht war, Frau …? Sehen Sie, ich weiß ja noch nicht mal Ihren Namen.«

»Breuers. Ihre beste Kundin ist meine Großtante.«

Beste Kundin, dass ich nicht lache! Ab da konnte ich diese Trulla erst recht nicht mehr leiden. Eine Mischpoke, durch und durch verkommenes Pack, diese Breuers. Ein fauler Apfel steckt alle anderen an, weiß man doch!

»Frau Breuers, das kam alles so überraschend. Plötzlich will keiner mehr meine Torte. Da habe ich die Fassung verloren. Eigentlich bin ich ja gar nicht so der Konditor, sondern halt Bäcker. Das sind zwei ganz unterschiedliche Lehrberufe. Der Bäcker schwitzt, der Konditor transpiriert. Den Witz kennen Sie ja sicher als Frau vom Fach. Besuchen Sie mich doch mal in meiner Bäckerei. Ich will wissen, wie Sie es schaffen, richtig guten Birrebunnes in dieser kleinen Hütte mit einem normalen Ofen zu backen.«

Er wartete.

Und ich auch.

Ich hatte mich extra noch näher rangepirscht, um im Falle eines Falles dem Josef zu helfen.

»Ist mein Birnenmuskuchen denn wirklich so gut? Sie haben ihn doch noch gar nicht probiert, Josef«, kam es von hinter der Tür.

»Alle sagen das. Und eine Frau wie Sie, die kann ja nur was Köstliches backen. Wenn ich das so sagen darf.«

»Dürfen Sie.« Kurz danach öffnete sich die Tür, und ein Stück Kuchen wurde auf einem kleinen Untersetzer herausgereicht. Josef aß es. Erst einen kleinen Bissen, dann alles auf einmal. Ich konnte sehen, wie er mit den Hufen scharrte. Das macht er immer, wenn etwas zu süß ist, ist so ein Reflex bei dem armen Mann. Durfte in der Kirche mal vom Messwein trinken, einem süßen aus der Pfalz, da hat er dann auch gescharrt, vor der ganzen Gemeinde. Seitdem nennen wir ihn auch den »Stier von Dockweiler«. Das weiß er aber nicht.

»Ihr Birrebunnes ist wirklich köstlich. Sie sind eine wahre Göttin der Backkunst! Ich flehe Sie an, kommen Sie zu mir.«

»Und Ihre Frau? Ich habe einen Ehering an Ihrem Finger gesehen. Wird die nicht misstrauisch, wenn Sie sich mit einer Frau vom Campingplatz treffen?«

»Meine Frau ist in Ungarn. Bitte kommen Sie heute Abend! Ab zehn? Sie würden mir eine Riesenfreude machen.«

»Warum so spät?«

»Die Leute auf dem Dorf reden so schnell. Das kann ja keiner wollen.«

»Ich weiß nicht …«

»Ich zahle auch für das Rezept!«

»Wie viel?«

»Wie viel wollen Sie?«

Sie ließ sich Zeit mit der Antwort, das raffinierte Ding. »Mhm, das werde ich Ihnen heute Abend verraten. Bis dahin, Bäckermeister.«

Was für ein Tag. Und alles wegen der alten Breuers! Die bringt Unheil, habe ich immer schon gesagt, auch meinem Mann. Der wollte das nicht hören. Ist immer zu der die Eier holen. Dabei mochte er gar keine Eier. Und die junge Breuers ist jetzt genauso schlimm. Mindestens. Das ging mir beim Warten durch den Kopf. Und nicht nur einmal. Bis zehn Uhr warten ist ja schon lang. In einer Ecke. Unter eine Plane. So ganz allein. Hab sogar Florian Silbereisen sausen lassen! Ja, so bin ich. Einige sagen, ich sei der »Engel von Dockweiler«. Glaub ich zumindest. Müsste jedenfalls eigentlich so sein. Weil es wahr ist!

Der Josef hatte die Hintertür extra nicht verschlossen. Der wollte, dass ich komme, auch wenn der das nie zugeben würde. Ist so ein Eigenbrötler. Aber wir verstehen uns auch so. Um kurz vor zehn kam er dann. Hatte Blumen besorgt. Sich geduscht und Parfüm aufgelegt.

Sie kam eine Viertelstunde zu spät. Hatte Stöckelschuhe und ein schwarzes Kleid mit tiefem Ausschnitt an und die Brüste hochgeschnallt.

»Nenn mich Lisa.« Sie gab ihm zur Begrüßung einen sanften Kuss. »Willst du mir jetzt zeigen, wo der Stuten die Rosinen hat?«

Josef wurde rot, das ist ja ein Anständiger, und der liebt seine Frau auch sehr, ich muss das ja wissen. So einer wird dann schon mal rot. »Schön, dass Sie wegen des Rezepts gekommen sind ... Lisa.«

»Doch das verrate ich Ihnen nicht.« Sie stupste ihn mit dem Zeigefinger neckisch auf die Nasenspitze. »Aber dass ich seit einer Woche hier bin und alle nur noch bei mir kaufen, das verrate ich. Weil ich billiger und besser bin als Sie.«

Billiger auf jeden Fall, das Flittchen!

Josef musste schwer schlucken. »Heute kamen noch Kunden und haben von Ihrer Torte geschwärmt.« Noch stärkeres Schlucken. »Die meinten, was mit mir los wäre, dass ich als Eifler keine ordentliche Birrebunnes mehr backen würde.« Das hatte ihn tief in seinem Stolz getroffen, das spürte ich – seine Stimme zitterte auch leicht.

Der Josef ist ein stolzer Bäcker, mahlt sein Mehl selbst, achtet auf ganz viel, auch Öko und so was, der macht das alles aus Liebe zum Beruf. Der Lisa zeigte er dann sein Reich, wo das Getreide lagert, die Mühlen stehen, das Mehl, den Kühlraum, die Rührwerkzeuge und so, natürlich die beiden Öfen. Ein elektrischer und ein echter Holzofen, der mit Tuffstein aus der Eifel gebaut wurde. Sehr teuer, aber das Brot wird sehr lecker da drin. An dem Abend hatte Josef Holz drin brennen, das muss dann später raus, der Tuffstein hält die Wärme, und die Brote kommen rein.

»Hier mach ich auch meinen Birrebunnes. Oder machte. Jetzt kann ich das Geschäft ja einstellen. Dank Ihnen, Lisa. Weniger Arbeit!«

Die beiden verstanden sich gut. Lachten viel, und ich konnte sehen, wie die Wut vom Josef verpuffte, wie er sich nach und nach öffnete. Wenn der über sein Handwerk erzählen kann, dann blüht er eben auf. Automatisch. Irgendwann aßen sie zusammen eins von seinen Holzofenbroten, da räusperte sich die junge Breuers plötzlich und nahm die Hand vom Josef.

»Sie sind ein guter Mann, Josef Utters. Deswegen beenden wir jetzt mal das Spielchen. Es war lustig, aber jetzt ist auch gut. Ich muss Ihnen etwas verraten. Es ist nämlich alles halb so schlimm, wie Sie denken, wirklich. Und ich bin auch bald wieder weg. Das mit der Torte war eher Zufall. Meine Großtante, die Inge Breuers, die hatte den Birrebunnes bei mir gesehen, probiert und ihn mir dann abgekauft. Ich wollte das ja nicht, aber sie hat darauf bestanden. Und dann allen erzählt, wie toll der ist. Die Leute wollten unbedingt auch was kaufen, und ich dachte, ich mach ihnen eine Freude. Deshalb, na ja, langer Rede kurzer Sinn: Sie bekamen, was sie wollten. Ich verrate Ihnen auch mein Geheimrezept – aber erst, wenn ich morgen mal Ihren Birrebunnes probieren darf. Haben wir einen Deal?«

Josef schlug ein. »Den haben wir!«

Jetzt hatte dieses Breuersteufelsweib ihn doch tatsächlich um den Finger gewickelt! Wie gut, dass ich da war. Als die zwei sich kurz den Verkaufsraum anguckten, habe ich die aushängenden Geheimrezepte gemopst und gefaltet in die Handtasche von der Hexe gestopft.

Die beiden kamen zurück, der Josef sah sofort, dass sie fehlten, und fand sie in ihrer Tasche. Dann fing auch direkt wieder seine Schläfenader zu pochen an, das glaubt man nicht, wenn man es nicht gesehen hat. Und wütend war der! Nicht nur das Gesicht war rot, sondern der ganze Josef. Schier wahnsinnig vor Wut über diesen Betrug. Der zog das Weib dann an den Haaren zur alten Brötchenpresse. Da legt man einen großen Klumpen Teig rein, dann schießen scharfe Klingen herunter und schneiden den in die richtige Größe für dreißig Brötchen, danach kommt eine schwere Platte, die sich bewegt und die Brötchen rollt.

Da hat er dann ihren Arm reingehalten. Ein Druck auf den großen roten Knopf: Zack, hatte sie einen Arm in Brötchenform. Hat die geschrien! Und geblutet hat das, eine elende Sauerei. Also ich möchte das nicht aufwischen müssen. Josef versuchte dann, ihren Kopf da reinzukriegen, aber der passte nicht. Deshalb ging er zur Anschlagmaschine, das ist ein Rührwerk – hat er mir alles mal bei einer Führung erklärt –, und da hat er sie dann zu Tode gerührt. Also den Kopf. Mit dem dicken Stahlbesen. Das hat vielleicht geknackt. Schwupps, hatte er eine Leiche. Und was macht ein Bäcker, wenn er was hat, mit dem er nix anzufangen weiß? Genau, erst mal in den Backofen damit. Der schöne Holzbackofen war ja angeheizt. Also verkohltes Holz raus, die junge Breuers rein. Der Ofen ist einen Meter achtzig tief und fünfundzwanzig Zentimeter hoch, da dürfen Bauch, Busen und Po nicht zu ausladend sein, aber bei der ging es. Zweihundertsiebzig Grad heiß, da wird man als Frau im Ofen schnell knusprig. Und verliert auch ratzfatz an Fett. Ja, doch, da darf man schon mal ein paar schwarzhumorige Witzchen machen bei so einer verrußten Leiche.

Er hat sie dann in einen Getreidesack gesteckt und rüber zu ihrem gemieteten Häuschen auf dem Campingplatz geschleppt. Mitsamt den kompletten Anzündern von seinem Schwenkgrill und dem Flüssigbenzin. Der Haustürschlüssel war in ihrer Tasche. Also flott die Leiche ins Bett gelegt und ein ordentliches Feuer angezündet.

Dann ging er rüber zu seinem alten Freund Gerd, den kennt er seit der Schulzeit. Aber eigentlich ging er zu dessen Kindern. Schlimme Brut, die zwei. Nichtsnutze, wenn es je welche gegeben hat. Mit denen hat er dann geredet. Was, das weiß ich nicht, konnte ich von der Straße aus nicht hören. Und am nächsten Tag behaupteten die beiden, die böse Bäckerin hätte sie entführt und wollte Lösegeld erpressen. Der eine Sohn meinte sogar, sie hätte seinen Bruder, den fetteren der beiden, essen wollen, aber das war wohl nur so ein dummer Lümmelspaß. Jedenfalls hätten sie ein Feuer gelegt, um sich befreien zu können. Das mit der toten Frau hätten sie ehrlich nicht gewollt, das sei Notwehr gewesen.

Nun muss man wissen, dass ihr Vater, der Gerd, bei der Polizeidirektion in Koblenz arbeitet. Und dass alle den mögen, weil er so ein feiner Kerl ist, der zum Geburtstag immer einen ausgibt. Mettbrötchen mit tüchtig Zwiebeln. Die mag ja jeder. Auch wenn abends dann die Decke hochgeht.

Fragen Sie mich, wie der Gerd es geschafft hat, aber schon am nächsten Tag war klar, dass keine Anklage erhoben wird – und die zwei Jungens liefen mit nigelnagelneuen Nintendingens rum. Und neuen Kopfhörern. Und ihr Vater bekam Birrebunnes. Lebenslänglich.

Ich bin dann noch mal zu dem abgebrannten Haus hin. Das war abgesperrt, aber so was gilt ja nur für Passanten, also Zivilisten, die damit nichts zu schaffen haben.

Da hab ich dann was gefunden.

Also, das glaubt man nicht.

Ich musste direkt Herztabletten nehmen!

Die Hexe hat gar nicht selber gebacken. Die leeren Hüllen waren von Aldi! Eifeler Birnenmustorte extra fein! Vom »Lecker-lustigen Vulkanbäcker«.

Wenn der Josef das erfährt, dann trifft ihn der Schlag. Das überlebt er nicht, dass die Leute so was seiner Torte vorgezogen haben. Dann gibt die Ader auf. Da platzt der Schlauch.

Muss unbedingt zu ihm.

Ich würde mit so einer Lüge keinen Tag länger leben wollen.

Und für eins werde ich sorgen. Dass es beim Leichenschmaus vom Josef nur Birrebunnes gibt. Den leckeren. Ich besorg den.

Muss ja keiner wissen, wo der herkommt.

WEINTIPP

Beim Birrebunnes sind getrocknete Birnen und Zuckerrübensirup die Hauptgeschmacksgeber, aber auch Zimt, Anis und Korianderkörner können verwendet werden und hinterlassen dann aromatisch einen starken Eindruck. Der klassische Begleiter zu süßen Birnengerichten ist in der Haute Cuisine ein Sauternes aus Frankreichs berühmter Bordeaux-Region (dem größten Weinbaugebiet der Welt). Die edelsüßen Sauternes werden aus den Rebsorten Sémillon (meist siebzig bis achtzig Prozent) und Sauvignon Blanc (zwanzig bis dreißig Prozent) erzeugt, manchmal auch mit ein wenig Muscadelle. Das berühmteste Weingut der Region ist Château d'Yquem, sein Wein allerdings atemberaubend teuer.

Will man einen Wein des geschichtlich wichtigsten Guts trinken, sollte man zu Château La Tour Blanche greifen, denn hier wurde erstmals im Sauternes-Gebiet süßer Wein produziert. Und zwar ab 1836 von einem Deutschen namens Frederic Focke, dem damaligen Besitzer. Sein Vorbild: deutsche Beerenauslesen vom Rhein. Diese haben heute in der Regel aber weniger Alkohol und werden nicht in Barriquefässern ausgebaut wie Sauternes-Weine. Und Birrebunnes kann Alkohol gut vertragen.

PRINT IT BLACK

Ja, ich bin es. Wirklich! Der Printen-Engel von Aachen. Die älteste noch erhaltene Printe der Welt. Eigentlich bin ich es ja leid, immer gleich erkannt zu werden, aber was will man machen! Berühmtheit lässt sich halt nicht ablegen wie ein Kleid, das einem nicht mehr gefällt. Ich sage immer: Man muss die Last würdevoll ertragen. Und das tue ich mit jedem Gramm Mehl und Zucker, das mir gegeben wurde. Natürlich ist nicht jeder zu Großem geknetet – aber ich bin es. Tagein, tagaus stehe ich im grellen Scheinwerferlicht und werde von Touristen aus aller Welt begafft. Sie können einfach nicht glauben, wie jung ich noch aussehe. Aber herausragend gebacken ist eben herausragend gebacken! Ich möchte mal den sehen, der 1820 geboren wurde und noch so knusprig ist wie ich!

Ja, ich weiß, Sie wollen jetzt einwerfen, Printen seien ein Saisongebäck. Aber nicht ich, ich habe immer Saison!

Von meiner Glasvitrine aus, gebührend bequem an ein rotes Samtkissen gelehnt, kann ich die ganze Printenbäckerei überblicken. Hier bin ich Printe, hier darf ich's sein.

Ich möchte aber gar nicht so viel von mir erzählen, auch wenn es für Sie sicher faszinierend wäre. Sie glauben ja nicht, was ich in meinen zwei Jahrhunderten alles mit angesehen habe. Schönes und Schreckliches – und allerhand Unanständiges. Bäcker, das mal unter uns, sind ja vernarrt in Süßes. Und nicht alles Süße ist aus Teig.

Aber hier soll es um diese eine schreckliche Nacht vor wenigen Tagen gehen.

Es war der Samstag vor dem zweiten Advent, einer der besseren Tage für unsere Bäckerei. Von allem wurde etwas verkauft: von den Kräuter-Printen-Platten, den kleinen Moppen und dem Printenkonfekt. In Schmuckdosen, Holzkisten oder einfach nur in Zellophan. Und ja, auch Weichprinten. Diese

Emporkömmlinge nehmen ja seit Neuestem immer mehr Platz in der Theke ein. Es heißt, dass ihre Herstellung viel aufwendiger sei als die von uns traditionellen Hartprinten, sie seien eine Fortentwicklung, aber in Wirklichkeit sind sie einfach nur etwas für Zahnlose, die eine ordentliche Printe wie mich nicht mehr kauen können. Gehen dir die Zähne aus, hol weiche Printen dir ins Haus!

Und die sind ja auch vor nichts fies. Ob dunkle oder helle Schokolade, die lassen sich in einfach alles eintauchen, diese polyschokolatösen Schweinigel. Und finden das auch noch toll, geben mit ihrer Weichheit und ihrer vielen Schokolade an und prahlen ganz pubertär mit dicken Nüssen! So ein schamloses Gebäck!

Aber ich bin vom Thema abgekommen, eigentlich soll es ja um die besagte Nacht gehen. Es war also gegen drei Uhr früh – ich kann von meiner Vitrine aus die große Pendeluhr sehen –, als ich ein Geräusch von der Vordertür her hörte, ein metallisches Knacken. Kurz danach stand jemand, komplett in Schwarz gekleidet, im Raum, und ich bekam es mit der Angst zu tun! Dachte, der zerschmettert jetzt meine Vitrine und verzehrt mich. Davor fürchte ich mich ja schon so lange, wie ich den Appetit in den Augen der Leute sehen kann. Natürlich wollen die wissen, wie etwas schmeckt, das so köstlich aussieht wie ich und dessen Geschmack zweihundert Jahre lang reifen konnte.

Ich dachte also: Jetzt ist es aus! Hoffentlich beißt er dir wenigstens sofort den Kopf ab und nicht erst einen Arm und dann, einen Tag später, den anderen, bis zum Schluss irgendwann endlich mein Kopf dran ist. Hungertod auf Raten! Das wäre ziemlich unschön.

Doch zu meiner großen Überraschung würdigte mich der Einbrecher keines Blickes. Dieser Kretin! Was ist bloß mit den modernen Einbrechern los? Langsam bekomme ich das Gefühl, die machen es nur fürs Geld.

Auf jeden Fall begann der Eindringling, sich am Tresor zu

schaffen zu machen, und mir war sofort klar: Wenn er den aufbekommt, dann war es das mit unserer Printenbäckerei. Das Geschäft lief in der Zeit davor nämlich gar nicht gut. Vor allem, seit gegenüber »Pretty In Print« aufgemacht hatte, so eine Möchtegern-Bäckerei, die billige Massenware aufkaufte, um sie dann zu verzieren. Mit Flamingos, Alpakas und Einhörnern. Selbst wenn man einen Bollerwagen rot lackiert, wird daraus kein Ferrari. Verstehen Sie?

Alles, was unser alter Bäcker besaß, war in diesem Tresor. Den Banken traute er nämlich nicht mehr.

Die anderen Printen waren derweil ganz leise geworden. Keinen Mucks gaben die mehr von sich. Versuchten, ganz unauffällig und völlig unlecker zu tun, weil auch sie nicht von einem Kriminellen verspeist werden wollten. Die Vorstellung war sogar ihnen zu unfein. Die Weichprinten entpuppten sich als besondere Weicheier und wollten sich sogar verkrümeln. Was mir voll auf den Keks ging. Ich musste etwas unternehmen!

Zugegeben, viele Möglichkeiten, sich zu wehren, hat man als Printe nicht gerade. Wir sind zum Beispiel sehr steif. Na ja, um ehrlich zu sein, können wir uns gar nicht bewegen. Wenn ich nur daran denke, einen Arm zu heben, ziehe ich mir schon einen Bruch zu.

Aber glänzen, das können wir!

Ich beobachtete, wie der Einbrecher, die Stöpsel eines Stethoskops in den Ohren, an dem Tresor herumwerkelte und mit einer Taschenlampe den numerischen Drehknopf anleuchtete.

Nur wenige Lichtstrahlen kamen bei mir an, aber ich warf sie zurück zu ihm, mitten in sein Gesicht.

Er blinzelte.

Rieb sich die Augen.

Musste absetzen.

Ha!

Glänzen kann ich ja tagelang! Was rede ich: wochen-, monatelang! Gebt mir Licht, und ich glänze! Ein wunderschöner glänzender Printen-Engel, das bin ich. Dieser Einbrecher würde die Zahlen niemals einstellen. Ich beschloss, ihm so lange in die Fratze zu funkeln, bis unser Bäcker am nächsten Morgen aufschließen würde. Immerhin bin ich der Diamant unter den Dauerbackwaren!

Oha.

Er schaute in meine Richtung.

Schnell hörte ich auf mit dem Glänzen.

Und wurde ganz matt. So richtig stumpf.

Aber allen Glanz konnte ich einfach nicht abstellen. Der Fluch der Stars.

Er kam zu mir.

Hob meine Vitrine an.

Sicher wollte er sie zerschmettern. Und mich dann essen. Laut schrie ich: »Ich bin ein Star, holt mich hier raus!« Er stierte schon auf mein köstliches Engelskleid.

Aber dann … drehte er die Vitrine einfach ein Stück.

Und machte sich wieder ans Werk.

Verdammt! Das war es dann mit dem Glänzen. Hier war es dafür zu dunkel. Die Weichprinten hätten es in ihrer Vitrine noch hinbekommen können, aber die waren so ermattet, als wären sie knochentrocken. Von wegen dicke Nüsse! Feiglinge.

Und noch immer war keine Polizei da. Drei Zahlen waren schon eingerastet, es fehlte nur noch eine.

Mir blieb nichts anderes übrig, als mich zu opfern. Heute war also mein letzter Tag, ich würde den Weg alles Teiglichen gehen. Und morgen würde eine andere Printe die älteste Aachens sein, irgend so ein junges Ding vom Ende des 19. Jahrhunderts, das noch nichts vom Leben wusste.

Und dafür musste ich nur das tun, was alle Printen Aachens beherrschen, aber keine besser als ich: verführerisch locken.

Sodass der Eindringling nicht widerstehen konnte und einfach in mich hineinbeißen musste.

Ich begann also damit, der verführerischste, leckerste Printen-Engel zu sein, den Aachen je erlebt hatte. Ich sah aus, als käme mein Verzehr einer dionysischen Orgie am Gaumen gleich, als würde sich dabei die Himmelspforte öffnen und Manna herabfallen. Ich musste also ganz ich selbst sein.

Wenn Sie glauben, das sei ein dummer Plan gewesen, weil der Einbrecher mich einfach verputzen und danach die letzte Ziffer hätte einstellen können, so täuschen Sie sich. Aber Sie kennen ja auch noch nicht Teil zwei der Geschichte.

Jede Printe führt ab einem gewissen Alter einen inneren Kampf. Die älteren Printen wissen genau, was ich meine. Es geht um das, was unseren köstlichen Körper angreift: Schimmel.

In jeder Sekunde meines bisherigen Daseins hatte ich den Schimmel unterdrückt. Es hatte sich so ähnlich angefühlt, wie wenn Menschen mit voller Blase vermeiden wollen, auf die Toilette zu gehen.

Und das knapp zweihundert Jahre lang.

Können Sie sich das vorstellen? Wie das nach einer gewissen Zeit zwickt?

Aber wenn ich jetzt losließe, würde mir in Sekundenbruchteilen ein Schimmelpelz wachsen. Ich musste nur den richtigen Moment erwischen, kurz bevor ich die Lippen des Einbrechers passierte. Dann würde ihm schlecht werden, und ich hätte mein Ziel erreicht. Die Printenbäckerei wäre gerettet!

Dann wäre ich zwar tot, aber eine Heldin.

Köstlich sein ist nicht so einfach, wie es klingt. Es ist etwas, das man tief in sich spüren muss. Nur wer sich köstlich fühlt, der ist auch köstlich. Man muss seine guten Zutaten spüren, das Mehl, den Zuckerrübensirup, die kostbaren Gewürze wie etwa Zimt, Anis, Nelken oder Kardamom. Welche genau und wie viel von jedem wir enthalten, das ist das Geheimnis eines jeden Printenbäckers. Ich weiß es bei mir natürlich, aber werde das Geheimnis meiner immerwährenden Köstlichkeit nicht verraten. Nur so viel: Mein Triebmittel war noch Hirschhornsalz, das der heutigen Printen ist vor allem Pottasche. Meine schlanke Taille begeistert noch immer jeden, weil kein Gramm Fett in mir drin ist. Wenn Sie jetzt Neid verspüren, ist dies nur natürlich. Aber genauso wichtig wie mein Inhalt ist meine Form. Printe kommt ja vom englischen *print* und dem niederländischen *prent*, beides steht für die Verben »drucken« oder »drücken«. Ich wurde noch mit einem kunstvoll geschnitzten Holzmodel gedrückt. Es war ein sehr intensiver Moment inniger Verbundenheit, als der Holzmodel ganz tief in meinen Teig eindrang. Es schaudert mich heute noch, wenn ich daran zurückdenke.

Jedenfalls fühlte ich auch in diesem Moment meine Köstlichkeit, meine Süße und meinen Biss. Und es funktionierte.

Der Einbrecher hob den Kopf, blickte wieder zu mir, trat näher. Und in dem Moment, in dem er mich mit der Taschenlampe anleuchtete, in diesem Moment barst ich vor Köstlichkeit. Löste das Versprechen von zweihundert Jahren Reife ein. Fast hätte ich mich selbst gegessen!

Der Mann hob den Schlüsselbund mit seinen Dietrichen, öffnete das Schloss der Glasvitrine, zog die Handschuhe aus.

Und berührte mich.

Eiskalt prickelte es mir die Glasur herunter.

Ich hörte, wie dem Einbrecher das Wasser im Mund sturzbachgleich zusammenlief.

Er rollte die Maske empor.

Und ich erkannte ihn!

Es war der Inhaber von »Pretty In Print«! Der Printenschänder!

Schon war ich auf halbem Weg zu seinem Mund. Er öffnete ihn, ich erkannte rissige Plomben und schluderig gearbeitete Brücken, kariöse Zahnruinen, sah Reste von Billigprinten in deren Zwischenräumen und eine Zunge, grau von Zigarettenrauch. Der Atem roch faulig.

Nein, ich wollte da nicht rein.

Nicht in diese Kloake von einem Mund.

Ich ließ los.

Und spürte sofort, wie der weiße Schimmel auf meinem Teig explodierte. Mit einem Mal war mir ganz warm.

Der Einbrecher stieß einen Würgelaut aus und warf mich fort. Er wischte sich die Hände an der Hose ab, drehte sich um – und trat dabei auf meinen Arm. Völlig zerbröselt lag er neben mir. Ich fühlte mich ganz zerstreut.

Ich hatte versagt. Schrecklich versagt.

Nun war ich eine alte, kaputte, angeschimmelte Printe, und mein Bäcker würde den Laden schließen müssen.

Zweihundert Jahre und dann so was! Ich hätte von einem König gegessen werden sollen, von einem Kaiser!

Der Einbrecher war wieder am Tresor und stellte rastend die letzte Zahl ein. Als sich die Tür öffnete, sah ich, dass alles drin lag: Geld und geheime Rezepte.

Sekunden später hielt er sie in seinen Händen und ging zufrieden mit ihnen zur Tür. Ich hätte heulen können – also, wenn man mir denn Tränendrüsen gebacken hätte.

Schon hatte der Mann die Eingangstür geöffnet, da drehte er sich plötzlich um und blickte zur Theke. Genauer gesagt auf das Tablett mit der reduzierten Ware. Darauf landen die Printen, die nicht ganz perfekt sind, denen ein Körperteil abgebrochen ist oder deren Schokoladenüberzug Klumpen aufweist. Mit denen will normalerweise keiner von uns was zu tun haben. Doch eine davon sah in diesem Moment unfassbar köstlich aus.

Eine Weichprinte mit weißer Schokolade – was ja nicht einmal richtige Schokolade ist, weil sie nur Kakaobutter und keinen Kakao enthält. Mit unregelmäßig auf ihr verteilten Mandelsplittern. Ein schrecklich unansehnliches Ding.

Aber köstlich.

Selbst ich bekam Lust, es zu vernaschen.

Der Einbrecher atmete schwer durch, dann ging er zurück und stopfte sich das leckere Stück ohne Zögern in den Mund. Ja, er gierte förmlich danach, sodass er nicht einmal richtig kaute.

Was nur bewies, wie wenig der Besitzer von »Pretty In Print« über Printen wusste.

Wir Printen können nämlich noch mehr als glänzen, schimmeln und köstlich sein. Mit Nüssen oder Mandeln können wir auch ganz prima im Hals stecken bleiben. Oh ja!

Plötzlich stolperte der Einbrecher durch die Bäckerei, packte sich an den Hals, versuchte, die Printe hochzuwürgen, und rammte sich, als das nichts half, den Finger in die Speiseröhre. Aber was echte Mandelstifte sind, die bekommt man nicht so einfach wieder raus. Bei einer Hartprinte hätte ich nicht daran gezweifelt, dass sie in der Lage wäre, den Job anständig zu erledigen. Aber bei einer Weichprinte ... Da sie über kein Können verfügte, muss sie enorm viel Glück gehabt haben.

Der Kopf des Mannes wurde immer röter, sodass ich schon Angst hatte, er würde explodieren und mit seinen Überresten alles besudeln, aber schließlich brach er zusammen, noch bevor es dazu kommen konnte. Kurz wand er sich wie ein Wurm, die Beine zappelten, dann war Schluss.

Das alles ist erst wenige Tage her. Mich hat der Bäcker vom Schimmel befreit, neu glasiert und in die Vitrine zurückgestellt. Mein Arm ist allerdings futsch. Und ich habe eine Mitbewohnerin bekommen. Weil die Polizei ermittelt hat, dass der Einbrecher an einer Weichprinte erstickt ist, steht aus Dank jetzt eine von denen neben mir. Mit weißer Schokolade und Mandeln. Der Untergang der aachenländischen Kultur, wenn Sie mich fragen. Es ist noch nicht mal die aus dem Hals des Einbrechers, sondern nur eine andere vom Tablett des Ausschusses.

Sie darf sich auch an ein Samtkissen lehnen. Sogar an ein ganz neues.

Alle haben nur noch Augen für sie. Sogar die Leuchtstrahler wurden verstellt, damit dieses kleine Miststück in noch hellerem Glanz erstrahlt. Und das für eine Weichprinte, die in ihrem Leben noch nie etwas geleistet hat!

Die anderen Hartprinten lachen mich seit dem Vorfall aus. Sie meinen, ich sei eine einarmige Alte, die nicht mal einen Einbrecher überwältigen kann. Dafür hätte es einer Weichprinte bedurft.

Mein Leben ist mir zur Qual geworden, weshalb ich Sie bitten möchte: Erlösen Sie mich! Kommen Sie nach Aachen und essen Sie mich. Ich verspreche auch, nicht zu schimmeln. Ich bin ganz köstlich, wirklich! Und dass ein Arm fehlt, schmeckt man überhaupt nicht.

♟ WEINTIPP

Zu einer Aachener Geschichte gehört natürlich ein Aachener Wein. Was wenige wissen: Vor den Toren der Stadt findet sich eine Weinregion. Allerdings nicht in Deutschland, sondern in den Niederlanden und Belgien. Limburg ist eines, wenn nicht sogar das Zentrum des Weinbaus der beiden Länder. Viele Betriebe sind sehr klein und werden oft im Nebenerwerb betrieben. Wer ein »richtiges« Weingut in Limburg sehen will, kommt am Apostelhoeve nicht vorbei, das hoch auf einem der Drempel genannten Hügel liegt, umgeben von Weinbergen. Mit vierzehn Hektar ist Apostelhoeve eines der größten, vermutlich das berühmteste und mit Sicherheit eines der besten Weingüter der Niederlande. 1970 war es, als hierhin, nach langer Zeit ohne Weinbau in der Region, die Reben zurückkehrten. Da man das Elsass als Vorbild nahm, wurden Müller-Thurgau, Auxerrois, Riesling und Pinot Gris gepflanzt. Der exotisch duftende Weißwein »Cuvée XII« ist der meistverkaufte Tropfen des ganzen Landes und eine sehr gute Wahl, um diese in der Nähe des Aachener Doms spielende Geschichte zu begleiten.

ALLES EIFELKRIMI, ODER WAS?

Unter seinen Schriftstellerkollegen galt Ralf Kramp als einer der nettesten und geduldigsten Menschen. Wenn nicht der Welt, so doch zumindest der Eifel. Aber seine engelsgleiche Geduld hatte nicht damit gerechnet, irgendwann auf Dietmar Holzkoven zu treffen. Dieser durchfuhr mit seinem Wohnmobil, Typ Tramp, die Eifel. Es war, wie er ausführlich dargelegt hatte, nach Agatha Christies belgischem Meisterdetektiv getauft worden. Natürlich kamen viele Krimifans in die Eifel, besonders nach Hillesheim. Sie gingen den Eifelkrimi-Wanderweg, übernachteten im Krimihotel und gönnten sich »Miss Marple's Teatime« hier im Café Sherlock. Alles gut und schön. Doch Dietmar Holzkoven hörte seit anderthalb Stunden einfach nicht auf zu fragen – und Kramp hatte schließlich noch anderes zu tun.

»Ist das eine original Sherlock-Holmes-Deerstalker-Mütze?«, fragte Holzkoven und wies auf die ausstaffierte Schaufensterpuppe.

»So ist es«, sagte Kramp und blickte auf seine Taschenuhr. »Sie wurde aus Holmes' Sarg entwendet. Ich habe eine horrende Summe dafür hinblättern müssen.«

Holzkoven nickte anerkennend. »Und ist das im Mund eine echte Bruyère-Pfeife?«

»Jawohl, eine echte, keine aus Seife geschnitzte. Holmes hatte aber wohl viele verschiedene Pfeifen, es gibt nicht die eine. Aber sie ist von ihm. DNA-Analysen von Spuckeresten haben es bewiesen.«

»Und ist es sein original Inverness-Mantel?«

»Mit Blutspuren!«, sagte Kramp. »Leider mittlerweile ausgeblichen, aber sie sind da. Unser ganzer Stolz. An Holmes' Todestag fängt der Mantel immer ein wenig an zu bluten.«

Dies waren die Fragen 272, 273 und 274. Kramp hatte mitgezählt, eine seiner vielen Schrullen neben dem Sammeln von

Obstaufklebern und der Zucht englischer Berkshire-Hühner. Der verschrobene Krimiautor focht in Schrift und Wort stets mit der feinen Klinge der Ironie, doch Holzkoven war einer der Menschen, bei denen nur ein Hieb mit dem beidhändig zu greifenden Breitschwert des Humors irgendeine Wirkung zeigen konnte. Und so prallte die Kramp'sche Ironie einfach ab. Holzkoven glaubte ihm jedes Wort. Schließlich war er auch ein Anhänger der Theorie, dass Holmes gelebt haben musste und eben keine fiktive Figur war.

»Und die Schuh…«, wollte Holzkoven gerade fragen, als es Kramp zu bunt wurde.

»Alles echt. In der Eifel werden keine Kosten und Mühen gescheut. Überall in der Eifel. Es ist ein Fest für Kriminalliebhaber. In jedem Haus ist hier schon jemand umgebracht worden. Es sind die zusammengetragenen Mörderhäuser aus ganz Deutschland. Stein für Stein ab- und wieder aufgebaut.«

Holzkoven sah ihn fassungslos an. »Und die Bewohner? Alles Täter?«

Kramp lachte den hageren Mann mit der Nickelbrille an. »Wo denken Sie hin! Schauspieler! Hier wollte doch keiner mehr leben. Nicht einmal Mörder. Die ganze Eifel war entvölkert. Eine Geisterregion. Den Menschen war es zu kalt und zu zugig. Die kriegten alle Rheuma und einen steifen Hals.«

»Die Armen!«

»Genau. Also schnell weg. Doch dann kam einem PR-Fuzzi die Idee mit der Krimiregion. Und jetzt ist das hier das größte Freilichttheater Deutschlands. Da können Sie mal sehen!« Er beugte sich mit vertraulicher Miene vor. »Sobald Sie mit Ihrem Wohnmobil die Grenzen der Eifel überfahren, kommt nachts ein Elitetrupp des Fremdenverkehrsbüros und tauscht alles für die kriminellen Begegnungen aus, die Ihnen widerfahren werden. Zum Beispiel Minisprengsätze für den falschen Kugelhagel, der Ihren Camper trifft. Oder kleine Nebelmaschinen in den Felgen. Die tauschen eigentlich alles aus.«

»Auch den Fäkalientank?«, fragte Holzkoven.

»Nein, nur den Inhalt.«

»Ach?«

»Ja. Karamellsirup. Mit Stückchen.«

»Aber der Inhalt der Chemietoilette ist doch blau.«

»Natürlich blau eingefärbt. Ist doch klar. Oder muss ich das extra erwähnen?«

»Nein, nein. Ich wollte nur sichergehen. Und das Grauwasser im Tank?«

Kramp hatte keine Ahnung, was das war, aber eine Ahnung, welche Flüssigkeit grau sein könnte. »Mohnmilch. Kostet ein Heidengeld. Aber was macht man nicht alles! Hier wird kein Aufwand gescheut. Ich bin eigentlich Schreiner und wurde zum Krimischriftsteller umfunktioniert. Schön war das nicht.«

»Wieso?«

»Mir fehlt das Holz. Sehr. Manchmal stehe ich nachts auf und schreinere mir was. Stühle oder Bettpfosten. Oder auch süße Schaukelpferde. Darf nur keiner wissen. Also pssst.«

»Ja, klar. Von mir erfährt keiner was.«

»Schön. Ich muss dann auch wieder an die Arbeit. Für die anderen Touristen den Krimiautor geben. Tweedsakko mit Ellbogen-Patches liegt bereit, Pfeife ist gestopft.«

»Dann wünsche ich Ihnen noch einen schönen, oder wollen wir lieber sagen, mörderischen Tag?«

»Ja, das wollen wir. Unbedingt. Gehaben Sie sich wohl. Und immer dran denken: Alles Show!«

Dietmar Holzkoven schüttelte immer noch den Kopf, als er die drei Stufen seines »Hercule« ausfuhr und zu seiner Frau in das Wohnmobil stieg. Sie schmierte gerade in der kleinen Küche einige Stullen. Dick mit Butter. »Stell dir nur vor, Hiltrud, die ganze Eifel ist ein Freilichttheater. Alles Schauspieler.«

»Kam mir von Anfang an so vor«, antwortete sie. »Die kamen mir doch alle sehr komisch vor.«

»Ja, mir auch«, sagte Dietmar. »Erklärt einiges.«

»Abendessen ist gleich fertig. Wo geht es danach hin?« Hiltrud war eine Frau, die in ihrer Kompaktheit wie geschaffen war für das Leben im Campervan und problemlos in eines der vielen praktischen Staufächer gepasst hätte.

»Schauen wir mal. Irgendwohin, wo es gefährlich aussieht. Schließlich ist man nicht jeden Tag in Deutschlands größtem Freilichttheater!«

»STELLPLETZÄ« stand in schwarzem Teer auf dem aus groben Brettern zusammengenagelten Schild, das einen Feldweg hinunter in den Wald zeigte.

»Genau richtig«, sagte Dietmar und fuhr langsam mit dem Wohnmobil die hubbelige Strecke entlang. Der gute »Hercule« steckte alles ohne Murren weg, und Hiltrud hatte sämtliche Sachen so gekonnt verstaut, dass nichts aus den Schränken fallen konnte. Zu den Klängen von »Ohne Krimi geht die Mimi nie ins Bett« schaukelten sie zu einem Bauernhof, der selbst für die Eifel einen ausgestorbenen Eindruck machte. Nur eine funzelige Außenleuchte brannte – nirgendwo waren ein Campingzelt oder ein Wohnmobil zu sehen. Dietmar hupte. Kurz darauf trat ein buckliger Mann in ranzigem Unterhemd aus dem Haus und schlurfte auf sie zu. Dietmar kurbelte das Seitenfenster herunter.

»Guten Abend, hätten Sie wohl noch etwas frei?«

Debil nickte der Mann und leckte sich die Lippen. Im Haus ging das Licht an. Dietmar erkannte durch das schlierige Fenster die Küche. Eine ältere Frau feuerte jetzt den riesigen Ofen an.

»Hinter Haus. Neben große Grube.«

»Klingt wundervoll kriminell. Und unter uns: Sie sehen toll aus. Wirklich wie ein degenerierter Dörfler. So ein richtiger Depp!«

»Er meint, Sie sehen aus wie ein Vollidiot«, übersetzte Hiltrud, sich herüberbeugend. »Toll auch die Hasenscharte und die rauchgelben Stummelzähne.«

Dietmar hob beide Daumen.

Die Augen des Mannes verengten sich. »Mir folgen!«

Es gab weder Strom noch Frischwasser und erst recht keine Toiletten, Duschen oder einen Abguss zum Entleeren des Fäkalientanks. Wobei der Einheimische bei der Frage nach diesem einfach auf die Grube deutete, deren Grund im Dämmerlicht nicht zu erkennen war.

»Was kostet der Platz denn?«

»Macht Mutter. Gleich kommt.«

Er schloss die Schranke zum Hinterhof, die Dietmar und Hiltrud zuvor gar nicht aufgefallen war. Und legte eine Kette mit einem schweren Schloss darum. Dann verschwand er erregt kichernd in der Dunkelheit.

»Sie tun so, als wollten sie uns nicht wieder weglassen«, freute sich Dietmar. »Bin schon sehr gespannt auf die Darstellerin der Mutter!«

»Wahrscheinlich bedroht sie uns mit einer Pistole!«

»Oder einem Messer?«

Kurze Zeit später sahen die beiden den Buckligen wieder. Er kam mit dem »Stellpletzä«-Schild um die Ecke und warf es in die Grube.

Dietmar und Hiltrud beschlossen, vor der kommenden Aufführung noch etwas zu essen, wozu Öl in einem Topf erhitzt und Kartoffelspalten frittiert wurden. »Ist natürlich kein echtes Öl mehr«, sagte Dietmar. »Alles ersetzt vom Fremdenverkehrsamt. Schmeckt aber täuschend echt! Hier müssen wir unbedingt noch mal hinkommen. Da kann der Harz wirklich nicht mithalten.«

Es klopfte an der Tür. Oder besser gesagt: Es wummerte dagegen.

»Ah, da kommt sie«, freute sich Dietmar. Doch bevor er die Tür öffnen konnte, hatte Hiltrud dies schon erledigt. Draußen stand nicht nur die Mutter, sondern auch noch ihre vier Söhne, die den Eindruck machten, sie seien nicht nur Brüder, sondern auch Onkel und Schwippschwager voneinander. Sie hielten Heugabeln, Schaufeln und schwere Hämmer in den Pranken.

Hiltrud drehte sich um. »Spielen wir mit, Didi?«

»Aber natürlich! Wo bliebe sonst der Spaß?«

Hiltrud hob die Hände. »Was haben Sie mit uns vor?«

»Schnauze!«, sagte die Mutter. »Meine Jungens haben Hunger. Und ihr beiden kommt mir gerade recht.«

»Toll. Ganz, ganz toll«, sagte Dietmar und folgte Hiltrud hinaus. Kurze Zeit später saßen sie im mit Heu ausgelegten Schweinekoben. Die Mutter hatte ihnen befohlen, sich auszuziehen und sich mit der bereitstehenden Marinade einzureiben. Dietmar probierte sie und musste als erfahrener Griller zugeben, dass sie wirklich äußerst gelungen war. Mit viel frischen Kräutern der Region. Doch er fand, dass Ausziehen und Einreiben einen Hauch zu weit ging. Bei aller Liebe für das Freilichttheater. Deshalb zog er einen Ziegelstein aus der alten gemauerten Wand und hielt ihn hinter dem Rücken versteckt. Dann begann er zu brüllen.

»Hilfe! Polizei! Hört uns denn niemand? Wir sollen gegessen werden!«

Schon nach kurzer Zeit erschien der Bucklige und sah durch das vergitterte Türfenster herein. »Fresse zu! Sonst Prügel!«

Dietmar schrie weiter. Und als der Bucklige aufschloss und hereintrat, die Hände wie Klauen erhoben, drosch er ihm den Ziegelstein ins Gesicht. Der Mann fiel sofort um, Nase und Mund erinnerten nun an eine großzügige Portion Bolognese.

Dietmar beugte sich hinunter. »Sieht unglaublich echt aus. Hoffe, es hat nicht wehgetan, mein Lieber!« Er wandte sich zu Hiltrud. »Komm, Hilli, wir knöpfen uns die anderen vor. Ich habe auch schon ein paar Ideen, wie.«

Dietmar war ein Mann, der sich dank allmorgendlicher gymnastischer Übungen in guter Verfassung befand. Und so stellte es für ihn keine Mühe dar, den Kopf des zweiten Sohns in den glühenden Ofen zu stecken. Nummer drei erschlug er mit dem Feuerlöscher aus dem Wohnmobil, Nummer vier fesselte er an Händen sowie Füßen und entleerte dann mit Hilfe des praktischen Abflusses der Firma Thetford den Fäkalientank direkt in den Mund des Mannes, der zappelnd so tat, als ersticke er. Und schließlich, als sei er tot. Obwohl der Sohn das nach Meinung von Didi gut spielte, vielleicht nur eine Spur zu übertrieben, faszinierte ihn doch noch mehr, dass der Karamellsirup aus dem Tank sogar roch wie Chemietoilette.

Für die Mutter der Kompanie erhitzte Hiltrud extra noch mal das Frittenöl und goss es ihr über den Kopf. Danach montierte Dietmar die Reservegasflasche aus dem Wohnmobil ab, brachte sie ins Haupthaus, und sie sprengten die ganze Hofanlage in die Luft.

»Sogar die Pyroeffekte sehen richtig teuer aus«, staunte Dietmar.

»Ich war beeindruckt, dass man bei keinem mehr gesehen hat, dass sie noch atmen. Das sind echte Profis.«

»Die nehmen hier nicht jeden, das kannst du mir glauben!« Mit geradezu jugendlichem Elan schwang Didi sich auf den Fahrersitz und bretterte einfach durch die lautstark zerberstende Schranke.

»Weißt du was?«, fragte er, als sie wieder auf der Straße in Richtung Gerolstein waren. »Warum sollen wir in diesem Stück eigentlich die Opfer sein? Ich wollte immer schon mal der Verbrecher sein. Lass uns eine Tankstelle ausrauben!«

»Was immer du willst, Didi. Du, das ist richtig aufregend hier in der Eifel.«

»Das finde ich auch. Hatte schon seit Jahren nicht mehr solch einen Spaß!«

Sie fuhren zurück nach Hillesheim und nahmen gleich die erste Tankstelle am Ortseingang. Hiltrud wählte das große, gezackte Brotmesser, und Dietmar entschied sich für die Feueraxt. Sie kamen sich vor wie Bonnie und Clyde. Direkt beim Eintritt rannte Hiltrud schreiend auf den Kassentresen zu, während Dietmar alles kurz und klein schlug. Seine Zeit als Schwimm- und Religionslehrer einer Dorfschule im westöstlichen Teil Ostwestfalens machte sich nun bezahlt. All die aufgesparten Aggressionen von Jahrzehnten der Kindererziehung brachen sich nun Bahn in Form von wild zerhackten Lufterfrischern, Schokoriegeln und Pornovideos. Er zögerte kurz, bevor er dem Verkäufer das rechte Bein abschlug, vertraute dann aber doch auf die bemerkenswerten Special Effects des Fremdenverkehrsamtes.

Es blieb nicht bei einer Tankstelle. Die erste hatte den beiden so viel kindliche Freude bereitet, dass sie sich von ihrem Navigationsgerät alle anderen im Umkreis zeigen ließen. Ihren »Hercule« luden sie mit der Beute voll, also mit Bargeld, Zigaretten und Alkoholika. Das Wohnmobil bot reichlich Stauraum. Aus den hochprozentig gefüllten Flaschen bastelte Dietmar dann Molotow-Cocktails. Er hatte den Dreh schnell raus.

Am Morgen trafen sie auf eine Straßensperre und ein Sonderkommando, das sich hinter dem Streifenwagen verschanzte. Dietmar sah zu Hiltrud hinüber und lächelte voller Vorfreude.

»Das nennt man einen zünftigen Showdown!«

»Aber wir nehmen doch ein paar von denen mit?«

»Nur ein paar? Wir sind doch Didi und Hilli, das Verbrecherpärchen schlechthin!«

»Ach, Didi. Du bist auf einmal so ... männlich.« Hiltrud legte ihre Hand auf sein Bein.

»Ist heute etwa schon Mittwoch?« Didi zog die Augenbrauen empor. »Aber erst erledigen wir das hier. Und dann bauen wir die beiden Betten hinten zu einem Dreier zusammen. Einer Spielwiese. Das wollte ich schon immer mal ausprobieren.«

»Du verrückter Hund«, sagte Hilli, schnappte sich die abgesägte Schrotflinte, die sie dem letzten Tankstellenpächter aus den kalten toten Händen gerissen hatte, und sprang brüllend aus dem Campervan. Die Maschinenpistolen des SEKs mähten sie um, bevor auch nur einer ihrer Füße den Boden berührt hatte.

Didi beschloss, seine Pläne zu ändern. Das ging ihm einfach zu schnell. Mit erhobenen Händen trat er aus dem Tramp und ging seitwärts zu Hilli.

»Du spielst auch mit?«, sagte er überrascht. »Hör mal, das hättest du mir aber auch stecken können! Sag bloß, du hast Schauspielunterricht genommen, als du behauptet hast, deine Mutter zu besuchen, du raffiniertes Ding. Ui, da haben sie dir aber eine große Kunstblutpackung gegeben. So viel kann normalerweise nicht aus einem Schädel fließen, aber ich will mal nicht kleinlich sein. Dank dir, Schatz! Du machst mir gerade eine Riesenfreude!« Ihm kamen ein paar Tränchen.

Er wandte sich an die Polizistenschaft. »Ich ergebe mich!«

Langsamen Schrittes ging er auf die Uniformierten zu, dann brach er zusammen, ja er heulte wie ein kleines Kind. Als der erste Beamte zu ihm trat, entriss Didi ihm die Maschinenpistole und drückte sie ihm an die Schläfe.

»Keine Bewegung, Freundchen!« Flüsternd sagte er zu dem kurzatmig gewordenen Mann: »Sie werden euch hier überrennen mit Feriengästen, das kann ich euch versprechen. Ich werde nämlich einen sehr lobenden Artikel für die ›Caravaning‹ schreiben!«

Unter den Polizisten erkannte Didi nun ein bekanntes Gesicht. Es war dieser Krimiautor aus Hillesheim, also eigentlich dieser Schreiner namens Ralf Kramp. Didi winkte ihm mit der freien Hand fröhlich zu. »Danke noch mal für die Info! Toll, dieser ganze Aufwand.«

Kramps Gesicht verzog sich schmerzverzerrt. Er hielt ein Megafon empor und sprach hinein. »Hören Sie auf, um Gottes willen! Das war doch alles nur Spaß, was ich Ihnen erzählt habe. Blödsinn. Schabernack. Ich schwöre es! Keiner hier ist Schauspieler! Das ist alles echt. Auch die Toten!«

Kramp hätte ihn überzeugen können. Wirklich. Doch der kleine Eifeler Autor mit dem so gewinnenden Lächeln trug in diesem Moment nicht nur sein Lieblings-Tweedsakko, das er in Brighton auf dem Flohmarkt erstanden hatte, sondern hielt auch eine rauchende Pfeife in Händen.

War also verkleidet.

»Der war gut!«, rief Holzkoven, richtete die entsicherte MP5 von Heckler & Koch auf Kramp und metzelte diesen mit einer Salve nieder.

Da hielt es die Polizisten nicht mehr. Kramp umzubringen war des Guten zu viel. Der Mann war solch ein Glücksfall gewesen! Wo würden sie jetzt bloß einen Schreiner herbekommen, der so wunderbar einen Krimischriftsteller geben konnte?

Die Schüsse kamen von allen Seiten. Und in seinem letzten klaren Moment dachte Didi, wie ungemein authentisch die Eifel-Touristik sogar das mit den Schmerzen in seiner Brust, seinem Oberschenkel, seinem Unterschenkel, seinen beiden Füßen und natürlich auch das mit seinem abgeschossenen Ohr hinbekommen hatte. Und freute sich schon wie ein Schneekönig auf das fingierte Aufwachen im Himmel.

Ganz, ganz großes Kino war das.

Zu dieser Geschichte passt natürlich am besten der Wein eines Eifelkrimi-Autors. Auch wenn es mir etwas unangenehm ist: Der Einzige, der von diesen seinen eigenen Wein macht, bin ich. Er stammt von meinem Weinberg in der Lage St. Aldegunder Himmelreich an der Mosel, und es handelt sich um einen feinherben Riesling mit Namen »Cœur de Pirate« (Das Herz des Piraten). So habe ich ihn getauft, weil der Steilst-Weinberg bei uns aufgrund seiner abenteuerlichen Lage nur Piratenstück heißt. Man muss durch ein kleines Waldstück und über einen Felsen kraxeln, um zu ihm zu gelangen. Die Reben sind uralt, wurzelecht, der Schieferboden schlittrig (ich weiß leider, wovon ich rede …), aber der Ausblick spektakulär. Früher habe ich den Weinberg mit Freunden selbst bewirtschaftet und alle Arbeiten per Hand durchgeführt. Seit einigen Jahren betreut ihn das Weingut Franzen aus Bremm für mich – und weil Angelina und Kilian Franzen Spitzenwinzer sind, ist der Wein seitdem richtig gut geworden.

Dietmar Holzkoven könnte auch zu einem Wein von Andreas Wagner aus Essenheim greifen. Das liegt zwar in Rheinhessen, aber Wagner ist sowohl Winzer wie Krimiautor.

TREUETEST –
DIE AGENTUR DEINES VERTRAUENS

12. Januar, 13:47 Uhr

Hey Liz,

danke für deine nette Mail! Und um auf deine direkte
Frage ganz direkt zu antworten: Ja, ich kann Männern
ansehen, ob sie zur Untreue fähig sind. Ein Blick in die
Augen reicht dafür. Aber dann muss ich es leider noch
beweisen. ☺
Ohne männerfeindlich zu werden (schwer in meinem
Job!): Das ist wie bei Kindern, die vor dem Schaufenster
eines Spielzeugladens stehen. Die Blicke von manchen
verraten, dass sie sich etwas aussuchen, von dem sie wissen, dass sie es bald bekommen werden. Vorfreude pur.
Andere blicken nur sehnsüchtig zu der Spielkonsole, die
für sie auf Jahre hinaus zu teuer sein wird.
Wir Frauen spüren so etwas unterbewusst, ich habe gelernt, es mir jedes Mal so bewusst zu machen, als würde
eine Neonreklame aufflackern.
Zu deiner zweiten Frage: Du würdest dich wundern, wie
viel Kundschaft ich als Treuetesterin habe, ich kann echt
gut davon leben. Läuft alles über das Internet, Bezahlung
per EC-, Kreditkarte oder PayPal. Die Kundinnen erhalten einen mehrseitigen Bericht, Chatverläufe (WhatsApp,
Facebook etc.), Fotos und Videos. Dokumentiert wird,
wie ich versuche, ihrem Kerl nahezukommen, na ja, und
was dann eben passiert. Also keine Sex-Fotos oder so, es
reicht ja völlig, wenn der Typ mit mir knutscht. Untreue
mag für jeden woanders beginnen – wenn du aus dem
Rheinland kämst und Karneval feiern würdest, wüsstest

du, was ich meine ☺ –, aber der Kuss ist für neunzig Prozent die Besiegelung der Untreue. Mit etwas Glück (für meinen Job, weil es dann sehr eindeutig ist) hab ich auch ein Dick-Pic, also ein Foto seines besten Stücks – oder was er dafür hält. Ich glaube, es ist echt schwer, einen Ständer attraktiv zu fotografieren, das gelingt nur richtig guten Fotografen, und Männer, deren Blut gerade in ihrem Geschlechtsorgan pumpt, sind definitiv keine! Aber genug davon, das ist echt der unappetitlichste Teil eines Auftrags.

Du schreibst, dass du einen Film über eine Treuetesterin machen willst. Ich bin gerne deine Expertin. Aber, geradeheraus gefragt, was springt für mich dabei raus? Und hättest du ein paar Infos über dich? Oder eine Homepage, wo ich mal reingucken kann?

Liebe Grüße
Julia (das ist zumindest mein Pseudonym)

***

13. Januar, 19:15 Uhr

Hey Liz,

»Julia«, weil Männer den Namen mögen. Da rasen dann irgendwelche Elektroblitze durch ihr hormongesteuertes Hirn und lassen sie an Romeo und Julia denken. Eigentlich heiße ich Bettina. Ja, ich weiß! Ist der zweite Vorname meiner Mutter, und sie muss bei der Geburt (elf Stunden Wehen …) echt schlecht auf mich zu sprechen gewesen sein. Der Name war wohl ihre Rache. Mein zweiter Name ist Anne, den benutze ich als meinen Rufnamen.

Du fragst nach einer guten Geschichte aus meinem Job, und ich hab sogar eine richtig, richtig gute. Dafür will ich aber was: ein Viertel von der Kohle, die du für das Drehbuch bekommst, deine Versicherung, dass die Namen geändert werden, und – das ist das Allerwichtigste – eine eidesstattliche Erklärung, dass alles unter uns bleibt!!! Es geht hier nämlich um eine Straftat, und ich will nicht, dass irgendwer dafür ins Gefängnis wandert. Wir würden es deshalb so machen: Ich schreibe dir, und du löschst nach dem Lesen meine Mails. Falls du dich nicht darauf einlässt, hörst du nichts mehr von mir. Wir könnten uns natürlich auch treffen, und du machst dir Notizen, aber ich will das nicht im Gespräch erzählen, sondern muss das aufschreiben und überarbeiten, damit es auch richtig rüberkommt. Ist ein bisschen kompliziert, aber: Deal?

Liebe Grüße
Julia (ich bleib jetzt dabei ☺)

PS: Deine Homepage ist supercool, ich mag ja so ultrareduziertes Zeug! Von diesen ganzen Indie-Sachen kenne ich zwar nix, aber die klingen alle total spannend. Schick mir doch mal eine DVD von deinem Lieblingsfilm. Mich würde ja am meisten der für die ARD über eine Streetworkerin interessieren.

***

15. Januar, 10:13 Uhr

Okay, Liz, du hast es so gewollt! Wir haben einen Deal! Ich hab dir ja schon von dem unappetitlichen Teil meiner Arbeit erzählt (Dick-Pics, du erinnerst dich?), jetzt kommt der appetitlichste. Eigentlich ein totaler Routine-Auftrag. Ein FC-Köln-Fan, der die Spiele immer in seiner Stammkneipe guckt. Ich also Mannschaftsshirt und

Schal besorgt sowie, gaaanz wichtig, ebenso knappe wie enge Fußballshorts. Dazu durchsichtige schwarze Kniestrümpfe. Sah echt sexy aus. Außerdem hatte ich mich ein bisschen eingelesen, um was Kluges zum Spiel sagen zu können. Wollte vermeiden, dem Blondinen-Klischee zu entsprechen und Abseits nicht zu kennen. Wobei ich es trotzdem darauf anlegen wollte, dass er mir was erklärt, so was lieben Männer ja: uns Frauen die große, weite, ach so komplizierte Welt erklären. Nur Mann weiß, was vor der Höhle bei den Säbelzahntigern abgeht ...

Sein Name war Marco (Name von der Redaktion geändert ☺). Ein dunkelhaariger, südländischer Typ. Seeehr attraktiv, auf so eine charmant-unrasierte Weise. Mir war sofort klar, dass er den Treuetest nicht bestehen würde. Schon als ich reinkam, guckte er zu mir. Und zwar – obwohl das Spiel lief! – ganz ausführlich von oben bis unten. Er checkte mich ab, und es gefiel ihm extrem, was er sah. Als er sich in der Pause an der Theke ein Bier holte, brachte er mir auch eins mit. »Lass uns auf den Sieg trinken«, hat er gesagt, dabei lag der FC zu dem Zeitpunkt schon 0:2 hinten (ist dann sogar 0:4 ausgegangen). Den Spruch fand ich souverän und lustig. Ich mag es, wenn Männer Humor haben.

Wenn du denkst, ich gebe bei meinen Tests direkt Vollgas in Sachen Flirten, täuschst du dich. Das wäre viel zu plump, außerdem verschreckt manche Männer eine Frau, die zu pushy ist. Es muss alles real wirken. Ich also meine Standard-Story: Bin neu in der Stadt, kenne mich überhaupt nicht aus (buhu, die kleine Julia ganz allein im Wald ☺) und hab noch gar keinen Anschluss gefunden (»Deshalb hab ich mir für heute auch extra die FC-Klamotten besorgt und bin hierhin«). Außerdem lasse ich subtil einfließen, dass ich im ersten Semester Sport studiere, also gut in Form bin. Den Rest meiner Bio passe ich an den jeweiligen Typen an. Infos wie Beruf,

Hobbys, Lieblingsländer und so frage ich im Vorhinein immer bei der Partnerin ab. Marco steht auf klassische Rockbands, so was wie Deep Purple oder Ozzy Osbourne (Würg!). Ist überhaupt nicht meins, aber hab ich mir alles angehört. Er arbeitet bei einem Start-up, das Apps programmiert, vor allem Handyspiele. Für all diese Infos gilt: gut dosieren! Haust du alles auf einmal raus, werden die Typen misstrauisch. Aber beim Telefonnummern-Austauschen nach dem Spiel hab ich sein Handy bewundert und gesagt, dass es irre teuer aussieht (dabei sehen die für mich mittlerweile alle gleich aus) und ob er mir vielleicht ein paar coole Apps empfehlen könnte. Und dann war ich totaaaal beeindruckt von seinem Job. Zack die Bohne!

Noch am selben Abend textete er mich zu, während er mit seiner Frau vor dem Fernseher saß …

Wir schrieben uns eine gute Woche, und es war lustig. Echt. Mit der Zeit nahmen seine Anspielungen zu, von wegen wir müssten uns unbedingt wiedersehen, außerdem solle ich ihm Fotos von mir schicken. Also bekleidet (obwohl er gegen unbekleidet auch nichts hätte). Wenn du hier Details für deinen Film brauchst: Ich archiviere die ganzen Nachrichten und schreibe Gedächtnisprotokolle über die Treffen – alles Teil des Service.

So weit, so normal.

Dann ging es weiter: Bei ihm treffen ginge nicht (angeblich wohnt er in einer WG und seine Mitbewohner sind Pfeifen – lahme Ausrede), er wollte zu mir kommen – und da dann für mich kochen. Er habe nämlich italienische Wurzeln und wüsste ein Spezial-Dessert, durch das sich alle Frauen in ihn verlieben würden. Pfff! Aber (Spoiler!): Kochende Männer sind total mein Fetisch. Ich liiiiiebe es, ihnen dabei zuzusehen, das macht mich extremst an. Ich also zugesagt. Natürlich nicht bei mir zu Hause! Wichtige Regel: Niemals den Job nach Hause bringen. Viel zu

gefährlich. Der Typ erfährt ja irgendwann, dass ich ein Fake war, und könnte sich rächen. Noch gefährlicher: Du wirst in deiner eigenen Bude vergewaltigt.
Ein alter Freund von mir hat ein Möbelhaus mit Küchenstudio. Von allen Seiten verglast, da macht keiner eine Dummheit. Und ich durfte für den Auftrag nach Ladenschluss rein.
So, jetzt du: Was meinst du, was passiert ist?

Liebe Grüße
Julia

***

16. Januar, 9:04 Uhr

Liebe Liz,

schwach, ganz schwach! Sex in der Küchenzeile? Ist mein Leben etwa ein billiger Porno? Warum liegt hier überhaupt Stroh rum, oder was??? ☺
Nein, es war richtig, richtig, richtig nett. Es war so schön, dass ich irgendwann vergessen hab, dass es nur ein Job ist. Was mir noch nie passiert ist. Aber als ich die erste Gabel von seinen göttlichen Grießknödeln mit Kaffeefeigen gegessen hab, wow! Supernova! Die sind sooooo lecker. Diese fluffigen Knödel, dazu die Rotwein-Cassis-Soße mit dem leichten Kaffeegeschmack. Ist ein Rezept von seiner Oma Mali aus Südtirol, das er selbst weiterentwickelt hat. Ich sag dir ganz ehrlich: Es fing an den Fußsohlen an zu kribbeln und wanderte hoch bis zur Kopfhaut. Besser als etliche Orgasmen, die ich hatte. Es war, als bestünde mein ganzer Körper aus Knödeln und Feigen. Auf eine gute Art, nicht auf so eine Lebkuchenmann-Art.

Ich hatte vorher etwas Herzhaftes für uns gekocht: meine berühmten Penne all'arrabbiata. Ich stehe nämlich auf italienische Küche, wir hatten also fast schon ein italienisches Menü! Wusstest du eigentlich, dass »all'arrabbiata« übersetzt »auf leidenschaftliche Art« bedeutet? Gut, es kann auch »zornig« heißen, aber dann ist man ja auch voll leidenschaftlich ☺. Die Nudeln mach ich immer frisch, in die Soße hau ich allerlei Scharfes. Das treibt dir den Schweiß auf die Stirn, aber danach fühlst du dich so richtig energiegeladen.

Nach dem Essen haben wir geknutscht. Und der kann küssen, sag ich dir! Das ist eine Sache, die man Männern leider nicht ansieht: ob sie gut küssen können oder nicht. Was wäre mir alles erspart geblieben, wenn ich das vorher erkennen könnte!!!!

Es hat echt nicht viel gefehlt, und wir hätten … Aber hey, ich bin Profi!

Deswegen hatte ich nachmittags auch eine Videokamera in der Küche angebracht, die das Ganze filmte.

Auftrag erledigt.

Aber da kam noch was.

Und was da noch kam …

Viele Grüße!
Julia

***

16. Januar, 15:37 Uhr

Wow, Liz! Antwort innerhalb von fünf Minuten? Sorry, dass ich jetzt erst zum Antworten komme. Musste arbeiten.

Und ja, du hast völlig recht, an diesem Punkt wäre die Sache eigentlich durch gewesen. Ich hatte meinen Abschlussbericht geschrieben, Video dazugepackt und alles mit der Abschlussrechnung per Download-Link an die betrogene Ehefrau geschickt. Ein Telefongespräch ist allerdings ebenfalls Teil des Service. Die Betrogenen haben nämlich immer Nachfragen, wollen Details wissen. Der unangenehmste Teil meiner Arbeit. Und was macht Marcos Frau (Mia heißt sie)? Will doch allen Ernstes, dass ich herausfinde, ob er mit mir schlafen würde! Ich so: »Klar würde er das, haben Sie das Video nicht gesehen? Da fehlte nicht mehr viel!« Und sie: »Ich will ein Video, auf dem er nackt ist, weil er kurz davorsteht, mit Ihnen zu schlafen. Dann kann ich ihn richtig demütigen.« So was mache ich nicht. Ist nicht Teil meines Jobs. Aber Mia bot mir viel Geld, ich meine richtig viel Geld. Um es klar zu sagen: Sie bot mir zehntausend Euro. Für ein einziges Video!

Sie sagte, nächste Woche stünde offiziell eine Dienstreise bei ihr an (die sei abgesagt worden, was sie ihrem Mann nicht mitgeteilt hatte), da hätte Marco also sturmfreie Bude. Ich könnte vorher vorbeikommen und eine Videokamera installieren, um alles zu filmen. Sie würde an dem Abend dann überraschend dazukommen, sobald ich ihr per SMS eine entsprechende Nachricht schicke. Alles safe also.

Ich trotzdem so: Nein, sorry, geht gar nicht.

Weil ich mich nämlich total in Marco verknallt hatte. Megaunprofessionell! Darf nicht passieren, ist aber passiert. Ich glaub echt, es lag an seinen genialen Grießknödeln mit Kaffeefeigen. Einen Mann, der so was kochen kann, muss man einfach lieben. Und so ein Gericht will man immer wieder serviert bekommen, bis ans Ende des Lebens. Tja, nur wie sollte ich es anstellen, mit ihm zusammenzukommen? Als Treuetesterin, die von der Ehefrau bezahlt wurde, hat man natürlich ganz miese Karten. Selbst oder besonders dann, wenn sie ihn vor die Tür setzt.

Aber ich hatte gespürt, dass Marco mehr für mich fühlte, als es bei einem Seitensprung der Fall gewesen wäre.
Zwei Tage hab ich nach dem Abschlussgespräch mit seiner Ehefrau gewartet, um sicherzugehen, dass sie ihm in der Zwischenzeit alles eröffnet hat. Dann hab ich ihn einfach angerufen. Im Privaten hab ich nämlich immer ein offenes Visier, full frontal, bin Westfälin, das liegt in den Genen. Hab sicher eine Viertelstunde geredet und nur Pausen zum Luftholen gemacht.
Linus (ich kann das nicht mehr schreiben mit dem falschen Namen, und es bleibt ja alles unter uns, das hab ich ja schriftlich von dir) hat erst mal nix gesagt. Da war wirklich komplett Stille am anderen Ende der Leitung. Dann er so: »Okay, wenn Tanja (seine Frau heißt natürlich nicht Mia) will, dass wir uns hier treffen, während sie nicht da ist, kann sie das gerne haben. Ihre Dienstreise ist zwar abgesagt, aber sie fährt am Wochenende zu ihren Eltern. Und ob ich mich dann nackig mache, gucken wir mal.« Da musste ich total lachen!!!
Wir redeten noch lange, und er erzählte mir, dass Tanja ihm die Hölle heißgemacht hatte, aber nicht die Scheidung wolle. Bei ihm wäre das überhaupt nicht klar (Abteilung: Wink mit dem Zaunpfahl).
Er wollte, dass ich wieder meine Penne koche, und ich hab natürlich drauf bestanden, dass er seine Knödel rausholt (sorry, aber der Gag musste jetzt sein, der lag mir schon die ganze Zeit auf der Zunge ☺).
So, muss wieder an die Arbeit. Melde mich heute Abend wieder (kann spät werden …). Wie läuft es mit unserem Filmprojekt? Hat die Münchner Produktionsfirma angebissen?

Viele Grüße!
Julia

PS: DVD ist noch nicht angekommen. Haste schon los-
geschickt?

***

16. Januar, 23:17 Uhr

Liz, you made my day! ZDF in der Primetime ist super!!!
Scheint ja echt mega Interesse an meinem Job zu bestehen.
Vielleicht sollte ich anonym ein Buch über meine Arbeit
schreiben, was meinst du? Natürlich ohne die Geschichte,
die ich dir jetzt erzähle. Du wirst gleich verstehen ...
Und ja, natürlich bekommst du das Rezept der Knödel.
Aber erst, nachdem ich dir geschrieben habe, wohin sie
geführt haben. Erst dann begreifst du nämlich ihre Bedeutung.
Also der Abend, nee, warte: DER Abend. Ich war echt
aufgeregt, wir hatten zwar schon geknutscht, aber das war
mein erstes Date mit ihm als ich. Das ist was anderes, kann
ich schlecht erklären. Ich hatte richtiges Herzklopfen.
Und er auch, das hab ich gespürt. Wir haben zur Begrüßung nicht geknutscht, uns nur so umarmt, wirklich wie
bei einem ersten Date, inkl. Kribbeln aus Unsicherheit.
Wir haben direkt mit dem Kochen losgelegt, wobei er
mir diesmal ein wenig geholfen hat und ich ihm, das war
fast wie tanzen. Total süß.
Als wir die Teller mit den Grießknödeln leer gegessen
hatten, genau in dem Moment, als wir die Löffel aus der
Hand legten, schauten wir uns an – und dann ging es los.
Die berühmte Küchentisch-Nummer. Und ich sag dir:
Er kann nicht nur richtig gut küssen ...
Von da an trafen wir uns jeden Abend. Ach was: jede freie
Minute! Meist bei mir wegen seiner Frau. Und immer
musste er mir seine Südtiroler Grießknödel machen, ich
konnte nicht genug bekommen, ich war total süchtig.

Uns beiden war klar, dass wir zusammenleben wollen. Große, wahre Liebe, du verstehst! Das Problem war natürlich seine Frau, die hatte ihn wegen des Knutschvideos aus dem Küchenstudio in der Hand. Es stellte sich nämlich heraus, dass Linus, tadaaa, evangelischer Pastor ist und gar kein App-Entwickler. Das erzählt er immer nur in der Kneipe, weil sein Pastor-Dasein so eine Distanz zu den Leuten aufbaut und er bei FC-Spielen einfach nur ein Fan unter vielen sein will, vor dem sich niemand geniert, wenn er flucht oder so. Sein Fremdknutschen auf Video (okay, inklusive Rumgefummel), mal eben von seiner Frau bei YouTube hochgeladen, hätte deshalb nicht nur für tierisch Aufsehen in seiner Gemeinde gesorgt, sondern ihn seinen Beruf, also seine Berufung gekostet.

Es gab nur eine Möglichkeit, die absolute Sicherheit versprach.

Ich bin echt nicht stolz drauf! Im Gegenteil, ich schäme mich dafür und hab Schuldgefühle wie Sau, aber sie war wirklich eine miese Erpresserin, ein böser Mensch, der Linus nie hätte in Frieden leben lassen. Du ahnst es, und du ahnst richtig: Sie musste sterben. Das ist für einen Pastor natürlich überhaupt nicht okay, dagegen ist »Dornenvögel« Kindergarten, aber wir waren so voller Liebe (und auch voller Hormone) und haben das gemeinsam beschlossen.

Ich also einen Termin mit Tanja ausgemacht. Thema: Nachbesprechung. Hab so getan, als wäre das normal und Teil meines Service.

Sie hat direkt Ja zu dem Treffen gesagt.

Ich hatte Kekse gebacken (und erzählt, das würde ich immer so machen). Trostpflaster-Kekse in Form von echten Pflastern (also mit viel Phantasie …). Im Teig war ein Gift drin, das Linus mir besorgt hatte. Ich hab nicht gefragt, woher und was es ist, wollte ich alles gar nicht wissen!

Ich hatte echt Gewissensbisse, nicht dass du denkst, ich sei eine eiskalte Bitch. Aber Tanja war wirklich eine – der Voldemort in Frauenform. Sie hat die Plätzchen weggefuttert, als wäre es das erste Essbare, was ihr seit Monaten vorgesetzt wurde.

Dann wurde es merkwürdig.

Tanja schenkte mir Rotwein ein, und wir stießen an, um das »Du« zu besiegeln. Ich trank – sie aber nicht. Der Wein war extrem würzig und hinten recht bitter.

Nachdem sie das Glas abgesetzt hatte, sagte sie mit einem zufriedenen Lächeln: »Ist jetzt so weit.« Aber sie sagte das nicht zu mir!

Linus tauchte plötzlich auf, der sollte eigentlich gar nicht da sein, sondern in seiner Stammkneipe. Wegen Alibi! Vorher hatte ich ihm bei mir zu Hause eine extragroße Portion Penne gekocht. Für die Nerven.

Tanja fing an zu lachen, so richtig hysterisch, und verschluckte sich fast dabei.

Was dann passierte, schreib ich der Einfachheit halber als Dialog (genauso könntest du das eigentlich auch in deinem Film ablaufen lassen):

Tanja: *(lachend)* Sie hat es echt geglaubt, oder?
Linus: Total.
Julia: Linus?
Tanja: Du bist nicht die Erste und wirst nicht die Letzte sein.
Julia: *(an Linus gewandt)* Wovon redet deine Frau?
Tanja: Keine kann Linus' Grießknödeln widerstehen. Damit hat er mich damals auch rumbekommen. Na, spürst du schon was?
Julia: Wie meinst du das?
Tanja: Im Rotwein war Gift.
Linus: Was du in die Plätzchen getan hast, war bloß harmloses Natronsalz.

Julia: Was? Ich versteh nicht …

Tanja: Macht nichts, gleich bist du sowieso tot. Es ist ein Spiel, Julia. So wie andere Paare zusammen Exit-Games machen oder in den Swingerclub gehen. Linus und ich haben viel mehr Freude an Rollenspielen – und am Ende stirbt jemand. Wobei Linus und seine Grießknödel der Köder sind, die Morde überlässt er immer mir. Danke dafür, mein Schatz!

Julia: Mir ist ganz schummrig …

Tanja: *(fesselt meine Handgelenke mit Kabelbindern an die Stuhllehne)* Eine Ehebrecherin weniger. Der Herr wird es uns danken. *(Sie bekreuzigt sich)* Darauf will ich anstoßen. Champagner!

Linus: *(öffnet eine Flasche, schenkt zwei Gläser ein)* Auf uns!

Tanja: *(stößt mit ihm an)* Auf uns! Und jetzt lass uns zuschauen, wie sie von uns geht. Das mag ich immer am liebsten. Davon will ich keine Sekunde verpassen.

Gut, ein wenig fehlt für dich jetzt der Thrill, weil du ja weißt, dass ich noch lebe. Aber mir war in dem Moment völlig unklar, ob und wie ich aus der Nummer wieder rauskommen könnte.

Linus: Wird nicht mehr lange dauern. *(Er atmet schwer)* Das hier werden wir unser ganzes Leben machen, oder?

Tanja: Oh ja, bis wir alt und grau sind.

Linus: Du würdest mich nie gehen lassen, oder?

Tanja: Nein, nie! *(wirft ihm einen Kuss zu)* Ich würde jeden aus dem Weg räumen, der zwischen uns steht, und kämpfen wie eine Löwin. Bis zum bitteren Ende, das weißt du doch.

Linus: Ja, das weiß ich. Deshalb war das auch unausweichlich.

Tanja: Was meinst du, Schatz?

Linus: Julia hat sich wegen des Rezepts meiner Großmutter in mich verliebt, und ich hab mich in Julia verliebt – wegen ihrer Penne all'arrabbiata. Nicht nur, aber auch. Die sind nämlich phantastisch. Aber du würdest mich niemals gehen lassen, das hast du gerade selbst zugegeben. Du würdest mein Leben zerstören und Julias auch. Deshalb ging es nicht anders. Das Gift, das ich dir für Julias Wein gegeben habe, war keines, dafür war in deinem Champagner welches. Es tut mir echt leid, wir hatten eine gute Zeit. Aber jetzt beginnt für mich eine neue. *(beugt sich zu mir)* In deinem Wein war nur ein starkes Schlafmittel, damit alles authentisch wirkt und sie keinen Verdacht schöpft.

(Tanjas Augen werden glasig, Schaum vor dem Mund, sie zuckt)

Julia: Aber warum hast du sie mich nicht mit meinen Plätzchen umbringen ... *(Weiter komme ich nicht)*

Linus: Weil ich noch einmal mit ihr reden wollte und weil ich das selbst erledigen musste. Das war meine Bürde.

An mehr erinnere ich mich nicht, weil dann das Schlafmittel zugeschlagen hat. Als ich aufgewacht bin, war Tanja schon weg. Linus hat mir nie erzählt, was er mit ihr angestellt hat. Und seitdem sind wir zusammen – und kochen jeden Tag gemeinsam. Er hat mir auch endlich sein Rezept verraten. Wenn das nicht wahre Liebe ist, dann weiß ich auch nicht.

Heftig, oder? Ist das eine Story, oder ist das eine Story?

Wie gesagt: ZU KEINEM EIN WORT! Und halt ja unsere echten Namen raus. Bin schon irre gespannt auf dein Drehbuch!

Viele Grüße
Anne

***

19. Januar, 7:03 Uhr

Liz, ernsthaft?????????????????
Pardon: Polizeihauptkommissar Holger Regner, ernsthaft? Du hast dich als feministische Filmemacherin ausgegeben, um einen Mord aufzuklären? Findest du das okay? Und ich soll wegen versuchtem Mord drankommen? Ha! Ich sag dir was: Ich hab das Gift (das ja gar keins war!!!) überhaupt nicht in die Plätzchen getan. Das war eine Lüge, um mich bei dir interessant zu machen. Beweis du mir das Gegenteil!
Und egal, wie sehr du bettelst (hör auf, mir den AB vollzuquatschen!!!), du bekommst das Rezept nicht. Das ist deine Strafe für die verlogene Scheiße. Ich mag die (leider völlig soziopathische) Liebe meines Lebens an den Knast verloren haben, aber du hast ein Leben mit Grießknödeln und Kaffeefeigen verloren. Glaub mir, wenn ich sage: DU hast verloren!

WEINTIPP

*In dieser Geschichte kommt einiges an Wein vor. Es gibt eine
»Rotwein-Cassis-Soße mit leichtem Kaffeegeschmack«, später
stoßen Tanja und Julia auf das »Du« mit einem extrem würzi-
gen Rotwein an, der hinten recht bitter schmeckt. Die Bitter-
keit kommt nicht von einem Gift, denn das befindet sich ja im
Champagner.*

*Es wäre deshalb merkwürdig, würde man zu dieser Geschichte
einen Champagner genießen, vor allem falls die Festigkeit der
eigenen Ehe nicht zu hundert Prozent gegeben ist. Ein würziger
Roter sollte es sein, der zu Penne all'arrabiata passt. Dieses Gericht
stammt aus der mittelitalienischen Region Latium, die genau eine
DOCG (Denominazione di Origine Controllata e Garantita) für
Rotwein aufweist: Cesanese del Piglio.*

*Zum Beispiel von der Kellerei Corte dei Papi, die in den Bergen
um die Stadt Anagni liegt, nur rund sechzig Kilometer südöstlich
von Rom. Hier wächst die Rebsorte Cesanese d'Affile, die typischerweise nach Veilchen und Brombeeren duftet. Corte dei Papi
ist ein großer Betrieb, ihr Cesanese del Piglio ein unkomplizierter,
süffiger Alltagswein mit weichen Gerbstoffen.*

*Der Name des Weingutes bedeutet übersetzt »Hof der Päpste«
und erinnert daran, dass Anagni schon vier Päpste hervorgebracht
hat. Vielleicht erteilt dieser Wein Anne und Linus allein durch
seinen Genuss schon Absolution. Praktisch wäre es auf jeden Fall.*

DAS VIERTE GEBOT –
BIBLISCHES DRAMA IN EINEM AKT

HANDELNDE PERSONEN:

Sophia Brüggemeier
Klassenlehrerin der 9c
des Carl-Orff-Gymnasiums (G8)

Horst Kapischke
Vorsitzender der Klassenpflegschaft,
Oberstleutnant a. D. der Bundeswehr,
Vater von Dirk

Ursel Schmitz
seine Stellvertreterin,
Mutter von Florian

Dr. Gaby Moser
Lehrerin an einer Schule im sozialen Brennpunkt,
Mutter von Miriam

Diethelm Schwaner-Breitenstreu
evangelischer Pfarrer,
Vater von Eleonore

ORT:

Klassenzimmer der 9c; siebenundzwanzig Eltern
sind anwesend. Rechts ist ein kleines Büfett
aufgebaut (Frikadellen, Käsewürfel, Schichtsalat, Nudelsalat,
Kartoffelsalat, dreierlei Kuchen – alle Marmor), daneben
Getränke (Wasser, Limonade, alkoholfreies Bier, Kaffee).

Sophia Brüggemeier: Dann wollen wir mal loslegen, oder? Als Erstes möchte ich Sie ganz herzlich zu unserem letzten Elternabend in diesem Schuljahr willkommen heißen. Da keine Wahlen anstehen, wird es sicher ganz entspannt werden *(lacht)*.

Horst Kapischke: Die Abschlusszeugnisse stehen aber an.

Sophia Brüggemeier: Das stimmt, Herr Kapischke. Für viele Schüler stellt sich jetzt die Frage –

Dr. Gaby Moser: Schülerinnen und Schüler.

Sophia Brüggemeier: Wie?

Dr. Gaby Moser: Schülerinnen und Schüler. Sprache formt das Denken. Bei uns an der Schule achten wir konsequent auf genderkonforme Sprache. Und obwohl wir eine Schule in einem sozialen Brennpunkt sind, bekommen wir das hin. Auch die Lehrerinnen und Lehrer.

Sophia Brüggemeier: Also die … Schülerinnen und Schüler. Die Klasse. Für die Klasse stellt sich die Frage, wer abgeht und wer in die Oberstufe wechselt. Als gemeinsamen Abschluss für alle haben wir ja vor Kurzem unsere letzte Fahrt als Klasse gemacht – und die war wirklich sehr, sehr schön, aber das werden Ihnen Ihre Kinder bestimmt schon berichtet haben. Zweiter Tagesordnungspunkt heute ist das Klassenklima, Punkt drei die neuen Regeln zur Handynutzung an unserer Schule. Dann kommen wir zur Schulbibliothek, die aktuell zum einen Spenden für die Digitalisierung sammelt und sich zum anderen über freiwillige Helfer freuen würde – und Helferinnen, danke, Frau Dr. Moser, Sie müssen nicht aufzeigen, um mich zu korrigieren. Ich bin jetzt sensibilisiert. Zum Schluss dann: Verschiedenes. Frau Schmitz, wären Sie heute wieder so nett, das Protokoll zu führen?

Ursel Schmitz: Wenn sich sonst keiner meldet *(lacht verlegen, hört aber schnell auf, als niemand mitlacht)*. Gern.

Horst Kapischke: Ich darf doch davon ausgehen, dass unter »Verschiedenes« auch die Beurteilung der Schüler … äh, innen und Schüler ausführlich besprochen wird?

Sophia Brüggemeier: Nein, darüber habe ich mit Ihren Kindern geredet, das soll heute nicht Thema sein.

Ursel Schmitz: Mein Florian kam weinend nach Hause, weil er nicht versetzt wird. Er weiß nicht, was er falsch gemacht hat.

Sophia Brüggemeier: Hier und heute ist weder der richtige Ort noch die richtige Zeit dafür. Sie können über einzelne Noten auf dem Elternsprechtag mit mir reden. Und seien Sie unbesorgt: Es gibt manchmal einfach Schuljahre, in denen die Noten schlechter werden, das war diesmal bei all Ihren Kindern so. Hängt vermutlich mit der Pubertät zusammen.

Horst Kapischke: Dirk soll in Sport eine Fünf bekommen! Wie sieht das denn aus für einen zukünftigen Bundeswehrsoldaten? Ich sag es Ihnen: peinlich! Diese Note ist ein Armutszeugnis für Sie als seine Sportlehrerin.

Sophia Brüggemeier: Noch mal. Dafür gibt es Elternsprechtage. Lassen wir uns von den Benotungen jetzt nicht die gute Laune verderben.

Diethelm Schwaner-Breitenstreu: Ich möchte Ihnen wirklich nicht widersprechen, aber Eleonore hat zum ersten Mal in ihrem Leben nur eine Zwei in Evangelischer Religion. Und das ist dann schon ein Thema, das wir in großer Runde besprechen sollten. Ich frage mich, wie solch eine Note für die Tochter eines Pastors überhaupt möglich sein kann. Darüber wundern sich sicher auch andere in der Gemeinde … der Eltern. Und Sie, Frau Brüggemeier, sind schließlich die Religionslehrerin.

Sophia Brüggemeier: *(seufzt)* Ich kann sehr gut verstehen, dass hinsichtlich der einen oder anderen Note Gesprächsbedarf besteht, und ich bin die Letzte, die sich diesem Ansinnen verweigert. Auf dem Elternsprechtag haben wir alle Zeit dafür. Und jetzt müssen wir wirklich weitermachen, die Zeit rennt. – Gut, dass Sie den Zettel hochhalten, Frau Schmitz, das hatte ich ganz vergessen. Die Zettel mit der Wahl des Musikinstruments für Ihr Kind haben Sie sicher alle dabei. Sie können sie am Ende unseres Elternabends einfach bei mir abgeben. Danach geht es dann über zum gemütlichen Teil des Abends. Da viele von Ihnen netterweise Speisen und Getränke mitgebracht haben, können wir dann gemeinsam auf das Ende des Schuljahres anstoßen.

Dr. Gaby Moser: Also bei uns bringt die Klassenlehrerin … oder der Klassenlehrer immer einen Kuchen mit, aber hier an der Schule macht man es sich ja immer sehr einfach.

Sophia Brüggemeier: *(lauter)* Kommen wir jetzt zur Klassenfahrt. Richtig toll war die! Zwar nur ein verlängertes Wochenende an der Nordsee, aber die Sonne hat die ganze Zeit geschienen, also bis auf nachts *(lacht)*, da natürlich nicht.

Horst Kapischke: *(murmelt)* Das tut sie dann für gewöhnlich nicht.

Sophia Brüggemeier: Wir haben die Robben-Aufzuchtstation besucht, das Museum zum Wattenmeer und auch eine geführte Wanderung durchs Watt gemacht. Die haben die Kinder sehr genossen. Abends haben wir dann am Lagerfeuer Stockbrot gegrillt und –

Diethelm Schwaner-Breitenstreu: Da würde ich gerne kurz einhaken, wenn Sie erlauben.

Sophia Brüggemeier: Ja, Herr Schwaner-Breitenstreu?

Diethelm Schwaner-Breitenstreu: Eleonore hat mir erzählt, wie schön es am Lagerfeuer war.

Sophia Brüggemeier: Das freut mich!

Diethelm Schwaner-Breitenstreu: Sie hat auch erzählt, dass es Kaffee gab.

Sophia Brüggemeier: Nun ja, es gab Limonade, Wasser, und wer wollte, konnte auch einen Schluck Kaffee trinken. Der hat schön gewärmt, als es spät wurde. Natürlich haben die Kinder viel Milch und Zucker genommen – und den meisten hat er trotzdem nicht geschmeckt *(lacht)*.

Diethelm Schwaner-Breitenstreu: Kaffee ist nicht nur ein koffeinhaltiges, sondern auch ein psychotropes Getränk. Das war unverantwortlich von Ihnen!

Sophia Brüggemeier: Es war doch nur ganz wenig …

Dr. Gaby Moser: In unserer Schule passen wir da ja höllisch auf! Denn Kindern Kaffee zu geben ist, als würde man eine Lunte anzünden. Später treten da ruck, zuck Entzugserscheinungen auf. Nicht nur Kopfschmerzen und Energieverlust, manchmal auch Konzentrationsstörungen und depressive Verstimmungen. Sogar grippeähnliche Symptome. *(wendet sich an die anderen Eltern)* War das bei einem Ihrer Kinder so?

Diethelm Schwaner-Breitenstreu: Eleonore hat tatsächlich über Kopfschmerzen geklagt und war sehr schlapp nach der Klassenfahrt.

Sophia Brüggemeier: Aber doch nur, weil wir so viel unternommen haben *(lacht)*. Es waren wirklich nur ein paar kleine Schlucke Kaffee. Nicht der Rede wert.

Horst Kapischke: Mit kleinen Mengen fängt es immer an. Wie bei allen Drogen. Stichwort: Der erste Schuss ist umsonst! Stimmt es eigentlich, dass Sie aus Hamburg stammen? Ist Ihre Familie vielleicht im Kaffeehandel tätig? Verdienen Sie daran, unschuldige Kinder zum Kaffee zu verführen?

Sophia Brüggemeier: Also bitte! Meine Familie hat nicht … Also nur ein ganz entfernter Onkel, der –

Horst Kapischke: Aha! *(richtet den Zeigefinger auf Frau Brüggemeier)* Da haben wir es!

Dr. Gaby Moser: Wie viel Provision bekommen Sie, na?

Sophia Brüggemeier: Vielleicht sollten wir die Sitzung an dieser Stelle kurz unterbrechen und alle zusammen einen Kaffee trinken *(lacht nervös)*. Der wird uns guttun. Unseren angespannten Nerven.

Horst Kapischke: Jetzt wird mir auch klar, warum mein Dirk seit der Klassenfahrt so schlecht schläft! Es ist das ganze Koffein in seinem Blut.

Sophia Brüggemeier: Machen Sie sich doch nicht lächerlich! Der Kaffee war ganz dünn, und die Kinder fanden es lustig.

Dr. Gaby Moser: Lustig! Haben Sie gerade »lustig« gesagt? *(hält ihr Handy hoch)* Hier habe ich gerade gelesen –

Sophia Brüggemeier: Die Handynutzung in der Schule ist nicht gestattet.

Dr. Gaby Moser: Hier habe ich gelesen, dass zu hohe Dosierungen häufig zu Herzrasen, Gliederzittern und Wahrnehmungsstörungen führen. Bei starken Überdosierungen sogar zu akuten Vergiftungen mit der Folge von Krämpfen, Durchfällen und rauschartigen Erregungszuständen! Und das bei Kindern in diesem Alter!

Diethelm Schwaner-Breitenstreu: Ich bin wirklich schockiert. Und Ihnen haben wir unsere Kinder anvertraut!

Sophia Brüggemeier: Niemand wurde überdosiert.

Dr. Gaby Moser: *(liest von ihrem Handy ab)* »Bei hochsensiblen Menschen nährt Koffein Reizüberflutung und Überstimulation.« Wer hochsensibel ist, unter Reizüberflutung leidet und Koffein zu sich nimmt, ist genauso vernünftig wie jemand, der ein Feuer mit Kerosin löschen will! Ich will mir gar nicht ausmalen, wie die Nacht nach dem Drogenkonsum für unsere Kinder war. Die haben sicher kein Auge zugetan.

Sophia Brüggemeier: Nein, haben sie nicht – und zwar weil sie Teenager sind! Die sind vom Zucker in der Limonade mehr aufgeputscht gewesen als vom Kaffee.

Ursel Schmitz: *(grübelt)* Florians Noten sind nach der Klassenfahrt rapide nach unten gegangen. Zuerst geben Sie unseren Kindern dieses Gift, und wenn die Leistungen dann schlechter werden, sorgen Sie mit Ihren Noten dafür, dass sie sitzen bleiben? Was sind Sie nur für ein durchtriebener Mensch?

Sophia Brüggemeier: Leute, wirklich! Es geht um Kaffee! Wir alle trinken Kaffee, und keiner von uns ist süchtig. So, und jetzt ist Schluss. Kein Wort mehr über Kaffee, wir machen weiter mit dem nächsten Tagesordnungspunkt!

Horst Kapischke: Was würde eigentlich passieren – also nur mal so gefragt, ganz ohne Hintergedanken –, wenn Sie die mit unseren Kindern besprochenen Schulnoten nicht an die Schuldirektion weitergeben? Stattdessen einfach … andere Noten. Und wir der Schulleitung nicht erzählen, wie unverantwortlich Sie in Sachen Kaffee waren?

Sophia Brüggemeier: Habe ich gerade richtig gehört? Soll das etwa ein Erpressungsversuch sein, Herr Kapischke? Natürlich werde ich die Noten weiterleiten! Etwas anderes steht nicht zur Debatte. Und wir zwei reden gleich noch mal unter vier Augen miteinander.

Horst Kapischke: Es war ja nur eine ganz harmlose Frage.

Sophia Brüggemeier: War es nicht!

Dr. Gaby Moser: Falls Frau Brüggemeier die Noten nicht weiterleiten kann, weil sie zum Beispiel überraschend das Zeitliche segnet, müssten noch einmal die Halbjahresnoten genommen werden. Das ist bei einem Kollegen so gewesen, der am Ende des Schuljahres ganz überraschend verstorben ist *(blickt in die Runde, einer nach dem anderen nickt)*.

Sophia Brüggemeier: Hören Sie mir jetzt alle bitte mal zu, es tut mir leid, dass ich Ihren Kindern Kaffee angeboten habe. Das war ein Fehler, in Ordnung, und es kommt nicht wieder vor.

Horst Kapischke: Nein, ganz bestimmt nicht … *(steht auf)*

Ursel Schmitz: *(weint)* Mit einer einfachen Entschuldigung ist es nicht getan. Das, was Sie unseren Kindern angetan haben, wird ihnen ein Leben lang Probleme bereiten! Das ist Körperverletzung!

Dr. Gaby Moser: *(an Frau Brüggemeier gewandt)* Dafür müsste man Sie zu einer ebenso lebenslangen Strafe verurteilen. Als Pädagogin haben Sie nämlich komplett versagt.

Sophia Brüggemeier: Frau Kollegin, gerade von Ihnen hätte ich etwas anderes erwartet!

Horst Kapischke: Ich finde, Exekution ist eine sauberere Sache als irgendeine lebenslängliche Strafe.

Sophia Brüggemeier: Wovon reden Sie, um Gottes willen? Und Herr Schwaner-Breitenstreu, Sie müssen jetzt wirklich nicht beten.

Diethelm Schwaner-Breitenstreu: Ich bitte um Vergebung. *(bekreuzigt sich und steht auf)* Herr Kapischke, ich bin ganz bei Ihnen. Denn erst nach dem Tod kann der Herr Gnade zeigen. Wie sollte das in einem Gefängnis zu bewerkstelligen sein?

Sophia Brüggemeier: Was für ein Gefängnis? Und wieso stehen Sie jetzt alle auf? Frau Schmitz, holen Sie doch bitte den Hausmeister, ich brauche hier etwas Unterstützung. Sie sind doch immer mein Fels in der Brandung!

Ursel Schmitz: Ich geh gern zur Tür *(steht auf und geht zum Eingang)*.

Sophia Brüggemeier: Warum schließen Sie denn jetzt die Tür ab, Frau Schmitz? Was soll das?

Ursel Schmitz: Damit wir ungestört sind. Das ist sicher im Interesse aller. *(wendet sich an die anderen Eltern)* Sollen wir darüber abstimmen? Nur um sicherzugehen.

Horst Kapischke: Ich bitte um Handzeichen, wer dafür ist! *(blickt sich um)* Einstimmig angenommen.

Sophia Brüggemeier: Wo ist mein Handy?

Dr. Gaby Moser: Das habe ich sichergestellt, die Handynutzung in der Schule ist nicht gestattet. Haben Sie selbst gesagt. Als Lehrerin müssen Sie mit gutem Beispiel vorangehen. Ich helfe Ihnen dabei.

Horst Kapischke: Kann mal einer den Kaffee holen? Auf den steht Frau Brüggemeier doch so. Und er ist ihrer Aussage nach völlig ungefährlich. Ich glaube, es ist Zeit für etwas praktischen Unterricht.

Diethelm Schwaner-Breitenstreu: Kaffee würde uns allen guttun, hat sie gesagt. Unseren Nerven.

Horst Kapischke: Da hat sie ausnahmsweise recht! Fixieren Sie Frau Brüggemeier bitte auf dem Stuhl.

Sophia Brüggemeier: Lassen Sie mich sofort los! Hilfe! HILFE! HÖRT MICH JEMAND!

Horst Kapischke: Man muss ihr den Mund zuhalten, damit sie nicht weiterschreit. – Ja, danke, Frau Schmitz. Und dann gleich auf die Nase wechseln. Ich gebe das Zeichen.

Ursel Schmitz: Wir machen das nur für die Gesundheit unserer Kinder. Die müssen vor Ihnen geschützt werden, Frau Brüggemeier! Dass es nun so mit Ihnen enden muss, tut mir persönlich schon leid, aber was will man machen?

Dr. Gaby Moser: Sonst geben Sie denen beim nächsten Mal noch Crystal Meth am Lagerfeuer. Weil es so lustig ist!

Diethelm Schwaner-Breitenstreu: Oder feiern mit ihnen gar eine satanische Messe, bei der sie Blut trinken müssen. »Nur ein paar kleine Schlucke.« Das kann der Herr wahrlich nicht wollen!

Horst Kapischke: Wir sind uns einig: Als Elternpflegschaft können wir so ein Verhalten nicht akzeptieren. Wir haben schließlich eine Aufsichtspflicht gegenüber unseren Kindern. – Nun halten Sie doch still, Frau Brüggemeier. Umso schneller ist es vorbei. *(blickt zu den Eltern, die Sophia Brüggemeier auf dem Stuhl fixieren)* So, jetzt besonders gut festhalten, der heiße Kaffee kommt. Und die Nase unbedingt ganz dicht zupressen!

Dr. Gaby Moser: Aber nur ein bisschen Kaffee. Gerade so viel, wie sie unseren Kindern gegeben hat. Also allen unseren Kindern zusammengenommen. Das ist Gerechtigkeit!

Horst Kapischke: Prusten bringt gar nichts, Frau Brüggemeier, ich schütte einfach weiter nach. Und es sind noch zwei volle Kannen da.

Ursel Schmitz: Ich kann das gar nicht mit ansehen. Jetzt hören Sie doch schon auf zu zappeln! – Na, sehen Sie, geht doch.

Horst Kapischke: Ist der Exitus bereits eingetreten?

Diethelm Schwaner-Breitenstreu: *(prüft den Puls am Handgelenk, segnet Frau Brüggemeier dann)* Ganz friedlich dahingeschieden. An einer Überdosis Kaffee. Wir haben alle gesehen, wie sie viel zu viel davon zu sich genommen hat.

Ursel Schmitz: *(lässt sich auf einen Stuhl fallen)* Das hat mich jetzt doch sehr mitgenommen. Mein Kreislauf …

Dr. Gaby Moser: Ich glaube, in einer Kanne ist noch etwas Kaffee. Der wird Ihnen jetzt so richtig guttun!

WEINTIPP

Natürlich könnte man zu dieser Geschichte einen schönen frisch gebrühten Kaffee genießen. Oder authentisch wie auf einem Elternabend aus der Thermoskanne. Aber auch im Weinbereich gibt es etwas, das Kaffeefans aromatisch begeistert: Commandaria. Der Name einer Weinbauregion und zugleich eines Weines in Zypern, dessen Geschichte wohl bis in die Antike zurückreicht. Commandaria gilt als ältester Markenwein der Welt. Sein Name stammt von »Grande Commanderie«, einem Anwesen der Johanniterritter. Erzeugt wird er nur aus zwei Rebsorten: Mavro (rot) und Xynistery (weiß). Nach der Lese werden die Trauben auf Strohmatten getrocknet, was zu einer starken Konzentration unter anderem des Zuckers führt.

Der gespritete Süßwein ist bekannt für seine typische Kaffeenote (dazu kommen Aromen von Rosinen und anderen Trockenfrüchten). Eine Besonderheit des rotbraunen Weins ist, dass er meist nicht nur in Eichen-, sondern für zwei bis acht Jahre auch in Kastanienholzfässern reift.

BU BÄR FINDET EINE LEICHE

Falls du zufällig schon einmal von Bu dem Bären oder Wimmie-der-Bu gehört hast, erinnerst du dich vielleicht daran, dass er im Tausend-Morgen-Wald lebt. Nun ja, ich sage »lebt«, obwohl Bu, wie du dann sicher auch weißt, ein Bär aus Plüsch ist. Aber er lebt trotzdem. Weil Leben mehr ist als ein schlagendes Herz, auch Ideen haben ein Leben, Träume ganz sicher, das wirst du selber schon erlebt haben, und Plüschtiere, ganz besonders die von Kindern, sind wie dicht gewebte Träume. Auf jeden Fall lebte Bu der Bär, und wie er lebte. Mehr als mancher Mensch sogar.

Gerade lebte er sich wach, das heißt, Bu reckte und streckte sich in seiner Behausung, dass seine Nähte knackten. Bu hatte gut geschlafen. Und wenn Bu gut schlief, dann hatte er danach Hunger. Nun gut, eigentlich hatte er immer Hunger, auch wenn er schlecht schlief oder gar nicht schlief, also wach war. Er hatte Hunger, wie andere Leute einen Hund hatten, einen Dackel zum Beispiel, der einem nie von der Seite weicht. Bu den Bären gab es nicht ohne Hunger.

Da es ein ausgesprochen schöner Morgen war, beschloss Bu, draußen zu essen. Weil die Sonne seinen Honig so schön golden glitzern ließ. Das mochte Bu, denn wenn er das sah, dann wusste er, dass er bald ein bisschen weniger hungrig sein würde.

Doch vor seiner Behausung fand er einen Menschen, der dort rücklings lag, in den Himmel starrte und sich nicht bewegte.

»Hallo, du?«, sagte Bu. Und als er keine Antwort hörte, ging er zu ihm und klopfte gegen seinen Kopf. »Bist du da drin?«

Doch es war niemand drin. Oder wenn jemand drin war, dann machte er nicht auf. Du kennst das sicher: Manchmal klingelt es an der Tür, und da ist jemand, den du nicht sehen magst. Ein Lehrer zum Beispiel, der mit deinen Eltern sprechen will, wegen einer Fünf in Mathe. Dann macht man besser nicht auf, dann kann der Lehrer nur mit sich selbst sprechen. Das mögen Lehrer nicht, sie sprechen immer lieber zu anderen. »Wenn ich schlafe, muss man nur einen Honigtopf öffnen, dann wache ich sofort auf«, dachte Bu der Bär laut. Er rannte in sein Zuhause und kehrte mit einem großen Honigtopf zurück. Dann stellte er sich ganz nah neben das rechte Ohr des Mannes und öffnete den Deckel. Sogleich fing sein Bauch an zu rumpumpeln und gab ein hungriges Brummen von sich. »Mein Bauch ist aufgewacht«, sagte Bu stolz und sah zu dem Mann.

Der sich immer noch nicht rührte.

Da kam Schweinchen vorbei. Schweinchen traute sich nicht nah an den Mann heran, so wie du manchmal vor Feuer zurückschreckst, weil du instinktiv weißt, es ist gefährlich. Gut, manchmal greift man trotzdem extra hin, aber Schweinchen war nicht so. Schweinchen war so, dass es lieber zwei Schritte zurückging, nur um sicher zu sein. Und das tat es jetzt. »Was ist mit dem Menschen? Er liegt da so komisch. Seine Augen sind auf, aber trotzdem nicht richtig.«

»Er schläft. Mit offenen Augen«, erklärte Bu. »Wie ein Fisch.«

»Seit wann ist ein Mensch wie ein Fisch?«

»Vielleicht war ihm danach«, sagte Bu. »Mir ist manchmal danach, eine Biene zu sein. Dann binde ich mir einen Luftballon um.« Bu lächelte glücklich.

»Kannst du ihn aufwecken?«, fragte Schweinchen, das sich immer noch nicht näher traute.

»Am wachesten werde ich«, überlegte Bu, »wenn ich meinen Kopf in ein Honigglas stecke.« Er besah sich die Größe des Honigglases und den Kopf des Mannes. »Wir brauchen ein größeres Glas!«

»Ist das nicht gefährlich?«, fragte Schweinchen. »Du bist

doch auch einmal mit dem Kopf drin stecken geblieben? Das würde ich nicht tun.«

Bu überlegte, dann schüttete er den Topf über dem Kopf des Mannes aus. »Das Wichtigste ist, dass man rundherum Honig hat«, erklärte er. »Also, dass die ganze Welt aus Honig besteht, egal, wohin man schaut.«

Der Honig tropfte vom Kopf des Mannes auf die Erde.

»Schläft er noch?«, fragte Schweinchen und traute sich immer noch nicht näher heran.

Bu berührte den Mann mit der Tatze an der Schulter. »Wer sich bei so viel köstlichem Honig im Gesicht nicht bewegt, der schläft sehr fest.« Er fing etwas von dem Honig auf und schleckte ihn prüfend. »Mit dem Honig ist alles in bester Ordnung!«

Kaninchen kam vorbeigehoppelt und schrie auf, als er den Mann sah. Er schrie auf Kaninchenart. Du weißt sicher, dass Kaninchen nicht richtig schreien können. Sie haben einfach nicht die passenden Zähne dafür. Es klingt mehr wie das Quietschen eines schweren Sofas, das man aus der Ecke rückt.

»Ist er … ist er …?«, fragte Kaninchen stotternd.

»Er schläft«, antwortete Schweinchen, während Bu traurig zusah, wie immer mehr Honig auf den Boden tropfte. Es hatte sich schon eine Ameisenstraße dorthin gebildet.

»Trotz köstlichem Honig«, ergänzte Bu. »Ganz viel köstlichem Honig!«

Kaninchen hoppelte näher und hielt dem Mann die Nase zu, um zu schauen, ob er sich dann rührte. »Er schläft nicht, er ist tot.«

»Tot? Was ist das?«, fragte Bu.

»Tot ist, wenn man keinen Honig mehr essen kann«, sagte Kaninchen, denn er kannte sich aus.

»Nie mehr?«, fragte Bu mit plötzlich ganz dünner Stimme.

»Nie mehr!«

»Dann möchte ich lieber niemals tot sein.«

»Vielleicht ist er noch nicht ganz tot. Sondern nur ein bisschen. Wir müssen ihm Möhren geben«, sagte Kaninchen. »Sie sind gut für die Gesundheit. Und für die Augen.«

»Auch wenn man tot ist?«, fragte Bu.

»Immer!«, antwortete Kaninchen und hoppelte zu seinem Bau, um Möhren zu holen. Als er zurückkam, trug er einen ganzen Sack über der Schulter.

»Aber wie bekommen wir Möhren in seinen Mund rein?«, fragte Schweinchen.

»Schieben«, antwortete Kaninchen. »Jeder eine, nein, besser zwei, wir haben ja zwei Pfoten.« Kaninchen fing an und schob die Lippe des Mannes hoch und dann eine Möhre mit dem schmalen Ende voran zwischen die Zähne. Dabei raspelte sie etwas.

»Er isst!«, rief Bu freudig und schob seine beiden Möhren gleichzeitig in den Spalt. »Der Mann hat Hunger! Und wer Hunger hat, der ist nicht tot.« Bu nahm weitere Möhren und schob sie in den Mund.

»Er hat gezuckt, oder? Ich meine, er hat gezuckt!«

Doch dann ließ Kaninchen die Arme sinken, als er sah, dass all die schönen Möhren nicht im Bauch verschwanden. »Nein, er will einfach nicht damit aufhören, tot zu sein!«

»Wo kommt das Tot-sein überhaupt her?« Schweinchen blickte ängstlich hoch in die Baumwipfel. »Von dort oben?« Schweinchen griff sich ein herumliegendes Eichenblatt und hielt es sich über den Kopf.

»Du kannst es nicht sehen und nicht hören«, erklärte Kaninchen.

»Wie ein Heffalump?«

»Wie ein Heffalump.«

»Macht es Spuren wie ein Heffalump?«, fragte Bu und sah auf dem Boden nach.

»Es macht auch keine Spuren«, sagte Kaninchen. »Nie.«

»Keine Spuren?«, fragte Schweinchen. »Man kann es nicht sehen, nicht hören, und es macht keine Spuren?«

»Genau.«

»Aber dann weiß man ja nie, ob es kommt.« Schweinchen begann zu zittern. »Oder sogar schon da ist.«

»Soweit ich gehört habe«, sagte Kaninchen, »ist es meist eine Überraschung.«

»Ich mag keine Überraschungen«, sagte Schweinchen.

»Ich auch nicht«, stimmte Bu zu. »Es sei denn, sie haben mit Honig zu tun.«

»Kann man Tot denn riechen?«

»Man kann es tatsächlich riechen«, sagte Kaninchen. »Tot riecht wie alte Blüten«, sagte er mit Kennermiene. »Meist wie alte Rosen. Wo die Blätter schon abfallen.«

»Und wie Honig?«, fragte Bu.

»Nein, Bu, nicht wie Honig«, sagte Kaninchen. »Nur Honig riecht wie Honig.«

»Das ist gut«, sagte Bu. »Honig ist genau wie ich. Ich rieche auch nur wie ich.«

Bu dachte nach. Das tat Bu ganz oft, und meistens merkte er das noch nicht einmal. Deshalb dachte Bu, er sei nur ein dummer alter Bär und es sei keine Schlauheit in ihm. Dabei bestand fast sein ganzer Kopf daraus. »Was machst du, wenn die Pflanzen in deinem Garten nicht damit aufhören, tot zu sein?«, fragte die ganze Schlauheit in seinem Kopf nun Kaninchen.

»Dünger!«, rief Kaninchen aus. »Je mehr, desto besser!«

»Dünger?«, fragte Schweinchen. »Was für Dünger?«

»Pferdeäpfel«, antwortete Kaninchen. »Ist das Beste für Rosen!«

»Ich bin manchmal auch gern eine Rose«, sagte Bu fröhlich. »Dann klebe ich mir einige Rosenblüten mit Honig an den Kopf und stelle mich ins Beet.« Er kicherte. »Aber meistens nicht lange, weil ich dann immer den Honig schlecken will.«

Kaninchen verteilte großzügig die guten Pferdeäpfel auf dem Mann. Schweinchen wimmerte die ganze Zeit. Du kannst dir sicher vorstellen, wie viel Angst es hatte, sich mit Tot anzustecken. Schweinchen hatte einmal einen Schnupfen gehabt und war ihn zwei Wochen lang, vielleicht waren es auch vierzehn Tage, nicht wieder losgeworden. Dieses Tot-sein schien man noch viel schwerer loszuwerden. So etwas fing man sich besser erst gar nicht ein!

Schweinchen wusste es nicht, doch es war der mutigste Bewohner des Tausend-Morgen-Waldes. Denn wer keine Angst kennt, kann nie mutig sein. Nur wer die Angst kennt und sie überwindet, der ist mutig. Und Schweinchen kannte alle Arten von Angst. So wie du vielleicht Briefmarken sammelst, hatte Schweinchen Ängste gesammelt. Es war aber keine Sammlung, die man Freunden zeigte, die man beeindrucken wollte.

Die Pferdeäpfel mochten gut für Rosen sein, aber nicht für den toten Mann.

»Achtung! Platz da! Der tigerinoigste Tigerino der ganzen Welt kommt!« Tigerino hüpfte mit großen Sprüngen heran. »Hier stinkt es. Und es ist ganz bestimmt nicht von einem Tigerino. Denn Tigerino duften köstlichst!«

Als er den Mann sah, erstarrte er mitten im Sprung und landete sehr unsanft. Tigerino rollerte und bollerte, bis er zum Halt kam. »Alles gut, war genauso geplant. Eine gefährliche Landung, wie sie nur die wenigstesten Tigerino hinbekommen.« Er staubte sein Fell ab und befreite es von Grasbüscheln.

»Hallo, Bu Bär.«

»Hallo, Tigerino.«

»Hallo, Schweinchen.«

»Hallo, Tigerino.«

»Hallo, Kaninchen.«

»Hallo, Tigerino.«

»Hallo … ähm … du Mann da.« Doch der Mann antwortete nicht. »Warum habt ihr ihn mit Honig übergossen und eins, zwei, drei …«, er zählte, »… viele Möhren in seinen Mund gesteckt? Und ihn mit Pferdeäpfeln bedeckt? Ist das ein Spiel? Dürfen auch Tigerino mitspielen?«

»Wir haben das alles getan, damit er aufhört, tot zu sein«, erklärte Kaninchen.

»Was ist tot sein?«, fragte Tigerino.

»Tot sein heißt, sich nicht mehr zu bewegen«, sagte Schweinchen.

»Das können Tigerino gar nicht! Tigerino sind nie tot! Funktioniert euer Plan denn?«

»Bisher noch nicht«, sagte Kaninchen. »Aber Möhren brauchen länger, bis sie wirken.«

Tigerino stützte sein Kinn in seine Tatzen und grübelte. »Wie bekommt man Tot?«

»Das frage ich mich auch schon die ganze Zeit«, sagte Schweinchen mit zitterndem Stimmchen. »Vielleicht haben wir es schon.«

»Alle Menschen haben es«, sagte Kaninchen mit Kennermiene. »Steine dagegen nicht. Der Mond und die Sonne auch nicht.«

»Tigerino sind wie die Sonne«, sagte Tigerino. »Strahlend hell und kuschelig warm.« Er kuschelte mit sich selbst. »Und Tigerino sind auch die weltbestesten Besieger von Tot!«

Das hast du jetzt sicher noch nicht gehört, denn wir hören immer, dass Ärzte die weltbestesten Besieger des Todes sind. Aber du darfst nicht vergessen, dass keiner von uns je bei einem Tigerino in Behandlung war.

»Ihr müsst alle mitmachen!«, forderte Tigerino. »Macht es genau wie ich und hüpft.«

»Hüpfen, wohin denn?«, fragte Kaninchen.

»Na, auf dem Mann. Nichts macht wacher als hüpfen!«

Und so hüpften sie alle auf dem Mann herum. Bei Bu Bär waren es keine großen Hüpfer, eigentlich sah es aus, als wechsle er einfach von einem Bein auf das andere. Nach kurzer Zeit fing er an zu tanzen und zu singen: »Ich bin klein, dick und find mich schick und singe froh mein Lied / das Auf-Ab macht nicht schlapp, es stärkt den Appetit.«

Der Mann wurde sehr durchgehüpft, doch das Tot-sein

wollte nicht aus ihm heraushopsen. Einmal wussten sie nicht, ob er gezuckt hatte, es konnte auch vom vielen Auf-ihm-Herumhüpfen gekommen sein.

»Lasst uns aufhören«, sagte Kaninchen. »Ich kann nicht mehr.«

Nur Tigerino sprang jauchzend weiter. »Juhu, wir hüpfen bis zum Abendrot und besiegen so das Tot.«

Die anderen sahen sich den Mann nun genauer an. Seine Kleidung sah jetzt sehr zerbeult aus, und überall waren Abdrücke von Tatzen und Pfoten, aber weniger tot wirkte er nicht.

»Vielleicht will er gar nicht mit dem Tot-sein aufhören«, vermutete Bu. »Vielleicht hat er sich daran gewöhnt. So wie ich, als ich in einem Fenster feststeckte. Ihr habt mir alle Essen gebracht, und ich musste mich nicht mal bewegen. Tot ist vielleicht genauso.«

»Was ist genauso?«, fragte Esel, der herangetrottet kam. Keiner hatte ihn bemerkt. Das passierte Esel immer. Was auch daran lag, dass er genau das immer erwartete. Gut wäre es, wenn so etwas auch bei Eis funktionieren würde. Erwarte doch demnächst einmal, dass deine Eltern dir ein Schokoladeneis mit Sahne spendieren. Vielleicht klappt es ja.

»Mir hat mal wieder keiner Bescheid gesagt«, sagte Esel mit seiner traurigen, tiefen Stimme. »Ist kein Problem. Das müsst ihr ja auch nicht. Mir muss niemand etwas sagen.« Er trottete zu dem Mann. »Wieso liegt da wer? Ach, geht mich ja nichts an. Sagt es mir nicht. Ich setz mich einfach hierhin, und ihr beachtet mich nicht. Das wird bestimmt ein Riesenspaß.«

»Er ist tot«, erklärte Schweinchen hilfsbereit. Es hatte das Gefühl, jetzt schon ein kleiner Experte zu sein, was das Tot-sein betraf. Du weißt natürlich, dass es das nicht ist. Aber manchmal meint man etwas verstanden zu haben, obwohl man alles falsch verstanden hat. Eigentlich ist es sogar so, dass man fest davon ausgehen kann, jemand hat etwas nicht verstanden, wenn er behauptet, er hätte es verstanden. Klingt verkehrt, ist aber so. Ich habe das genau verstanden.

»Ach so, tot, dachte ich mir schon, dass er tot ist.« Esel setzte sich auf seinen Po und besah sich den Toten. »Warum tut er denn nichts?«

»Wenn man tot ist, tut man nichts. Außer tot sein. Das macht man dann die ganze Zeit. Er macht das sehr gut«, erklärte Bu, der sich am Kopf kratzte, weil die Gedanken über das Tot-sein wie Schmirgelpapier in seinem Kopf schubberten.

»Manchmal bin ich auch tot«, sagte Esel. »Vor allem, wenn mein Schwanz weg ist. Ohne Schwanz ist ein Esel tot. Und wenn er dann wieder an mir dran ist, macht mich das immer sehr lebendig. Ich springe dann manchmal auf.«

»Es wäre schön, wenn der Mann aufspringt«, sagte Bu. »Dann wäre dieses Tot weg. Aber wo wäre es dann hin?«

»Es ist dann einfach weg«, sagte Esel. »So wie Wolken manchmal da sind und manchmal weg.«

»Wir brauchen also nur einen Schwanz«, sagte Tigerino und zog an seinem, doch der saß fest.

»Nehmt ruhig meinen, auch wenn ich dann tot bin. Das macht mir nichts und euch sicher auch nicht. Lasst mich einfach tot hier sitzen. Vergesst mich am besten.«

»Gute Idee!«, sagte Tigerino und zog Esels Schwanz ab. »Tigerino sind die bestesten Schwanz-Anstecker! Dreht den Mann um, dann steck ich den Schwanz an die besteste Stelle.«

Kaninchen und Bu drehten ihn auf die Seite, und Tigerino versuchte den Schwanz, an dessen oberen Ende ein Nagel steckte, in eine Stelle oberhalb des Pos zu drücken. Aber da Tigerino nicht aufhören wollte zu hüpfen, stach er immer wieder daneben.

»Muss ein Schwanz denn wirklich am Po sein?«, fragte Tigerino und beantwortete seine Frage selbst. »Am Bauch wäre er doch auch schön. Ein Schwanz schmückt überall! An jedem Ort, zu jeder Zeit verleiht ein Schwanz dir Herrlichkeit!«

»Ist wegen des Gleichgewichts«, sagte Esel. »Ohne Schwanz

kippe ich um. Deshalb stehe ich jetzt auch nicht auf, sondern sitze hier nur rum. Ich kann ja sonst auch nichts machen. Aber das ist ja eigentlich immer so. Ich bin sowieso zu nichts nütze.«

»Im Gegensatz zu Tigerino«, sagte Tigerino, griff sich den Nagel und rammte ihn mitsamt dem Schwanz in die Schulter. »Der besteste Platz bei einem Menschen«, sagte Tigerino. »Wegen des Gleichgedings.«

Doch der Mann schrie nicht. Er war weiter tot.

»Er schreit gleich«, sagte Tigerino hüpfend. »Oh, ich freu mich schon! Das wird ein Schrei, ich sag es euch. Ich spür ihn kommen, den tigerinoigsten Tigerinoschrei der Welt. Der besteste!«

Plötzlich lugte Christoph R. Obin um einen Baum. »Was macht ihr denn da? Was habt ihr dem armen alten Mann angetan?« Er rannte zu ihm, kniete sich neben ihn und fühlte dessen Puls. »Er ist tot.«

»Ja«, erklärte Tigerino. »Aber nicht mehr lange.«

»Gleich wirkt bestimmt der leckere Honig«, sagte Bu Bär.

»Nein, die Karotten bringen ihn auf die Beine. Zusammen mit den Pferdeäpfeln.«

»Sicher wollt ihr meine Meinung nicht hören, sie ist ja auch ganz unwichtig, aber ich glaube doch, dass es mein Schwanz ist, der ihn irgendwann wieder lebendig macht. Aber das ist nur meine unbedeutende Meinung.«

»Ich habe Angst davor, dass er tot bleibt. Und davor, dass er nicht tot bleibt«, sagte Schweinchen.

Christoph R. Obin lachte. »Ach, meine dummen alten Freunde. Er wird nie wieder erwachen. Und das ist auch gut so. Wisst ihr denn gar nicht, wer das ist? Schaut hin! Sieht er mir nicht ähnlich?«

Du kannst dir sicher vorstellen, wie erstaunt die Bewohner des Tausend-Morgen-Waldes waren, als ihnen auffiel, dass der Mann wie Christoph R. Obin in alt aussah. Wenn man es nicht weiß, ist das manchmal schwer zu erkennen. So wie ein verschrumpelter Apfel mit ganz vielen Falten kaum noch an einen frischen, prallen erinnert. Aber wenn du weißt, was es vorher einmal war, dann kannst du es auch bei einem alten Apfel sehen.

»Das bist ja du!«, sagte Bu.

»Dummer alter Bär. Das ist mein Vater. Mein dummer alter Vater, der mir nicht seine Firma überschreiben wollte, sondern stattdessen verlangt hat, dass ich dort ganz unten in der Poststelle anfangen soll. Könnt ihr euch das vorstellen?«

»In der Poststelle?«, fragte Schweinchen ängstlich. »Mit ganz vielen großen, gefährlichen Briefen? Wie schrecklich!«

Christoph R. Obin nickte zustimmend. »Ganz genau. Und da dachte ich mir: Es ist viel besser, wenn mein Vater tot ist. Findet ihr nicht?«

»Tot sein kann nicht schlimmer sein als lebendig«, befand Esel. »Er sieht nicht aus, als hätte er Schmerzen.«

»Eigentlich sieht er ganz zufrieden aus«, sagte Schweinchen. »Er scheint vor nichts mehr Angst zu haben.«

»Ich wusste, dass ihr mich versteht! Gestern Abend habe ich meinen Vater betrunken gemacht und ihn dann raus in den Wald geschickt. Ich dachte mir schon, ihr würdet dafür sorgen, dass er hier stirbt. Mit Honig, Karotten oder Esels Schwanz. Was immer ihn davon umgebracht hat, ist auch egal, jetzt ist er tot.«

»Aber jetzt hast du keinen Vater mehr, mit dem du hüpfen kannst«, sagte Tigerino traurig.

Doch Christoph R. Obin lächelte. »Wenn man jemanden ganz doll lieb hat und will, dass er immer bei einem bleibt, dann sorgt man dafür, dass er tot ist. Dann geht er nie wieder weg. Ich kann ihn jetzt einfach immer mitnehmen, egal wohin, er muss nicht mehr essen oder trinken. Das ist ein großes Glück für ihn und für mich.«

»Es ist also etwas Schönes, wenn man tot ist?«, fragte Schweinchen ängstlich.

»Oh ja, das Schönste überhaupt«, sagte Christoph R. Obin. »Danke, dass ihr ihm dabei geholfen habt.«

»Gern, Christoph R. Obin«, sagte Bu.

»Wir helfen doch immer«, setzte Kaninchen hinzu.

»Und wir haben dich ganz doll lieb«, sagte Schweinchen.

»Ich euch alle auch«, erwiderte Christoph R. Obin. »Aber jetzt werde ich ganz lange weg sein, da ich eine große Firma zu führen habe. Da werde ich keine Zeit mehr haben, zu euch in den Tausend-Morgen-Wald zu kommen. Ich muss auch wilde Partys feiern und Drogen nehmen, bis mir der Kopf brummt, Models daten und andere Firmen schlucken. Das ist alles nichts für euch. Das ist nur etwas für große Jungs.«

Du denkst jetzt sicher, die Tiere schauten traurig drein, weil ihr Freund sie verließ. Doch als Christoph R. Obin sich umdrehte, um den Wald zu verlassen, nickten sie sich nur zu, denn sie hatten beschlossen, etwas sehr Schönes für Christoph R. Obin zu tun. Sie würden ihn gemeinsam totmachen. Dafür griffen sie sich aber keine Möhren, keinen Honig und auch keine Pferdeäpfel und keinen Schwanz, nein, denn sie wollten auf Nummer sicher gehen. Kaninchen griff sich eine Mistgabel, Tigerino einen großen Stein und sprang ganz hoch in die Luft, um ihn bestestens herunterwerfen zu können, Schweinchen hatte immer ein Taschenmesser mit scharfer Klinge dabei, um sich befreien zu können, falls es sich einmal in einer Schlinge verfing, und Bu trug mit Esel einen großen, schön gefüllten Honigtopf herbei, in den Christoph R. Obins Kopf vollständig hineinpassen würde.

Und wenn gute Freunde sich etwas vornehmen, sich helfen und gemeinsam etwas anpacken, dann gelingt es auch. Da kannst du etwas fürs Leben draus lernen. Zum Beispiel wie du es schaffst, dass ein guter Freund dein ganzes Leben lang bei dir bleibt. So geschah es nämlich jetzt mit Christoph R. Obin, der ganz schnell genauso tot war wie sein Vater.

Und so für immer im Tausend-Morgen-Wald bei seinen besten Freunden bleiben konnte.

WEINTIPP

Hier haben Sie die Qual der Wahl: Sie können einen Honigwein, auch als Met bekannt, dazu trinken oder eine Beerenauslese oder besser Trockenbeerenauslese mit feinen Honignoten. Für den Bären in der Geschichte gilt: Je mehr etwas nach Honig schmeckt, desto besser!

Aber wir sind ja keine Bären. Winzer Richard Östreicher aus Sommerach (Franken) hat einen ganz famosen Silvaner im Programm, der von der Lage Dettelbacher Honigberg stammt. Der Weinberg hat eine Südsüdost-Ausrichtung, der Boden ist mit Lehm versetzter Muschelkalk, und durch die Rebstöcke weht oft eine sanfte Brise.

Der »Honigberg« ist ein ganz filigraner, feiner Silvaner, der nach gelben Früchten duftet, nach frischen Kräutern (unter anderem Melisse) und – wenn man fest genug daran glaubt – auch nach Honig. Für die Qualität ist er zudem ein Schnäppchen und dazu gemacht, selbst Silvaner-Gegner (die aber das Burgund lieben) schon beim ersten Schluck zu bekehren.

Es gibt den Wein auch in einer »Sur lie«-Variante, bei welcher der Silvaner vierundzwanzig Monate auf der Hefe reift. Dadurch wird er am Gaumen cremiger. Das würde dem Bären in der Geschichte vermutlich ausgesprochen gut gefallen.

SAUGEN, BLASEN, HAND ANLEGEN

Es war ein BR 7000 XL.

Das Top-Modell von Drexler. Mit einer Blaskraft von achtundachtzig Metern pro Sekunde.

Am Montag, den 19. Oktober, zog er in unserer Siedlung ein. Den Tag werde ich sicher nie vergessen.

Ich trug gerade das typische Muster aus flüssiger dunkler Schokolade auf dem weißen Fondant einer köstlichen Esterházytorte auf. Es war Teil der Arbeit für mein Buch über die berühmten Kuchen Wiens. Später wollte ich das Prachtstück in meinem kleinen Fotostudio fotografieren.

Aber dazu kam es dann ja nicht.

Denn Wolfgang Spenge warf seinen 7000 XL erstmals an.

Neben meinem Küchenfenster.

Das einen Spalt offen stand.

Es kam mir vor, als starte ein Düsenjet im Vorgarten.

Schon für normale Menschen ist der Lärm eines 7000 XL eine erschreckende Erfahrung. Da ich sehr geräuschempfindlich bin, brannten meine Ohren regelrecht vor Schmerz. Gelernt habe ich Bratschist und war als solcher auch erfolgreich, aber ich wurde immer geräuschempfindlicher und musste meine Profession daher aufgeben. Ich erlernte die Kunst der Patisserie und zog mit Anja raus aus der Stadt und aufs Land, der himmlischen Ruhe wegen.

Die an diesem Montag endete.

Wissen Sie, die Esterházytorte wurde im Fin de Siècle der Donaumonarchie von Budapester Konditoren entwickelt. Hätten diese gesehen, wie mein kleines Kunstwerk nach dem akustischen Angriff des Laubbläsers aussah, hätten sie geheult. Statt des elegant geschwungenen Gittermusters fand sich nun eine breite braune Autobahn darauf.

Ich öffnete das Fenster und rief Herrn Spenge zu, er solle

den Laubbläser leiser stellen. Doch er hörte mich nicht, war völlig konzentriert auf seine Arbeit, blies kraftvoll die Blätter des Herbstes fort.

Erst als ich lauter wurde und winkte, stellte er den 7000 XL aus, nahm seine Ohrenschützer ab und blickte mich fragend an.

»Geht das vielleicht auch ein wenig leiser?«, fragte ich höflich.

»Nö!«

»Ich bin leider sehr geräuschempfindlich.«

»Und ich bin empfindlich, was dumme Sprüche betrifft!«

Und dann machte er einfach weiter.

Ich schloss das Fenster rasch wieder. Spenge würde die Blätter fortblasen, und dann hätte ich Ruhe. Nach einer halben Stunde hörte er zwar auf, aber gerade als ich begonnen hatte, ein neues Gittermuster auf die abgeschabte und dann wieder mit Fondant versehene Torte aufzubringen, röhrte das metallische Ungetüm abermals.

Diesmal spritzte ich die flüssige Schokolade vor Schreck auf meine Schuhe, den Boden und in einer panischen Drehung auch gegen die Wand, den Lichtschalter und an die Decke.

Von der es in großen Flatschen auf die Torte tropfte.

Das war der Moment, als meine Anja in die Küche trat, das große Glück meines Lebens, und ihre engelsgleiche Stimme erklang.

»Sag mal, sitzt du auf deinen Ohren?« Dann sah sie die Bescherung. »Scheiße, was ist denn hier explodiert?«

»Hase, ich …«, begann ich, aber Anja weiß immer sehr genau, was sie will, und dann muss das auch direkt gesagt werden.

»Geh sofort zu dem Spenge und mach ihm eine Ansage, so geht das doch nicht!«

»Ja, Schatz.«

»Warum guckst du mich jetzt an wie eine Kuh beim Kalben? Sofort, Dietmar! Das muss aufhören!«

Also bin ich raus zu Herrn Spenge. Er ist ein drahtig-sehniger Witwer, der jahrelang eine Autowerkstatt hatte. Wir haben nicht viel gemeinsam, was wir beide wissen und akzeptieren. Als ich ihm von hinten auf die Schulter tippte, zuckte er zusammen. Nachdem er sich zu mir gedreht hatte, blickte ich in ein hochrotes, wütendes Gesicht.

»Willst du, dass ich vor Schreck tot umfalle?«

»Nein, ich –«

»Du siehst doch, dass ich arbeite!«

»Ja, aber es ist so –«

»Mach das noch einmal, und ich latz dir eine, versprochen!«

Ich senkte die Stimme. »Könnten Sie Ihr Laubblasen vielleicht auf eine bestimmte Uhrzeit und eine kurze Zeitperiode beschränken? Dann könnten wir uns nämlich darauf einstellen.«

Spenge lachte. »Beschränken sich die Bäume denn auf eine kurze Zeitperiode?« Er stieß mir mit dem Finger hart gegen die Brust. »Nö!« Er stieß noch mal. »Die Blätter müssen weg, je schneller, desto besser. Und jetzt verzieh dich, sonst blase ich dich weg!« Er lachte erneut und richtete das Monstrum auf mich.

Schnell ging ich nach Hause.

Mein Hase erwartete mich schon an der Tür. »Und, alles geklärt?«, fragte sie.

»Ich habe ihm gesagt, dass er die Zeitperiode beschränken soll.«

»Gut gemacht! Also hört er gleich auf?«

»Er … arbeitet mit Hochdruck.«

Sie gab mir einen Klaps auf die Wange. »Bist ja doch zu was zu gebrauchen, Dietmar.«

Zu meinem großen Glück hörte Herr Spenge nach einer halben Stunde auf.

Am nächsten Tag stand eine Russische Punschtorte auf dem Plan, die Baiser, helles Biskuit, Rum-Aroma und Vanillecreme auf köstliche Art vereint. Ich bereitete sie genau wie bei »Demel« zu, die Schwierigkeit bestand darin, den Baiser überall gleichermaßen braun zu bekommen, wofür ich einen Küchen-Bunsenbrenner verwendete.

Obwohl ich alle Fenster im Haus geschlossen hatte, röhrte plötzlich wieder der 7000 XL wie ein urzeitliches Ungeheuer auf, das sich genau vor dem Haus aufgebaut hatte und drohte, es zu zerstören. Was ihm bei der Russischen Punschtorte gelungen war, durch die sich der Strahl des Bunsenbrenners gebohrt hatte. Gott sei Dank war kein Zar anwesend, der mich sicher umgehend hätte köpfen lassen.

Plötzlich stand mein Hase neben mir und blickte mich so wütend an, als wäre sie Teil der Familie Romanow.

»Der Spenge ist schon wieder dran!«

»Ja«, bestätigte ich wahrheitsgemäß.

»Will er das jetzt etwa jeden Tag machen?«

Sie war sehr schön, wenn sie wütend war. Und sie war sehr oft wütend. Vorzugsweise auf mich.

»Nun ja«, sagte ich leise. »Die Bäume werfen halt jeden Tag ihre –«

»Papperlapapp! Deswegen muss man doch nicht jeden Tag blasen. Das ist doch sowieso nur so ein lächerliches Männerding. Frag den Spenge, ob er es wirklich nötig hat, mit so einer lächerlichen phallischen Phantasie herumzuspielen!« Sie lachte trocken auf. »Saugen, blasen, Hand anlegen. Muss ich mehr sagen?«

»Nein, Hase. Es ist kein Wort mehr nötig. Dieser Laubbläser ist wirklich albern. Ein erwachsener Mann und solch ein Gerät.«

»Eben! Dann beende diese Kleinbürgerposse sofort.« Sie ging die Treppe hoch zu ihrem Büro, wo sie gerade eine Arbeit über Dschingis Khans Gründung der Stadt Karakorum schrieb. Sie hatte schon immer ein Faible für starke, durchsetzungsfähige Männer.

Ich wartete, bis sie die Tür geschlossen hatte, dann öffnete ich das Fenster, um Spenge etwas zuzurufen.

Diesmal bemerkte er mich direkt, da er in meine Richtung blies. Also die Blätter in meinen Vorgarten.

»Herr Spenge, haben Sie das wirklich nötig? In unseren Vorgarten?«

Er stellte den Laubbläser aus. »Hast du was gesagt? Willst du dich etwa beschweren?« Er trat näher zu mir, das mächtige Rohr des 7000 XL auf mich gerichtet, und ließ ihn kurz aufheulen. »Irgendwo müssen die Blätter halt hin, und die sind super Kompost. Ich tu dir also einen Gefallen. Also beschwer dich bloß nicht!«

»Steckt da nicht vielleicht ... mehr dahinter?«

»Hä?«, fragte Spenge. »Was soll denn da bitte hinterstecken?«

»Haben Sie vielleicht Probleme mit Ihrer ... nun also Ihrem ...?« Es war schwer, die richtigen Worte zu finden, die ihm unmissverständlich klarmachten, was ich meinte. »Der dicke Schlauch ... das animalische Geräusch ... der Gestank ... die Beherrschung roher Kraft zwischen den Beinen ...«

Bei manchen Sätzen merkt man, wie dumm sie sind, bevor man sie ausspricht. Das war bei diesem leider nicht der Fall.

»Wie bitte?« Spenge kam noch näher, streckte das harte Rohr des Laubbläsers durchs Fenster.

»Ich meine ja nur ...«

»Sag mal, spinnst du? Womit soll ich denn Probleme haben? Ich hab mit nix Probleme! Nur mit dir, du Pfeife!«

Dann stellte er den 7000 XL wieder an, und die Russische Punschtorte befand sich im Bruchteil einer Sekunde kopfüber auf dem Boden.

»Das haste jetzt davon! Sprich mich noch einmal blöd an, und du Hanswurst kriegst richtig Ärger.«

Er blies mir mit dem 7000 XL ins Gesicht. Der Strahl war hart und brutal.

Dann wandte Spenge sich lachend ab und laubblies weiter. Ich schloss das Fenster.

Antje musste das gehört haben, denn kurz danach stand sie neben mir und zeigte kopfschüttelnd auf die Punschtorte.

»Dietmar, du musst mit den Kuchen echt besser aufpassen, das ist so eine Verschwendung von dir!«

»Ja, Hase.«

»Was hat der Spenge gesagt?«

»Nach meiner Frage wurde er sehr erregt.«

»Das dachte ich mir! Erregung ist ja sowieso das Thema.« Sie grinste breit. »Das wird ihn getroffen haben!«

»Er will keine Gespräche mehr mit mir.«

»Braucht es ja auch nicht. Wenn ihm die Sache peinlich ist, hört er sicher bald damit auf.«

Spenge aber laubblies weiter jeden Tag. Morgens, mittags und abends. Er kaufte sich sogar eine Lederschürze für das Laubblasen.

Nach einer Woche hatte er auch Dobostorte, Sachertorte, Fächertorte und Annatorte auf dem Gewissen.

Und mein Eheglück.

Als wir abends am Esstisch saßen, war Anja plötzlich ganz still, so kannte ich sie gar nicht. Anja redete ausgesprochen gern.

»So geht es nicht weiter«, sagte sie schließlich. »Ich kann nicht mehr arbeiten bei dem Lärm.«

»Aber ich habe doch schon mit Herrn Spenge geredet«, erwiderte ich. »Was soll ich denn noch tun?«

»Ich weiß es nicht, Dietmar. Aber tu etwas, sonst bin ich weg. Aus reinem Selbstschutz.«

»Vielleicht solltest du mit ihm reden. Du kannst sehr überzeugend sein, Hase!«

Sie lachte trocken auf. »Bin ich der Mann im Haus oder du? Also wenn du nicht einmal das geregelt bekommst, dann sehe ich echt keine Zukunft für uns. Du etwa?«

»Nein«, gab ich kleinlaut zu.

»Ich gebe dir noch eine Woche«, sagte Anja. »Danach ist entweder der Laubbläser weg oder ich.« Damit stand sie auf und ging in ihr Büro.

Als ich abends zu ihr ins Schlafzimmer wollte, fand ich mein Bettzeug vor der Tür.

Es fällt mir manchmal schwer, meine Argumente in einem Gespräch geschliffen vorzutragen, deshalb schrieb ich Spenge einen höflichen, aber nachdrücklichen Brief, den ich einen Tag später zerknüllt in meinem Briefkasten fand. Nach dem Auseinanderfalten sah ich, dass er »Wir leben in einem freien Land, Arschloch!« geschrieben hatte und sich braune Streifen auf dem Bogen fanden, die eine unhygienische Nutzung vermuten ließen.

Ich versuchte es mit Geld. Aber Spenge lachte mich aus.

Ich versuchte es mit der Androhung von Gewalt. Aber Spenge lachte mich aus.

Ich versuchte es mit der Polizei. Aber diese lachte mich aus.

Und die Tage vergingen.

Ich traute mich in dieser Zeit nur noch, optisch unproblematische Kuchen wie Guglhupf oder Dörytorte zu backen, bei denen das Aufröhren des Laubbläsers nicht zur sofortigen Zerstörung führte. Aber irgendwann war ich zum Backen nicht mehr fähig, konnte mich nicht mehr konzentrieren, nicht einmal einen einfachen Altwiener Milchrahmstrudel bekam ich noch hin.

Am sechsten Tag packte Anja demonstrativ ihre Sachen und stellte sie in den Flur – begleitet vom Lärm des 7000 XL.

Das machte mir sehr deutlich, dass ich handeln musste.

Wir Patissiers gelten als Eigenbrötler, auf die andere Köche, an brodelnden Töpfen und zischenden Pfannen stehend, hinabblicken. Der Grund ist, dass die Patisserie eine exakte Kunst der genauen Grammangaben ist, die mit intuitivem Kochen und testosterondampfender Männlichkeit, mit Brüllen, Alphamännchen-Sprüchen und scharfen Messern wenig zu tun hat.

Aber wir haben Tortensägen und Tortendraht.

Und wir können damit umgehen.

Meist braucht es nicht viel Kraft, um den Draht durch einen fluffigen Tortenboden zu ziehen, aber der Druck muss exakt eingesetzt werden. Im richtigen Moment heißt es dann entschlossen und gleichmäßig ziehen.

Nicht dass Sie denken, ich wäre ein gewalttätiger Charakter, ganz im Gegenteil. Aber fast zwei Wochen Laubbläser verändern einen Menschen fundamental. Vierzehn Tage, in denen man nicht ausschlafen kann, weil einen der 7000 XL frühmorgens weckt, vierzehn Tage, in denen der Laubbläser aufdröhnt, egal, ob man unter der Dusche steht, vor dem Fernseher sitzt oder versucht, seine Ehe mit Petit Fours zu retten – Spenge schien immer genau zu wissen, wann er einen mit dem Lärm unvorbereitet traf. Vierzehn Tage mit einer Frau, die viel von ihrer bezaubernden Art verlor.

Auch ich verlor mich, vielleicht lag es am fehlenden Schlaf, an den schweißnassen Alpträumen. Mir kam nämlich die absurde Idee, dass Spenge den akustischen Angriff jahrelang vorbereitet hatte, in dem er Laubbäume nahe unserem Grundstück pflanzte, um uns jetzt mit dem 7000 XL terrorisieren zu können, letztendlich aus dem Dorf zu vertreiben und das Haus für einen lächerlichen Preis abzukaufen, damit sein Sohn hier einziehen konnte. So weit war es schon gekommen, dass ich einem Menschen solch eine Niedertracht unterstellte!

Ich war nicht mehr ich.

Es war alles in allem also pure Notwehr, dass ich mich entschied, Spenge umzubringen.

Von Vorteil war, dass wir in einem sehr spärlich besiedelten Teil des Dorfs lebten, eine Tat auf offener Straße also möglich war, wenn das Opfer sich an der richtigen, von weiter weg wohnenden Nachbarn uneinsehbaren Stelle befand.

Die zweite glückliche Fügung war, dass er mich nicht von hinten kommen hören würde wegen des Lärms seiner phallischen Höllenmaschine.

Ich trank mir etwas Mut aus der Rum-Flasche an, die bei den Backzutaten stand. Ja, ich trank sie sogar leer!

Dann zog ich mir zur Tarnung herbstbraune Kleidung an und trat vors Haus und über die einspurige Straße in Spenges Garten, immer darauf achtend, dass er gerade in die andere Richtung blies.

Es war ein kalter Tag, meine Hände froren, und ich knetete sie, damit genug Kraft in ihnen war, um Spenges Kopf vom Rumpf zu trennen. Es galt dabei schnell zu sein, um einen Hilfeschrei zu verhindern.

Obwohl dieser bei laufendem 7000 XL wohl ohnehin nicht zu hören wäre.

Noch ein Vorteil.

So würde sich das Folterwerkzeug gegen den Folterknecht wenden!

Ich gebe zu, ich war vom Rum-Fläschchen ein wenig aufgeputscht.

Schritt für Schritt und sehr vorsichtig näherte ich mich Spenge. Erst als ich genau hinter ihm stand, holte ich den Tortendraht hervor. Tief holte ich Luft, hob die Arme, zog den Draht straff – und spürte eine Schneeflocke auf meinen Handknöcheln landen. Dann rasch eine zweite.

Es schneite, und zwar so, als hätte Frau Holle alle Daunenwäsche ihres Hauses auf einmal ausgeschüttelt.

Der Herbst war vorbei!

Die Zeit des Laubblasens ebenso!

Schnell packte ich den Tortendraht ein und musste dabei wohl Spenges Rücken gestreift haben.

Er drehte sich um.

»Was willst du Vogel denn hier?«

»Ich wollte nur … fragen, ob Sie mir vielleicht einmal Ihren Laubbläser ausleihen könnten, aber das hat sich nun ja erledigt.«

»Ob ich dir was? Und das soll ich dir glauben, nachdem du in den letzten Tagen alles versucht hast, um mich am Blasen zu hindern?« Er packte meinen Kragen.

»Menschen ändern sich.«

»Ich nicht! Ich kann dich immer noch nicht leiden. Mir wäre am liebsten, ihr würdet wegziehen, je eher, desto besser. Denn hier werdet ihr eures Lebens nicht mehr froh, das kann ich euch garantieren! Hier wird es nie wieder idyllisch leise sein, du geräuschempfindliches Weichei. Im Frühjahr werde ich meinen neuen Industrie-Häcksler anwerfen. Der wartet schon einsatzbereit in der Garage darauf, ganze Wälder lautstark zu zerkleinern!«

»Wir werden niemals –«, begann ich.

»Und wenn ich euch selbst das Dreckshaus abkaufen muss, um euch endlich los zu sein! Selbst das wäre mir egal! Haben wir uns verstanden?«

Ich nickte. Es war Winter, der Spuk war vorerst vorbei. Das Frühjahr noch weit entfernt, meine Ehe gerettet.

Nie hatte ich den Winter so geliebt wie in diesem Moment. Es konnte gar nicht genug schneien, selbst eine neue Eiszeit wäre mir recht gewesen. Das erste Mal seit Tagen konnte ich wieder lächeln, eine enorme Last war von meinen Schultern gerutscht.

Aber als ich wieder bei meinem jetzt in herrlicher Stille liegenden Haus angekommen war und gerade den Schlüssel ins Schloss stecken wollte, hörte ich es hinter mir aufröhren.

Ich drehte mich um und sah, wie Spenge den Schnee fortblies, mir dabei die Zunge herausstreckend.

Da brannte meine Sicherung durch. Zu diesem Zeitpunkt war allerdings nur noch eine letzte drin gewesen.

Ohne Zögern ging ich auf Spenge zu, und zwar im Eiltempo. Er lachte nur verächtlich. Ohne darauf zu achten, ob mich jemand sah, zog ich den Tortendraht aus der Tasche und spannte ihn auf.

Als Spenge das sah, lachte er sogar noch mehr.

Ich habe schon viele Tortenböden geschnitten, es ist Routine. Es gibt da kein Zögern meinerseits, es ist eine fließende Bewegung.

Natürlich kann ich verstehen, dass es auf Spenge lächerlich

wirkte, mich wütend und mit einem dünnen Draht auf sich zustampfen zu sehen. Ich bin wahrlich kein muskulöser Mann, aber als Bratschist trainiert man täglich zwei Muskelpartien: die in den Armen und die in den Händen. Auch bei der Patisserie kommen sie regelmäßig zum Einsatz.

Spenge johlte, als ich bei ihm ankam, ja er schüttete sich geradezu aus vor Freude, auch als ich hinter ihn trat, schnell den Tortendraht über seinen Kopf hob und vor den Hals spannte.

Man kann sagen, er hörte erst auf, als ich den Draht nach hinten durchzog.

Nicht der kleinste Schrei erklang, es blieb Spenge schlicht keine Zeit dafür.

Auch nicht dafür, den 7000 XL auszuschalten. Das erledigte ich.

Dann ging ich in die Garage und fütterte Spenges Industrie-Häcksler mit Spenge. Es war eine ziemliche Sauerei, klugerweise hatte ich vorher die Laubbläser-Schürze umgelegt.

Das, was aus Spenge geworden war, vergrub ich schnell bei ihm im Garten. Sofort legte sich Schnee darüber.

Auf dem Rückweg zu meinem Haus kam ich an dem Laubbläser vorbei, der achtlos auf dem schneebedeckten Boden lag.

Und ich dachte, in ziemlich überdrehter Laune, warum nicht?

Der 7000 XL schmiegte sich regelrecht an meinen Körper, als ich ihn anlegte.

Nachdem ich den Startknopf gedrückt hatte, spürte ich, wie mich eine mächtige Welle unbändiger Kraft durchströmte, und ich ergriff mit beiden Händen den dicken Schlauch. Das animalische Röhren in meinen Ohren, die rohe Kraft zwischen meinen Beinen, ich wollte nur noch blasen, meinen starken Strahl auf etwas richten und es meine ganze Kraft spüren lassen.

In diesem Moment war mir plötzlich alles egal, der Mord, die Kunst des Tortenbackens, meine Ehe, ja es gab nur noch den 7000 XL und mich.

Meine Haare flatterten in der Abluft. Ich hatte gar nicht gewusst, dass ich so viele Haare zum Flattern hatte.

Obwohl niemand in der Nähe war, hatte ich das Gefühl, alle schauten mich bewundernd an. Und ich genoss die Blicke, wollte allen mein unfassbares Rohr zeigen und was ich damit anstellen konnte. Es fühlte sich an, als ob ich größer wäre, mindestens einen halben Meter. Der 7000 XL vervollständigte mich.

Ich konnte gar nicht aufhören zu blasen, wollte es in allen Ecken meines Gartens tun und sogar im Haus selbst. Überall!

Deshalb ging ich hinein und blies frischen Wind hindurch.

Als Anja schreiend die Treppe herunterkam, blies ich sie mit meinem Schlauch um.

Und wusste in diesem Moment, dass sich meine Ehe, mein ganzes Leben grundlegend ändern würde.

Denn jetzt hatte ich endlich meinen eigenen 7000 XL.

WEINTIPP

Einer meiner liebsten Dessertweine ist seit vielen Jahren der Orange Muscat »Essensia« vom Süßweinspezialisten Andrew Quady aus dem Central Valley (USA). Weil er so originell ist, so duftig – und auch so günstig.

Muskateller ist eine der ältesten Rebsorten der Welt, früher wurden unzählige Varianten angebaut, von denen heute viele verschwunden sind. Zu den sehr seltenen zählt der Orangenblütenmuskateller (in Italien als Moscato Fior d'Arancio bekannt). Er trägt den Namen wegen seines herrlichen Dufts nach kandierten Orangenschalen. Aber auch Aprikosen, Honig-Birnen und kandierte Pekannüsse finden sich im Bouquet. Ein geradezu genialer Begleiter für alles Schokoladige, für Cheesecake und für Blauschimmelkäse.

Die Gärung des Weins wird wie beim Port durch die Zugabe von Alkohol gestoppt. An Alkohol hat er in der Regel auch einiges, nicht zu vergleichen mit den feingliedrigen edelsüßen Weinen aus Deutschland. Noch etwas ist ungewöhnlich bei Quadys Süßweinen: Er lässt die Trauben vor dem Pressen in Kältekammern dehydrieren, um den Zuckergehalt zu konzentrieren.

Der Wein ist nahezu komplett auf seine Frucht gebaut, daher nicht reifen lassen, sondern jung genießen. Er lässt einen sogar manchen Lärm vergessen. Leider nicht den von nahen Laubbläsern.

Nachwort

Es gibt wohl kaum eine Frage, die mir von den Medien so oft gestellt wird wie diese: Wie passen Essen und Tod eigentlich zusammen? Das klingt immer so, als wären sie wie Essig und Öl, die sich eigentlich nicht vermischen. Dass es ganz anders ist, möchte ich zum Abschluss dieses Buches gerne einmal darlegen. Sie haben auf den hinter Ihnen liegenden Seiten so viele Morde, so viele Tode miterlebt, aber auch so viel Speis und Trank, dass Sie eine gute Antwort verdient haben, warum ich diese Schlachtplatte genau so angerichtet habe.

»Unser tägliches Brot gib uns heute.« Wie oft habe ich das gebetet, ob allein im Stillen oder laut in einer Kirche? Als Messdiener habe ich an der Stelle im »Vaterunser« immer an die Stullen gedacht, die es bei uns zu Hause gab, die Doppeldecker mit dick Butter drauf. Oder an die Hasenbrote, die meine Omma vom Wochenmarkt in Köln-Sülz mitbrachte, wo sie einen Stand mit Stiefmütterchen hatte, und die so herrlich sapschig waren. Es war immer meine Lieblingsstelle im Gebet.

Das Essen ist ganz zentral im Christentum, nicht zuletzt bei der Kommunion. Wir essen zusammen, wir teilen das Brot. Und indem wir teilen, werden wir verbunden. Das ist das Wunder des Teilens.

Essen ist für mich von großer Bedeutung – was man ja auch sieht. In meinen Büchern ist es ebenfalls so. Es geht immer um Essen, häufig um Wein, auch weil ich selber einen Weinberg habe, und fast immer geht es um Mord. Diese Kombination von Speisen und Tod in einem Buch, die erscheint manchem erst mal ungewöhnlich. Dabei ist sie ganz besonders schlüssig. Und sie führt in meinen Geschichten, so hoffe ich zumindest, zu einer Balance.

Es gibt eine ganz enge Beziehung zwischen dem Verlust eines Menschen und Essen. Und ich meine nicht nur den Verlust durch den Tod eines Menschen. Wenn man von einer geliebten Person verlassen wird, wenn solch ein wichtiger Mensch, der einem unglaublich nah war, nicht mehr da ist, ein Mensch, mit dem man noch so viel Zeit verbringen wollte. Dann isst man manchmal alles, was so rumliegt: Weingummi, saure Drops, Schokoriegel, Erdnussflips. Da ist vielleicht sogar Kram dabei, den man gar nicht mag. Aber das Essen an sich holt einen ein wenig aus der Trauer zurück. So bitter diese auch sein mag – und »bitter« ist passenderweise eine Geschmacksrichtung.

Das berühmteste Essen im Neuen Testament ist das letzte Abendmahl mit Brot und Wein, das Jesus mit den zwölf Aposteln am Vorabend seines Kreuzestodes feierte und an das wir uns am Gründonnerstag erinnern.

Sofern man bereit ist, dieses als antizipiertes Todesmahl anzunehmen, zeigt sich bei diesem der Brauch des Trauermahles. In der Kirche wurde daraus dann infolge des Auferstehungsglaubens ein Festmahl. Es wird jedoch daran erinnert, dass es sich um ein vorweggenommenes Leichenmahl handelt, indem gesagt wird, dass das Messopfer den Tod Jesu auf dem Kalvarienberg nachvollzieht und nicht etwa nur den Brauch einer gewöhnlichen Mahlzeit oder auch eines normalen Leichenschmauses.

Jesus sagt nicht nur: »Dies ist mein Leib, der für euch gegeben wird«, sondern im Lukasevangelium auch: »Dieses tut zu meinem Gedächtnis.« Essen als Akt der Erinnerung. Und zwar in Gemeinschaft. Keiner soll für sich allein zum Gedächtnis das Brot essen und vom Kelch trinken. Das ist eine Handlung in der Versammlung, da das Brot ja gerade die Einheit des Leibes Jesu Christi darstellt und dessen Verzehr die Gemeinschaft zum Ausdruck bringt.

Und damit komme ich zum Leichenschmaus, den ich so bemerkenswert finde – und so wunderbar. Es gibt noch mehr Bezeichnungen dafür: »Beerdigungskaffee« zum Beispiel, was ein wenig nach Kaffeekränzchen klingt. Oder »Leidessen«, das fast wirkt, als könne man das Leid aufessen – vielleicht ist es tatsächlich ein bisschen so. Den Begriff »Trauerbrot« gibt es auch oder »Tröster«, im süddeutschen Sprachgebrauch auch »Leichentrunk«, da wird der Schwerpunkt dann wohl eher auf flüssige Nahrung gelegt. Das saarländische »Leichenimbiss« klingt mir zu sehr nach Currywurst. In Österreich spricht man von »Zehrung«, und ich finde, das trifft es gut, wir zehren von diesem Essen, sogar mehr seelisch als körperlich.

Soweit ich als Kölner weiß, sind zum Beispiel in Westfalen Streuselkuchen und Schnaps üblich, bei uns im Rheinland Brötchen mit Mett und Zwiebeln drauf – absurderweise eine der Speisen, die einen wegen des rohen Fleischs am schnellsten ins Grab oder zumindest ins Krankenhaus bringen könnte. Das ist dann gelebte rheinische Ironie.

Faszinierend ist, dass die Sitte des Leichenschmauses bereits seit vorgeschichtlicher Zeit bekannt ist und dass er weltweit das am weitesten verbreitete Ritual bei Begräbnissen ist. Warum mag das so sein? Sicherlich nicht nur, weil man oft isst und trinkt, wenn Menschen zusammentreffen, oder man Gäste, die von weit her anreisen, auch bewirten muss. Der Hauptgrund ist ebenfalls nicht, weil sich beim Essen gut reden lässt – in diesem Fall über den oder die Verstorbene. Es ist ein Nebeneffekt des Leichenschmauses, dass die Anwesenden mit einem schönen Kölsch und einem Halven Hahn intus viel leichter geneigt sind, dem Verstorbenen mit ein paar freundlichen Gedanken das Geleit zu geben und seine zwei, drei Unzulänglichkeiten zu übersehen. Wer weiß, was sie sagen würden, wenn der Magen knurrte und der Kälte der Aussegnungshalle nur mit einer Tasse Tee begegnet würde?

Aber der wichtigste Grund, warum dieses Ritual so weite Verbreitung gefunden hat, ist, weil es kaum etwas so Lebensbejahendes wie Essen gibt. Ein gutes Essen ist eine Feier des Lebens, es stärkt zudem für das Leben, wir spüren wieder neue Kraft in uns. Und gemeinsames Essen verbindet uns Menschen miteinander.

In einigen Ländern Südamerikas gehen Christen zu Allerseelen sogar auf den Friedhof, um am und auf dem Grab der verblichenen Angehörigen – sozusagen mit diesen zusammen – ordentlich zu feiern. Essen verbindet dort auch über den Tod hinaus. Wir kennen das ja auch, wenn uns manche Speisen an Verstorbene erinnern, die diese immer gekocht oder gegessen haben. Wie beim eingangs erwähnten Hasenbrot von meiner Omma. Und da war immer genau das Gleiche drauf.

In gewissem Sinne ist jede Mahlzeit eine Art bejahendes Trauermahl, ein essbares Zeichen, das uns zeigt, es geht weiter.

In meinen Geschichten scheint mir das viele gemeinsame Essen einen ähnlichen Effekt zu haben, es balanciert den Verlust der Toten ein wenig aus. Es sagt: Schaut, was es Schönes gibt. Es blickt freudig in die Zukunft.

Carsten Sebastian Henn

Quellenangaben

»Der Sprung« (Der Landrat des Hochsauerlandkreises (Hrsg.): Fichten, Fälle, Fahnder, Podszun 2005)

»Bis(s) im Ahrtal« (Carsten Sebastian Henn (Hrsg.): Wein, Mord und Gesang, KBV 2010)

»Die Glorreichen« (Ralf Kramp (Hrsg.): Nordeifel Mordeifel, KBV 2010)

»Bauer sucht Traumfrau« (Ralf Kramp (Hrsg.): Tatort Eifel 3, KBV 2011)

»Alles wegen der Breuers« (Ralf Kramp (Hrsg.): Tatort Eifel 4, KBV 2013)

»Bier her« (Elke Pistor (Hrsg.): Tod und Tofu, KBV 2014)

»Alles Eifelkrimi, oder was?« (Ralf Kramp (Hrsg.): Tatort Eifel 5, KBV 2015)

»Atmen in Bad Sassendorf« (H. P. Karr, Herbert Knorr und Sigrun Krauß (Hrsg.): Glaube.Liebe.Leichenschau, Grafit 2016)

»Mord mit Einsicht« (Ralf Kramp (Hrsg.): Tatort Eifel 6, KBV 2017)

»Halloweenberg« (Claudia Rossbacher (Hrsg.): SOKO Graz-Steiermark, Gmeiner 2017)

»Das Leben ist eine lange ruhige Straße (in der Eifel)« (Ralf Kramp (Hrsg.): Tatort Eifel 7, KBV 2019)

»Print it black« (Peter Gerdes (Hrsg.): Mord im Dreiländereck, Emons 2019)

»Ein Rosé ist ein Rosé ist ein Rosé« (Angela Esser (Hrsg.): Mords-Töwerland, Gmeiner 2020)

»Rot die Reben, blau die Partei« (Andreas Izquierdo und Paul Schaffrath (Hrsg.): Zimmer mit Mord, CMZ 2020)

»Treuetest – Die Agentur deines Vertrauens« (Michaela Sappler und Susanne Massard (Hrsg.): Tödlich aufgetischt, Piper 2020)

»Der tut nix, der will nur grillen« (Ralf Kramp (Hrsg.): Das Campen ist des Mörders Lust, KBV 2020)

»Iserlohner Pragmatismus« (Kathrin Heinrichs und Walter Wehner (Hrsg.): Im Mordfall Iserlohn, Emons 2021)

»Das vierte Gebot – Biblisches Drama in einem Akt« (Anja Marschall (Hrsg.): Kaffee. Mokka. Tot., Emons 2021)

Alle Geschichten wurden für diese Anthologie neu lektoriert und überarbeitet. Die hier nicht aufgelisteten Kurzkrimis sind Erstveröffentlichungen.

Carsten Sebastian Henn
HENKERSTROPFEN
Kulinarische Kurzkrimis
Broschur, 208 Seiten
ISBN 978-3-89705-484-4

Zu einem guten Essen gehören der richtige Wein, stimmungs-
volle Musik – und Mord: Denn Verbrechen und Genuss gehen
bestens zusammen und treffen in dieser Kurzkrimi-Sammlung in
den kuriosesten Momenten aufeinander. Ein Giftmordanschlag in
Heinos Café per schwarzbrauner Haselnusstorte, ein dramatisches
Wettduell um eine Flasche Wein des amerikanischen Präsidenten
Thomas Jefferson, eine Tote im Champagnerbad – in Carsten
Sebastian Henns Kurzkrimis fließen Blut und Wein gleichermaßen,
werden Leichen wie feinste Speisen kredenzt. Mörderische Häpp-
chen – für den kleinen Krimihunger zwischendurch! Mit Weintipps
zu jedem Krimi.

www.emons-verlag.de

Carsten Sebastian Henn
HENKERSMAHLZEIT
Kulinarische Kurzkrimis
Broschur, 224 Seiten
ISBN 978-3-89705-712-8

Für die meisten Menschen sind gutes Essen und köstlicher Wein reiner Genuss – Carsten Sebastian Henn kommt dabei allerdings immer gleich auf mörderische Gedanken. In 25 Kurzkrimi-Gängen zeigt Deutschlands »König des kulinarischen Krimis«, wie gut sich bei – und mit – Speis und Trank morden lässt. In seinen Geschichten werden die krummen Geschäfte der fränkischen Glühweinmafia aufgedeckt, endet eine Suche nach dem perfekten Sauerkraut tödlich und beharken sich zwei Köche bis aufs Blut im mörderischen Wettstreit um das beste ostwestfälische Pfannkuchen-Rezept. Und auch die erotischen Reize der Spitzenküche kommen nicht zu kurz.

www.emons-verlag.de

Anja Marschall (Hrsg.)
KAFFEE. MOKKA. TOT.
Kurzkrimis
Broschur, 240 Seiten
ISBN 978-3-7408-1329-1

Kaffee: das Kultgetränk unserer Zeit, beliebtes und begehrtes
Genussmittel – für das manche sogar morden würden. Zwan-
zig Krimiautorinnen und -autoren folgen seinen mörderischen
Spuren nach Südamerika und Indien, auf Plantagen, in Wiener
Kaffeehäuser, auf orientalische Basare und bis zur heimischen
Kaffeetafel. Erfahren Sie, welch dunkles Geheimnis Beethovens
Kaffeemaschine hatte und wann eine Melange oder ein Caffè
Crema tödlich sein kann.

www.emons-verlag.de

Tim Frühling
TOTGEGRILLT
Broschur, 208 Seiten
ISBN 978-3-7408-1118-1

Die Grillfeier des Bauunternehmers Leo Vossen endet in einer
Katastrophe: Zwei Gäste überleben den Abend nicht. Liegt es
am sündhaft teuren Kōriyama-Rind, das hier zum ersten Mal in
Deutschland gebraten wurde? Steckt der Nachbar dahinter, der
Partys genauso hasst wie Grillgeruch? Oder hat Vossen schlicht
die falschen Leute auf die Gästeliste gesetzt? Das ungleiche Er-
mittlerduo Carla Weiß und David Lahmann stößt auf jede Menge
Motive und Verdächtige – und so manches wird noch heißer gegessen als gegrillt …

www.emons-verlag.de

Die Erfolgsserie des Bestsellerautors Carsten Sebastian Henn
Alle Titel sind auch als eBook erhältlich.

Julius-Eichendorff-Reihe:

In Vino Veritas
ISBN 978-3-7408-0702-3
Auch als Hörbuch erhältlich,
gelesen von Jürgen von der Lippe
ISBN 973-3-89705-425-7

Nomen Est Omen
ISBN 978-3-7408-0703-0
Auch als Hörbuch erhältlich,
gelesen von Jürgen von der Lippe
ISBN 973-3-89705-690-9

In Dubio Pro Vino
ISBN 978-3-7408-0704-7
Auch als Hörbuch erhältlich,
gelesen von Jürgen von der Lippe
ISBN 973-3-89705-547-6

Vinum Mysterium
ISBN 978-3-7408-0705-4
Auch als Hörbuch erhältlich,
gelesen von Jürgen von der Lippe
ISBN 973-3-89705-458-5

www.emons-verlag.de

Vino Diavolo
ISBN 978-3-7408-0706-1
Auch als Hörbuch erhältlich,
gelesen von Jürgen von der Lippe
ISBN 973-3-89705-616-9

Carpe Vinum
ISBN 978-3-7408-0707-8
Auch als Hörbuch erhältlich,
gelesen von Jürgen von der Lippe
ISBN 973-3-89705-986-3

Ave Vinum
ISBN 978-3-7408-0708-5
Auch als Hörbuch erhältlich,
gelesen von Jürgen von der Lippe
ISBN 978-3-95451-468-7

Vino Furioso
ISBN 978-3-7408-0634-7
Auch als Hörbuch erhältlich,
gelesen von Carsten Sebastian Henn
ISBN 978-3-7408-1041-2

www.emons-verlag.de

Weitere Titel:

**111 Deutsche Weine,
die man getrunken haben muss**
Mit Fotografien von Tobias Fassbinder
ISBN 978-3-7408-0732-0

111 mal lecker essen in Köln
Der andere Restaurantführer
ISBN 978-3-7408-1181-5

Weinwissen für Angeber
Mit zahlreichen Zeichnungen
ISBN 978-3-95451-213-3